D0839628

LA JUMENT VERTE

MARCEL AYMÉ

La Jument verte

GALLIMARD

I

Au village de Claquebue naquit un jour une jument verte, non pas de ce vert pisseux qui accompagne la décrépitude chez les carnes de poil blanc, mais d'un joli vert de jade. En voyant apparaître la bête, Jules Haudouin n'en croyait ni ses yeux, ni les yeux de sa femme.

— Ce n'est pas possible, disait-il, j'aurais trop de chance.

Cultivateur et maquignon, Haudouin n'avait jamais été récompensé d'être rusé, menteur et grippe-sous. Ses vaches crevaient par deux à la fois, ses cochons par six, et son grain germait dans les sacs. Il était à peine plus heureux avec ses enfants et, pour en garder trois, il avait fallu en faire six. Mais les enfants, c'était moins gênant. Il pleurait un bon coup le jour de l'enterrement, tordait son mouchoir en rentrant et le mettait sécher sur le fil. Dans le courant de l'année, à force de sauter sa femme, il arrivait toujours bien à lui en faire un autre. C'est ce qu'il y a de commode dans la question des enfants et, de ce côté-là, Haudouin ne se plaignait pas trop. Il avait trois garçons bien vifs et trois filles au cimetière, à peu près ce qu'il fallait.

C'était une grande nouveauté qu'une jument verte et qui n'avait point de précédent connu. La chose parut remarquable, car à Claquebue, il n'arrivait jamais rien. On se racontait que Maloret dépucelait ses filles, mais l'histoire n'intéressait plus, depuis cent ans qu'elle courait; les Maloret en avaient toujours usé ainsi avec leurs filles; on y était habitué. De temps à autre, les républicains, une demi-douzaine en tout, profitaient d'une nuit sans lune pour aller chanter la *Carmagnole* sous les fenêtres du curé et beugler « A bas l'Empire ! ». A part cela, il ne se passait rien. Alors, on s'ennuyait. Et comme le temps ne passait pas, les vieillards ne mouraient pas. Il y avait vingt-huit centenaires dans la commune sans compter les vieux d'entre soixante-dix et cent ans, qui formaient la moitié de la population. On en avait bien abattu quelques-uns, mais de telles exécutions ne pouvaient être que le fait d'initiatives privées, et le village, sommeillant, perclus, ossifié, était triste comme un dimanche au paradis.

La nouvelle s'échappa de l'écurie, zigzagua entre les bois et la rivière, fit trois fois le tour de Claquebue, et se mit à tourner en rond sur la place de la mairie. Aussitôt, tout le monde se porta vers la maison de Jules Haudouin, les uns courant ou galopant, les autres clopinant ou béquillant. On se mordait aux jarrets pour arriver les premiers, et les vieillards, à peine plus raison-

nables que les femmes, mêlaient leurs chevrote-
ments à l'immense clameur qui emplissait la campagne.

— Il arrive quelque chose ! Il arrive quelque
chose !

Dans la cour du maquignon, le tumulte fut à
son comble, car les habitants de Claquebue avaient
déjà retrouvé la hargne des temps anciens. Les
plus vieux sollicitaient le curé d'exorciser la
jument verte et les six républicains de la commune lui criaient : « A bas l'Empire ! » Dans le
nez, sans se cacher. Il y eut un commencement
de bagarre, le maire reçut un coup de pied dans
les reins qui lui fit monter un discours à la gorge.
Les jeunes femmes se plaignaient d'être pincées,
les vieilles de n'être pas pincées, et les gamins
hurlaient sous les gifles. Enfin, Jules Haudouin
parut sur le seuil de l'écurie. Hilare, les mains
sanglantes, il confirma :

— Elle est verte comme une pomme !

Un grand rire parcourut la foule, puis on vit
un vieillard battre l'air de ses bras et tomber raide
mort dans sa cent huitième année. Alors, le rire
de la foule devint énorme, chacun se tenait le
ventre à deux mains pour rigoler tout son soûl.
Les centenaires s'étaient mis à tomber comme des
mouches, et on les aidait un peu, à bons grands
coups de pied dans l'estomac.

— Encore un ! — C'est le vieux Rousselier ! —
A un autre !

En moins d'une demi-heure, il trépassa sept
centenaires, trois nonagénaires, un octogénaire. Et

il y en avait qui ne se sentaient pas bien. Sur le
seuil de l'écurie, Haudouin songeait à son vieux
père qui mangeait comme quatre, et il se tournait
vers sa femme pour lui faire observer que les plus
à plaindre n'étaient pas ceux qui s'en allaient,
mais bien ceux qui restaient.

Le curé avait fort à faire d'assister les mori-
bonds. Exténué, il finit par grimper sur un baquet
pour se faire entendre par-dessus le vacarme des
rires, et déclara que c'était assez pour une première fois, qu'il fallait songer à rentrer chez soi.
Le maquignon montra sa jument verte de face et
de profil, et chacun se retira, content jusqu'à l'os
en songeant qu'il était arrivé quelque chose. Muni
des sacrements, le vieux père de Jules Haudouin
décéda vers la fin de la soirée, et on l'enterra le
surlendemain en même temps qu'une quinzaine
de vénérables. Il y eut des funérailles émouvantes
et le curé en profita pour représenter aux fidèles
que la vie est un bien fragile et méprisable.

Cependant, la renommée de la jument faisait
du chemin. Des environs et de Saint-Margelon
même, qui était le chef-lieu d'arrondissement, les
gens se dérangeaient pour l'admirer. Le dimanche,
c'était un défilé ininterrompu dans l'écurie. Haudouin acquit une véritable notoriété, son commerce de maquignon en alla mieux tout d'un
coup, et à tout hasard, il prit l'habitude de suivre
la messe régulièrement. Claquebue s'enorgueillis-
sait d'une jument qui lui valait tant de visiteurs,
les deux cafés de l'endroit connurent une prospé-
rité soudaine. Cela décida Haudouin à se présenter

aux élections municipales, et sur la menace qu'il fit aux deux cafetiers de vendre sa jument verte, ceux-ci lui donnèrent un concours qui fut décisif.

A quelque temps de là, un professeur du Collège Impérial de Saint-Margelon, correspondant de l'Académie des Sciences, vint voir la jument verte. Il demeura éberlué et en écrivit à l'Académie. Un savant illustre, décoré jusqu'à droite, déclara qu'il s'agissait d'une fumisterie. « J'ai soixante-seize ans, dit-il, et je n'ai lu nulle part qu'il ait existé des juments vertes : il n'y a donc point de jument verte. » Un autre savant, presque aussi illustre, répondit qu'il avait bel et bien existé des juments vertes, qu'au reste son collègue en trouverait mention dans tous les bons auteurs de l'antiquité, s'il voulait seulement se donner la peine de lire entre les lignes. La querelle fit long feu, le bruit en alla jusqu'à la Cour, et l'Empereur voulut savoir l'affaire.

— Une jument verte ? dit-il, ce doit être aussi rare qu'un ministre vertueux.

C'était pour rire. Les dames de la Cour se tapèrent sur les cuisses, et tout le monde cria que le mot était amusant. Il fit le tour de Paris et lorsque le souverain entreprit un voyage dans la région de Saint-Margelon, un journal annonça en sous-titre : Au pays de la Jument Verte.

L'Empereur arriva à Saint-Margelon dans la matinée et, à trois heures de l'après-midi, il avait déjà entendu quatorze discours. A la fin du banquet, il était un peu somnolent. Il fit signe au préfet de le rejoindre dans les commodités, et là lui proposa :

— Si nous allions voir la jument verte ? J'aimerais, à cette occasion, me rendre compte des promesses de la récolte.

On expédia l'inauguration d'un monument à la mémoire du capitaine Pont qui avait perdu la tête à Sébastopol, et la calèche de l'Empereur s'engagea sur la route de Claquebue. Il faisait un joli printemps sur la campagne, l'Empereur en était tout ragaillardi. Il admira beaucoup la maîtresse de maison qui avait un charme agreste et une poitrine de l'époque. Tout le village de Claquebue, massé sur le bord de la route, murmurait avec ravissement qu'il n'en finissait pas d'arriver quelque chose. Il mourut là encore une demi-douzaine de vieux que l'on crut devoir, par décence, dissimuler au creux du fossé.

Après les compliments, Haudouin sortit la jument verte dans la cour. L'Empereur admira, et comme le vert l'inclinait à la rêverie, il prononça quelques phrases bucoliques sur la simplicité des mœurs campagnardes, tout en regardant Mme Haudouin au corsage. Dans cette cour de ferme toute odorante de fumier, il lui trouvait une grâce robuste, une vaillance d'étable, qui le grisaient un peu. De fait, elle était encore belle fermière, et ses quarante ans paraissaient à peine. Le préfet avait envie de se faire une belle position, et comme il était servi par une vaste intelligence, il comprit facilement l'émoi du souverain. Feignant de s'intéresser à la conversation d'Haudouin, il l'entraîna un peu à l'écart et, pour gagner du temps, lui promit un siège de conseiller aux prochaines élections cantonales. De son côté, l'Empereur s'entretenait avec la femme du maquignon. A une proposition galante qu'il lui fit, elle répondit avec la modestie des simples :

— Sire, je suis dans le sang.

Malgré sa déconvenue, l'Empereur voulut la récompenser d'avoir su lui plaire et maintint la promesse que le préfet venait de faire au maquignon. Lorsqu'il remonta en calèche, la population de Claquebue lui fit une magnifique ovation, puis elle alluma un grand feu de joie dans lequel elle jeta tout le restant de ses vieillards. Le lieu de cet important bûcher fut appelé, depuis, Champ-Brûlé, et le blé y poussa bien.

Dès lors, Claquebue connut une activité nouvelle et saine. Les hommes labouraient d'une main plus profond, les femmes employaient avec à propos les condiments dans la cuisine, les garçons pourchassaient les filles, et chacun priait Dieu qu'il voulût bien consommer la ruine de son prochain. La famille du maquignon donnait l'exemple avec une vigueur qui forçait l'admiration. D'un coup d'épaule, Haudouin poussait le mur de sa maison jusqu'à la route et s'installait une salle à manger, avec vaisselier et table à rallonges, dont tout Claquebue béa d'étonnement. Depuis que le regard de l'Empereur s'était abaissé sur sa poitrine, la femme du maquignon avait cessé de traire les vaches, elle eut une servante et fit de la dentelle au crochet. Haudouin, candidat officiel, fut élu conseiller d'arrondissement et obtint facilement la mairie de Claquebue. Son commerce prospérait rapidement; sur les foires aux bestiaux, il faisait un peu figure de maquignon officiel à cause de cette visite impériale dont le bruit s'était répandu dans la contrée. En cas de contestation, l'on avait recours à son arbitrage.

Alphonse, l'aîné des trois fils Haudouin, ne retira aucun avantage de ces bouleversements, car le service militaire l'avait pris pour sept ans. Il servait dans un régiment de chasseurs à cheval et donnait rarement de ses nouvelles. On espérait toujours qu'il allait passer brigadier, mais il lui fallut rengager pour obtenir les galons. Il disait que dans la cavalerie ce n'est pas comme dans l'infanterie où n'importe qui peut faire un gradé.

Honoré, le cadet, devint amoureux d'Adélaïde Mouchet, une fille mince, aux yeux noirs, appartenant à une famille dont la pauvreté était proverbiale. Haudouin ne voulait pas de ce mariage, Honoré affirmait qu'il épouserait et, pendant deux ans, le tonnerre de leurs disputes fit trembler les vitres de Claquebue. Majeur, Honoré épousa Adélaïde et s'installa dans un village voisin où il se loua comme journalier. Il ne consentit à rentrer chez son père qu'après avoir reçu des excuses, et le bonhomme dut en passer par là pour effacer la honte de voir ce fils mener une vie misérable à une demi-lieue de Claquebue. Honoré reprit son métier de cultivateur et de maquignon dans la maison paternelle. C'était un garçon honnête et rieur, connaissant son affaire, mais sans ambition comme sans cautèle; on voyait bien qu'il ne serait jamais de ces maquignons chez qui naissent les juments vertes. Son père s'affligeait de le voir dans ces dispositions, néanmoins il avait un faible pour ce garçon-là qui aimait leur métier. Au contraire, sa femme avait une préférence pour Alphonse le brigadier, à cause de son uniforme et d'une facilité plaisante qu'il avait à parler. Elle lui envoyait cent sous à Pâques et à la Saint-Martin, en cachette de son mari.

En dépit de leurs préférences, Haudouin et sa femme donnaient toute leur sollicitude à leur plus jeune fils Ferdinand. Son père l'avait mis au Collège Impérial de Saint-Margelon. Ne voulant point qu'il lui succédât dans l'état de maquignon, il rêvait d'en faire un vétérinaire. Dans sa seizième année, Ferdinand était un garçon taciturne et patient, au visage long et osseux, avec un crâne en pain de sucre. Ses maîtres étaient contents de lui, mais ses condisciples ne l'aimaient pas, et il eut la chance qu'on le surnommât « Cul d'oignon », ce qui peut suffire à donner, pour toute une vie, soif de considération, d'honneurs et d'argent.

Un matin de printemps, il arriva chez les Haudouin un événement considérable qu'à vrai dire personne n'apprécia d'abord à son importance. Mme Haudouin faisait de la dentelle à la fenêtre de la salle à manger, lorsqu'elle vit entrer un jeune homme dans la cour. Il était coiffé d'un chapeau mou et portait un attirail de peintre derrière le dos.

— Je passais par là, dit-il, et j'ai voulu voir votre jument verte. J'aimerais bien en faire quelque chose.

La servante conduisit le peintre à l'écurie. Il lui prit le menton, comme c'était encore l'usage, et la servante se mit à rire, protestant qu'il était venu pour la jument.

— Elle est vraiment verte, dit le peintre en regardant l'animal.

Et, comme il avait une sensibilité très vive, il pensa d'abord la peindre en rouge. Haudouin arriva sur ces entrefaites.

— Si vous voulez peindre ma jument, dit-il avec bon sens, peignez-la en vert. Autrement, on ne la reconnaîtra pas.

On sortit la jument dans le pré, et le peintre se mit à l'œuvre. Dans l'après-midi, Mme Haudouin aperçut le chevalet abandonné au milieu du clos. S'étant approchée, elle eut la surprise de voir, à quelque distance, l'artiste qui aidait la servante à se relever au milieu d'un seigle déjà haut. Elle fut justement indignée : cette malheureuse fille courait assez le risque d'une grossesse du fait de son maître sans l'aller chercher hors de la famille. Le peintre fut congédié, la toile confisquée, et Mme Haudouin se promit qu'elle surveillerait le ventre de la servante. Le tableau, qui devait perpétuer la mémoire de la jument verte, fut accroché dans la salle à manger, au-dessus de la cheminée, entre le portrait de l'Empereur et celui de Canrobert.

Deux ans plus tard, la jument tomba malade, se traîna un mois languissante, et puis creva. Le plus jeune fils du maquignon n'était pas encore assez savant dans son art vétérinaire pour nommer le mal qui l'emporta. Haudouin ne regretta presque pas sa jument qui était devenue encombrante. En effet, les curieux n'avaient pas cessé d'envahir ses écuries, et quand on est dans la politique, on ne peut guère refuser de montrer sa jument verte, même au premier venu.

Tandis que son plus jeune fils se préparait à l'état de vétérinaire, Haudouin augmentait patiemment sa fortune. Aux cultivateurs de la région, il prêtait sur hypothèques, comme pour leur rendre service et avec une bonhomie qui faisait oublier, sur le moment, ses taux usuraires. Avec l'âge, le désir lui vint de jouir de sa richesse, mais laborieusement, comme il l'avait acquise. Il voulait que son plaisir représentât de l'argent et, à son budget ordinaire, il ajouta un chapitre des plaisirs qui se montait à trente-cinq francs par mois. Malgré lui, il économisait si bien sur ces dépenses-là qu'il finit par les affecter à l'achat de titres de rentes. Il en était un peu humilié, mais chaque fois qu'il préparait ses cinquante-cinq sous pour aller à Valbuisson rendre hommage à la Satinée, il la payait en improvisant une petite affaire où chacun d'eux trouvait un bénéfice. Sa véritable jouissance était d'être riche et de passer pour tel; sa meilleure distraction de s'asseoir de-

vant sa maison et de contempler le toit de chaume
des Maloret, qu'il apercevait à cinq cents mètres,
émergeant d'un bouquet d'arbres. Il y avait entre
les deux familles une haine presque parfaite qui
ne devait rien à la jalousie ni à aucune divergence
d'opinions. Jamais une parole de colère ou seulement un peu vive n'avait été échangée. Les Haudouin n'avaient jamais exploité les rumeurs qui
couraient Claquebue sur les habitudes incestueuses
de la famille Maloret. De part et d'autre, on se
saluait courtoisement, sans même essayer de se
dérober à un entretien. C'était une haine très pure
qui semblait se satisfaire d'exister. Simplement, il
arrivait que, pendant le repas, Haudouin se prît
à rêver tout haut et murmurât : « Ces cochons-
là. » Alors, toute la famille savait qu'il s'agissait
des Maloret.

Pendant la guerre de 1870, le maquignon
connut des jours difficiles. Les Prussiens entrèrent
à Claquebue, et comme il était maire du village,
il eut beaucoup à souffrir. A plusieurs reprises, les
soldats ennemis décidèrent de le faire cuire pour
le manger. Une fois même, ils lui passèrent une
broche à travers le corps. Heureusement, un officier supérieur arriva et déclara que ça ne comptait
pas. Toutefois, on lui rafla son fourrage, ses che-
vaux, ses pommes de terre, et un matelas presque
tout neuf. Ferdinand, le jeune vétérinaire installé
à Saint-Margelon, n'avait plus de clientèle, et il
put croire un moment qu'on allait le mobiliser.
Haudouin et sa femme tremblaient à chaque instant pour leur fils Honoré, qui tiraillait au coin

des bois. Enfin, dans un des premiers combats d'avant-garde, le brigadier Alphonse reçut au genou une blessure dont il devait boiter toute sa vie. Revenu à Claquebue, son infirmité eut bon air pendant six mois, puis on prit l'habitude de l'appeler le Boiteux, avec une nuance de mépris.

Sans attendre la fin de la guerre, Haudouin avait décroché les portraits de l'Empereur et de Canrobert; un peu plus tard, il y substitua ceux de Thiers, de Mac-Mahon, puis de Jules Grévy, de Gambetta et ainsi de suite. Mais l'effigie de la jument verte demeurait en place. Le dimanche, lorsque toute la famille mangeait du bouilli ou de la grillade de cochon dans la salle à manger, Jules Haudouin levait les yeux vers la jument verte et, la tête penchée sur l'épaule, soupirait en joignant les mains :

— Il y a des fois, on dirait qu'elle va parler.

Alors, tout le monde dissimulait son émotion en buvant un coup d'aramon.

LES PROPOS DE LA JUMENT

L'artiste qui me peignit n'était rien de moins que le célèbre Murdoire. Avec tous les avantages d'un grand génie, il possédait un redoutable secret que je ne livre pas sans scrupule à la méditation des peintres d'aujourd'hui. Ce n'est pas que je

craigne de diminuer Murdoire : les portraits qu'il
a laissés, d'une vie si troublante, ses paysages
mêmes dont on a pu dire que l'ombre du grand
Pan y surgissait dans les feuillages, démontrent
bien que les meilleurs procédés ne sont rien sans
le génie du peintre. Mais le snobisme est allé
parfois si loin qu'il vaut mieux se méfier d'un
engouement possible pour un procédé artistique
aussi coûteux. Puissent ces quelques mots faire
office d'avertissement.

Lors donc que Murdoire, dans le champ des
Haudouin, eut obtenu pour la première fois les
faveurs de la servante, il recueillit sur sa palette
l'essence de son plaisir, et d'un pinceau agile m'en
toucha les deux yeux, les éveillant à cette vie
mystérieuse et demi-humaine que les amants, les
neurasthéniques et les avares interrogent dans l'eau
trouble de mon regard. Une deuxième fois, Murdoire fit signe à la servante, emportant sa palette
dans le champ de seigle, et son pinceau ajouta
au retroussis de mes lèvres, à mes naseaux mor-
veux, et au mouvement même de mon encolure,
ce je ne sais quoi de si personnel qui est comme
un gémissement de la couleur. Une troisième fois
aussi, mais Mme Haudouin surprit Murdoire à
la fin de ses ébats, et l'obligea de quitter la ferme
sans délai. J'ai appris par la suite que le pauvre
garçon était mort quelques années plus tard,
épuisé sans doute par une œuvre déjà considérable.

Cependant que les Haudouin m'accrochaient
dans leur salle à manger, le génie de l'artiste pal-
pitait dans mes yeux laiteux et courait en frissons

tout au long de ma robe verte. Je me sentais naître à la conscience d'un monde brutal et languissant dans lequel ma nature animale annexait l'érotisme généreux et spirituel de Murdoire. Une humanité douloureusement concupiscente hantait l'apparence de ma chair; l'appel de la luxure faisait lever dans mon imagination des rêves lourds et brûlants, des tumultes de priapées. Hélas, je compris bientôt la misère d'une apparence prisonnière dans le cadre de ses deux dimensions, la vanité de mes désirs privés de l'espoir de s'accomplir jamais dans l'épaisseur de la réalité.

Pour apaiser mes obsessions, je me résignai à les dériver, à les mettre au service de certaines dispositions contemplatives que mon immobilité allait favoriser. Je m'appliquai à observer mes hôtes, à réfléchir sur le spectacle qu'ils me livraient de leur vie intime. La chaleur toujours vive de mon imagination, les regrets que je ne me défendais pas d'entretenir, et aussi cette nature double, humaine et chevaline, dont l'artiste m'avait dotée, devaient presque nécessairement fixer ma curiosité sur la vie amoureuse des Haudouin. Tandis que l'observateur ambulant ne peut s'attacher à découvrir dans le monde que les harmonies des grands nombres et le secret des séries, l'observateur immobile a cet avantage de surprendre les habitudes de la vie. J'étais encore servie dans mon entreprise par une intuition subtile dont je fais hommage au pinceau de Murdoire; pourtant, je ne veux rien avancer que je n'aie proprement vu, ou entendu, ou déduit de court.

J'ai connu quatre générations de Haudouin, la
première à son âge mûr, la dernière à son matin.
Pendant soixante-dix ans, j'ai vu les Haudouin à
l'œuvre d'amour, chacun y apportant les res-
sources d'un tempérament original, mais la plupart (je pourrais bien dire tous, à quelque degré)
demeurant fidèles, dans la recherche du plaisir et
jusque dans l'accomplissement, à une sorte de
catéchisme qui semblait leur imposer, en même
temps qu'un certain rituel, des inquiétudes, des
scrupules, des préférences. Si je n'avais soupçonné
là qu'un phénomène d'hérédité, je n'en aurais pas
parlé, car c'est un mystère bien au-dessus de mes
connaissances de jument. Mais j'ai vu que les
belles familles ont des traditions érotiques qu'elles
se transmettent d'une génération à l'autre tout
comme les règles de bien-vivre et des recettes de
cuisine. Ces traditions ne se limitent pas à des
habitudes de prudence et d'hygiène, elles com-
mandent une façon de faire l'amour, d'en parler
ou de n'en pas parler. Je ne dis là à peu près rien
que tout le monde ne sache déjà. La vie érotique
est si étroitement liée à des habitudes domestiques,
à des croyances, à des intérêts, qu'elle est toujours
conditionnée, jusqu'à concurrence des initiatives
individuelles, par un mode d'existence qui peut
être celui d'une famille. Il est donc impossible
d'imaginer dans le détail le mécanisme de transmission. Les parents enseignent leurs enfants dans
une certaine manière de faire l'amour, la plupart
du temps sans s'en douter, en parlant de la pluie,
du beau temps, de la politique, du prix des œufs.

Il existe aussi un mode de transmission plus direct, car les enfants possèdent une étonnante faculté de surprendre les paroles prononcées à voix basse, les gestes furtifs qu'ils mimeront plus tard, et d'interpréter exactement les conversations déguisées.

Dans la famille Haudouin, il y avait bon nombre de ces traditions qui lui étaient communes avec les paysans de Claquebue, les unes d'ordre mystique, les autres d'ordre économique. C'est ainsi que Jules Haudouin éprouvait à l'égard de la nudité féminine une frayeur superstitieuse. Il avait la main plus hardie que le regard, et il ignora toute sa vie que sa femme était marquée d'un large grain de beauté sur le haut de la cuisse. L'aisance que lui donnait la complicité des ténèbres ne signifiait nullement qu'il eût égard à la pudeur de l'épouse. Il était même fort éloigné de ces raffinements. Au plaisir comme à la tâche, il ne considérait pas que sa femme fût son égale. D'ailleurs, la nudité des autres femmes lui était également insupportable. Un soir que la servante rangeait la vaisselle dans la salle à manger à la clarté d'une bougie, Haudouin passa par là et fut pris d'un caprice de maître. Comme il prenait ses mâles dispositions, elle releva docilement ses jupes et découvrit ce qu'il fallait de peau nue. A cette vision, le maître rougit, il n'eut plus que faiblesse en la main et détourna son regard sur le portrait du Président de la République. La physionomie sérieuse de Jules Grévy, son regard appliqué et soupçonneux achevèrent de confondre

Haudouin. Saisi d'un sentiment de crainte reli-
gieuse en face de ce participe divin qu'était pour
lui le président, il souffla la bougie. Un moment,
il demeura immobile et coi, comme se dérobant
à un péril, puis l'obscurité lui rendit l'inspiration; j'entendis le souffle rauque du vieillard et
le halètement complaisant de la servante. Cette
aversion mystique pour le plaisir des yeux, cette
croyance obscurément enracinée que la vision du
péché est plus abominable que le péché lui-même,
étaient assez ordinaires à Claquebue, car le curé
entretenait ses ouailles dans l'opinion que la colère
de Dieu se retranchait dans le ventre des femmes,
mieux que partout ailleurs; et c'était un article
de foi qu'il fallait s'y risquer seulement les yeux
fermés. Le curé savait qu'un mystère en appelle
un autre et lui est une sauvegarde. Parmi les derniers venus des Haudouin, je connais un jeune
homme marxiste, nudiste, freudiste éclairé (c'est
ainsi qu'il se nomme lui-même) et je ne l'entends
pas sans sourire faire profession d'athéisme, car je
sais qu'il ne prend jamais son plaisir sans avoir
éteint la lumière ou tiré les rideaux; hors des
camps nudistes où elle se voile miraculeusement
d'innocence, la nudité des femmes lui inspire le
même éloignement sacré qu'à son bisaïeul de Claquebue. Seul, le ventre des filles publiques, sans
doute parce qu'il est un jeu hors de réalité, ne le
trouble pas; encore n'insiste-t-il jamais auprès des
tolérées pour qu'elles retirent leurs chemises.

Jules Haudouin se montrait presque aussi soucieux de la pureté de ses mains que de ses regards.

Quand il caressait sa femme, ses mains n'avaient jamais de ces attentions qui obligent les natures rebelles ou un peu lentes à s'émouvoir. Ses attouchements n'étaient qu'une enquête nécessaire, car Mme Haudouin ignorait tout de l'hygiène intime, et il fallait l'occasion d'un accouchement pour qu'elle consentît à porter le savon plus haut que la jarretière. Ce défaut d'hygiène, commun lui aussi à toutes les femmes de Claquebue, n'indiquait pas une répugnance de l'eau et du savon, car il arrivait à Mme Haudouin de se laver les pieds et toujours avec satisfaction; il était simplement la conséquence d'une modestie chrétienne, entretenue par des influences qui établissaient là des interdictions pertinentes. Il va sans dire que le curé ne défendait pas expressément aux femmes de se laver où bon leur semblait, mais il cernait habilement la question en les rappelant à chaque instant à la pudeur, et évitait avec un grand soin de commenter tel passage des Ecritures qui pût faire soupçonner l'excellence des ablutions. Il agissait ainsi autant dans l'intérêt de la paroisse que dans celui de la religion. Parfaitement dévoué à son troupeau, le curé de Claquebue était un homme honnête, rude, indiscret jusqu'à se rendre insupportable; peu soucieux de plaire, capable d'une injustice et même de jouer un mauvais tour à quelqu'un pour le remettre dans le bon chemin, il s'acquittait de sa mission avec l'âpreté et la prudence d'un paysan qui jette le grain là où il lèvera, et ne dépense pas son effort à ensemencer une terre qui lui rendra des chardons. Sachant que le bidet ou la gyraldose ont des effets plus subversifs qu'un banquet anticlérical de vendredi saint, il en préservait ses brebis.

A vrai dire, la modestie de Mme Haudouin répandait une odeur un peu forte qui incommodait parfois son époux. Elle ne l'empêchait pas, et bien au contraire, mais elle le fortifiait dans cette opinion que le plaisir des femmes était d'une qualité assez méprisable pour qu'il n'en prît pas de soin. Aussi menait-il les choses vivement; sa femme commençait à peine à s'émouvoir qu'il modulait déjà son aise. Mme Haudouin s'en consolait par des artifices dont elle souffrait mille remords, consciente que l'horreur du péché réside surtout dans un effort difficile vers le plaisir. Il lui arrivait de chercher le secours d'une excitation préalable en portant la main sur son seigneur, mais celui-ci se dérobait toujours avec mauvaise humeur; le chatouillement qu'il en éprouvait n'ajoutait rien à son élan et une telle initiative lui paraissait une atteinte au principe de l'autorité du mâle. Il prétendait n'avoir besoin de personne pour mener son affaire. En desserrant son étreinte, il lui arrivait par inadvertance d'engager sa main sous la croupe de sa femme, il en avait presque toujours un accès de gaieté qui l'incitait à faire des plaisanteries. Dans ces rondeurs fessières, il ne découvrait nulle féminité; sans pouvoir l'expliquer, il les considérait comme une zone neutre, et son hilarité provenait de la représentation qu'il s'en faisait, tendues sur un pot de chambre. C'était la seule partie du corps féminin

dont la vue lui semblât récréative et même plaisante. D'ailleurs, le curé de Claquebue tolérait
qu'on en fît des plaisanteries et voulait bien en
sourire à l'occasion. Il n'y voyait point de péril
sérieux et se sentait, là-dessus, d'accord avec
l'Eglise qui, pratiquement, a toujours consenti au
génie français que le diable n'a point d'asile dans
cet endroit charnu.

Les jeux d'amour tenaient fort peu de place
dans les préoccupations du ménage Haudouin.
Les époux n'en parlaient jamais, ni pour se faire
part d'un caprice soudain, ni pour commenter
une rencontre heureuse dans le plaisir. Quand, par
dérogation extraordinaire, Haudouin avait caressé
sa femme au milieu de la journée, ils en demeuraient un peu gênés, comme s'ils eussent accompli
une mauvaise action. Non seulement ils se blâmaient d'avoir dérobé ces instants-là au travail,
mais cela leur semblait aussi contraire au bon
sens que d'aller au sabbat en plein jour. Ils montraient plus d'intérêt pour les ébats amoureux
d'autrui que pour les leurs, et ils en parlaient
volontiers, avec une grande liberté de langage.
Cette aisance venait de ce qu'ils se sentaient alors
dans un rôle de censeurs. Haudouin, conscient
d'épauler les bonnes mœurs, dénonçait le péché
avec une certaine verve, en appelant les choses
par leurs noms.

Les étreintes du couple Haudouin étaient rares.
L'initiative en était interdite à l'épouse, du moins
pratiquement. Haudouin, qui était en toutes
choses un homme ordonné, n'avait jamais songé

à en régler la fréquence. Il lui arrivait de prendre
son plaisir tous les soirs pendant une semaine,
puis de s'abstenir plusieurs semaines. Pourtant, il
n'obéissait pas simplement au hasard de l'inspiration. Il pratiquait une certaine économie du
plaisir, selon les travaux dont il était occupé. Tant
qu'il menait une affaire difficile, laborieuse, il
s'abstenait, ou se montrait moins assidu à l'amour.
Ce n'étaient ni la fatigue, ni la tension de son
esprit qui l'empêchaient d'être dispos, mais il
tenait qu'en affaires, la continence est un secret
de réussite. C'est pourquoi il ne fut jamais si
ardent à caresser la servante que dans les dernières
années de sa vieillesse qu'il avait assis sa situation
de fortune, et s'en donna d'autant plus librement
que ces amours ancillaires lui semblaient, par leur
peu d'importance, échapper à toute espèce de
reproche. Mais, dans cet accès même de tardive
paillardise, il savait encore le prix de la modération, et je l'ai entendu bien souvent dire à son
fils Ferdinand : « Tant que tu n'auras pas de
clientèle solide et les palmes académiques, n'abuse
pas de ce que je te dis. » Le vétérinaire entendit
la leçon paternelle et s'il n'apporta pas la souplesse
et l'à-propos du vieil Haudouin dans l'économie
de sa puissance, du moins sut-il se limiter dans
l'observance d'une règle étroite. Les fils du vétérinaire ne s'y tinrent pas à beaucoup près, et quant
aux derniers des Haudouin, l'on peut dire qu'ils
se dépensent à leur fantaisie, séparant délibéré-
ment leur plaisir de leur travail. Ainsi ai-je vu
fondre en trois générations ce capital de conti-

nence que l'aïeul léguait comme un secret de
réussite. Et aujourd'hui, il y a beau temps que
les descendants ont cessé d'acheter des valeurs
d'Etat. Au lieu de faire des économies, ils dépensent bêtement leur argent avec des femmes.
Voilà ce qui arrive quand on ne règle plus ses
caprices sur les nécessités du travail.

Pour l'observateur réduit à l'immobilité et à
l'inaction, il n'est rien de plus réconfortant que
le spectacle de la contradiction. Moi, j'ai vu Jules
Haudouin sur la fin de sa vie, anticlérical et radi-
calisant, enseigner à ses fils un secret qu'il tenait,
peut-être sans le savoir, du curé de Claquebue.
Car il ne se passait guère de dimanche que le
curé ne dénonçât en chaire les relations de cause
à effet qui existaient entre la luxure et la pauvreté,
laissant à entendre que Dieu augmentait la pros-
périté des hommes qui boudaient à caresser leurs
femmes.

II

Lorsqu'il eut fait les frais d'installer à Saint-Margelon son fils Ferdinand, Haudouin le pressa de chercher une femme. Le père souhaitait qu'elle eût des manières de la ville, de l'ambition et une dot. Ferdinand n'était pas beau; le profil sec, la peau rose vif, et le menton galochard, il dégoûtait son frère le brigadier Alphonse qui l'appelait « Fouille au Train ». Mais le jeune vétérinaire avait d'autres séductions plus solides; il était laborieux, économe, rangé, bon catholique, il faisait merveille aux enterrements, et dans la ville, tout le monde était d'accord qu'il avait l'air vraiment convenable. Quand il marchait derrière une procession, avec un livre et un cierge dans la main, il y avait bien des mères qui le regardaient avec émotion. De plus, il était habile dans son métier; la première fois que le père Haudouin vit son garçon, les bras nus et sanglants, découper un veau dans une parturition délicate, il en fut enthousiasmé aux larmes.

— Maintenant que j'ai vu ça, dit-il, je suis tranquille, je peux m'en aller.

A toutes ces belles qualités, Ferdinand joignait
le sens commercial; il eut bientôt une clientèle
importante. Dans ce temps-là, il n'était pas rare
de voir la vertu récompensée. Ferdinand fut dis-
tingué par les parents d'une fille unique. Les
époux Brochard, retirés des affaires, songeaient à
bien marier leur fille Hélène. D'abord, Mme Brochard fit quelque résistance. Elle s'était flattée
qu'Hélène épouserait un avocat, ou un notaire,
ou un officier de cavalerie, car son éducation avait
été soignée par les demoiselles Hermeline qui
tenaient une pension très bien. Le vétérinaire sut
faire savoir que ses études avaient été aussi coû-
teuses que n'importe lesquelles et M. Brochard
le soutint avec fermeté. Hélène était une assez
belle fille, robuste, sérieuse et tendre; son jeune
corps avait trop d'impatience pour qu'elle balançât
sur le choix de ses parents. Dans les premières
années de leur mariage, les époux eurent trois
enfants : Frédéric, l'aîné, Antoine et Lucienne. Le
vétérinaire se jugea pourvu et sut s'en tenir là.

Travailleur méthodique, Ferdinand augmentait
sa clientèle et soignait en même temps sa réputation d'homme vertueux. Il donnait quinze francs
par an à l'hôpital et quinze francs à l'orphelinat.
Sa maison était bien tenue, pas plus accueillante
qu'il n'est décent. En toute saison, il portait une
jaquette et un chapeau noir qui était un compromis entre le melon et le haute forme. Il devint
dans la ville un homme important, et entra sans

tapage au conseil municipal. Le vétérinaire avait quelques ambitions politiques. Par inclination, il se sentait monarchiste et le demeura deux ans après la guerre, mais il n'avait point de goût à faire figure d'opposant. D'autre part, il songeait à utiliser l'influence que son père avait acquise dans l'arrondissement. La mort dans l'âme, il se relâcha de son assiduité à la messe et passa pour un républicain d'une grande modération. Devenu conseiller municipal, il poursuivit son évolution en s'attachant à la fortune politique de Valtier, le député de Saint-Margelon. Ensemble ils furent gambettistes, puis après qu'une usine importante se fut établie dans la ville, considérant que les intérêts de la population avaient changé, mais n'avaient point démérité de leur sollicitude, ils devinrent tous les deux radicaux. Le vétérinaire fut en exécration dans toutes les bonnes familles cléricales, son nom prononcé avec horreur par le curé de Saint-Margelon. Il ne devait jamais s'en consoler, et lorsqu'il se trouvait dans une réunion électorale ou à un banquet où l'on dénonçait la perfidie des curés, il applaudissait avec un grand courage, tandis que son cœur se serrait doulou-reusement. Pourtant, Ferdinand Haudouin s'ar-rangeait toujours pour militer d'accord avec sa conscience; il trouvait que le rôle d'un homme sage et éclairé, tel que lui, était de se tenir dans l'actualité; et pour apaiser, dans une certaine me-sure, le remords de sa conduite, il se disait qu'en dépit de ses sympathies, il avait su choisir là où il voyait le devoir; il en fut d'ailleurs récompensé par des fonctions importantes qu'il obtint dans la municipalité et par les palmes académiques.

Le vieil Haudouin avait une admiration déférente pour ce fils qui lui faisait honneur, et dont le zèle catholique l'avait un moment inquiété. Il n'y avait personne dans la famille Maloret qui pût prétendre à une fortune aussi brillante, pas même les deux fils naturels de la Tine Maloret, une vieille rusée qui, après avoir mené la vie jusqu'à cinquante et plus, avait réussi à se faire coucher sur le testament d'un ancien huissier. Lorsqu'il rencontrait le vieux Maloret, Haudouin lui disait d'une voix perfide :

— J'ai eu du chagrin de savoir que ton neveu s'était fait refuser aux postes encore un coup. Ta sœur a eu tant de mal pour les élever, dans sa putain de vie...

Il prononçait ces derniers mots d'un air de parfaite candeur, comme s'il ne se fût point avisé du sens précis qu'ils avaient en l'occasion. Maloret lui aurait bouffé les foies. Alors, Haudouin parlait de son fils Ferdinand :

— Il a une belle position, maintenant; c'est un garçon qui m'aura donné bien de la satisfaction.

Haudouin parlait moins volontiers de ses deux autres fils. Il est vrai qu'il n'avait pas besoin d'en parler, puisque Alphonse et Honoré demeuraient à Claquebue. Le père ne s'entendait ni avec l'un, ni avec l'autre. Lorsqu'il faisait une observation à Alphonse, l'ancien brigadier avait une façon déplacée de lui répondre qu'il ne s'était pas fait trouer la peau pour se laisser morigéner comme

un gamin, et le vieux trouvait qu'il n'y avait aucun rapport entre ses justes remontrances et la
jambe raide. Blessure glorieuse, sans doute, et
Jules Haudouin était le premier à s'en prévaloir
dans un banquet politique, mais qui n'autorisait
ni la paresse d'Alphonse, ni son penchant pour
la boisson.

Quant à Honoré, son père lui donnait sa malédiction une fois par semaine, et cela n'allait jamais
sans de grands coups de gueule de part et d'autre.
Honoré, pourtant, n'était ni un paresseux, ni un
révolté, ni même un indifférent, au contraire un
bon fils comme il était bon père et bon époux;
mais sa seule présence à Claquebue représentait
un danger permanent pour les intérêts de sa maison; il se dérobait paisiblement, comme sans y
penser, à tous les usages et les petites habiletés
qui consolidaient l'influence de son père à Claquebue. Par exemple, il ne se gênait pas, le matin
même d'une élection municipale, de traiter de
malpropre, et simplement parce qu'il était un
malpropre, l'électeur dont la voix importait le
plus à son père; ou bien, sollicité en famille de
donner son avis sur tel projet, il le déclarait malhonnête, alors qu'il eût été raisonnable et décent
d'en vanter l'habileté, puisqu'une décision de
famille est toujours respectable.

— J'entends, disait le bonhomme, que tu te
conduises bien avec Rousselier. Il est républicain
et des nôtres.

— Oui, mais avec ça, il est la dernière des crapules.

— Crapule ou pas, il vote.

A bout d'arguments, le père accusait sa bru de dresser son garçon contre lui, car il n'avait jamais pardonné à Adélaïde d'être entrée sans un sou dans sa maison, et non plus, mince et osseuse, de n'avoir pas de ces seins lourds, de ces fesses bien larges, qui honorent les familles. Quand la dispute en venait à ce point, la malédiction paternelle était en route, et Honoré jurait qu'il allait quitter la baraque le lendemain. Il l'eût fait comme il le disait, si le vieux n'avait fait les premiers pas, terrifié par la vision d'Honoré et d'Adélaïde qui allaient traverser le pays, attelés dans les brancards d'une charrette de hardes et poussant devant eux leurs trois ou quatre enfants. De son vivant, Mme Haudouin mère exerça une influence apaisante dans la maison. Elle mourut trois ans après la signature de la paix, d'un mal de langueur assez mystérieux, sur lequel les médecins n'avaient pu se prononcer.

Devenu veuf, le vieil Haudouin se montra plus indulgent à l'égard de ses deux aînés. Il se prit d'une affection particulière pour sa petite-fille Juliette, la deuxième née des cinq enfants d'Honoré, et sa bru lui en parut plus aimable. Quelques mois avant sa mort, il entretint ses trois fils de ses dispositions testamentaires. Il prélevait sur sa fortune une somme de dix mille francs, avec laquelle il constituait une dot à sa petite-fille Juliette qui en aurait la libre disposition au jour de son mariage. Le reste allait par tiers à chacun de ses garçons; mais, pour équitable qu'il pût paraître, son testament était d'une perfidie réfléchie. Considérant que l'argent se dissipe plus facilement qu'un domaine, il avait constitué l'héritage d'Alphonse en espèces immédiatement monnayables, car il pensait que l'aîné serait tôt ruiné, et il ne voulait pas que la terre des Haudouin passât trop vite en des mains étrangères. C'était livrer l'ancien brigadier aux tentations dangereuses des écus trébuchants, et celui-ci s'en montra d'ailleurs enchanté. Honoré recevait la ferme avec les prés attenants et le fonds de commerce de maquignon. La part de Ferdinand consistait en prés, champs et bois.

Comme le vétérinaire protestait qu'il était lésé, à cause de la dot de Juliette qui avantageait la maison d'Honoré, le père lui répondit :

— C'est comme ça, mais tu as raison de gueuler. Il faut toujours essayer d'avoir plus que son compte. Je ne veux pas qu'il soit dit que tu n'auras rien gagné à te plaindre, et pas plus tard qu'aujourd'hui, je te donne la jument verte. Tu l'accrocheras dans ton salon.

Ferdinand reçut le tableau avec piété, lui fit faire un beau cadre noir, et l'accrocha dans le salon au-dessus du piano, à la place d'honneur. Les visiteurs non avertis pensaient que ce fût une enseigne de vétérinaire, mais ceux qui savaient le regardaient avec déférence.

Le père Haudouin, qui n'avait jamais été malade, se coucha un après-midi et mourut en une semaine. On l'enterra à côté de sa femme, et Ferdinand leur fit faire à tous deux de belles grosses pierres tombales en marbre noir, telles qu'on n'en avait jamais vu à Claquebue. Les pauvres morts d'à côté, sous leurs petits bourrelets de terre, en étaient attristés dans les nuits.

Bientôt l'on commença d'avoir des preuves que la jument verte était un talisman. Ferdinand reçut un grand diplôme d'honneur et une médaille de bronze, il fut nommé adjoint au maire de Saint-Margelon, eut une obligation à lots qui lui rapporta dix mille francs, et, un peu plus tard, devint conseiller général. On disait qu'il était riche à deux cent mille francs. Enfin, vers la quarantaine, le vétérinaire connut une joie magnifique : grâce à son influence politique, il lui fut donné d'obtenir un emploi de balayeur municipal à cet ancien condisciple qui l'avait autrefois surnommé « Cul d'oignon ».

Cependant, ses deux frères voyaient bientôt péricliter leurs héritages respectifs. Honoré connaissait toutes les ficelles du métier de maquignon, mais l'exemple de son père n'avait jamais pu le décider à maquiller une bête ou à dissimuler les imperfections d'un cheval. Il avait une grande amitié pour les bêtes et manquait de vendre un cheval à bon prix pour le plaisir de le garder huit jours de plus; ou bien il revendait au prix d'achat pour être agréable à un ami. Le pire était qu'il prêtait de l'argent à tort et à travers. Son commerce de bestiaux déclina rapidement; il finit par l'abandonner, sans la moindre amertume, et redevint simple cultivateur. Comme il s'était endetté, sa situation finit par devenir difficile. Le

vétérinaire lui consentit des avances d'argent à
plusieurs reprises et, « pour éclaircir les affaires »,
lui racheta à bas prix la maison paternelle et les
champs. Toutefois, Honoré en gardait la jouissance moyennant qu'il fournît son frère en haricots, pommes de terre, primeurs, fruits, et cochon
salé.

Alphonse, plus encore que son frère le maquignon, mérita les calamités qui s'abattirent sur sa
maison. Sa jambe raide le gênait pour travailler
dans les champs, mais il aurait pu vendre du
drap ou de l'épicerie, à tout le moins se contenter
avec le revenu de son capital. Au lieu de cela, il
se soûlait au bon vin, fumait pour trente sous de
cigares par jour, et tenait table garnie d'un bout
à l'autre de l'année. Et non seulement il faisait
des orgies à domicile, mais il s'en allait à la ville
où il demeurait quelquefois plusieurs jours, traî-
nant dans tous les mauvais lieux de l'endroit, en
compagnie des voyous et des peaux. Son capital
écorné de moitié, il épousa une fille de belle jambe
et de peu de principes qui acheva de dévorer le
meuble et l'immeuble. Justement indigné, le vétérinaire ne fit rien pour lui venir en aide. Trop
souvent, il avait dû souffrir la honte de voir l'ancien brigadier, presque toujours pris de boisson,
surgir dans le salon de la jument verte, en tenant
des propos qui consternaient les invités (une fois,
il avait même chanté l'*Internationale*). La ruine
consommée, il eut pourtant la bonté de payer le
voyage de sa famille jusqu'à Lyon, où Alphonse
parut vouloir se fixer.

Ainsi, la mauvaise fortune des deux aînés portait témoignage de la puissance tutélaire de la jument verte. Divinité bienveillante, gardienne des bons principes, des traditions salvatrices, elle dispensait fortune et honneurs aux Haudouin de bonne volonté, prudents, laborieux, méthodiques, et attentifs aux bons placements.

Les jours de réunion familiale dans le salon, lorsqu'il savait ses comptes bien en ordre, le vétérinaire se sentait comme soûl du bonheur de vivre raisonnablement. A regarder le chemin parcouru depuis son installation à Saint-Margelon, il lui semblait dans sa modestie, oublieux de son labeur et de ses sages combinaisons, qu'il n'eût rien fait de plus méritoire que de cueillir des fruits juteux sur un arbre mystique poussé en pleine tripe de jument verte. C'était le moment, pour les trois jeunes Haudouin, d'entendre l'histoire de l'animal fabuleux qui avait dérangé un empereur. Frédéric, jamais las de cette épopée, écoutait avec des battements de cœur, rappelait parfois un détail oublié du vétérinaire, ou introduisait pieusement quelques enjolivures. Lucienne dissimulait qu'elle avait envie de bâiller et se récriait poliment aux bons endroits. Quant à Antoine, le plus jeune, l'on pouvait déjà prévoir, à son mauvais sourire d'ironie, qu'il ne ferait jamais rien de bon dans la vie.

Mme Haudouin détestait ces histoires de jument; elle pensait, sans oser le dire, que le vétérinaire abrutissait ses enfants. C'était une mère affectueuse et douce, toujours en révolte sourde contre la sévérité du père à l'égard de ses enfants. Elle avait gardé, de son passage à la pension des demoiselles Hermeline, un goût très vif pour la musique et la poésie. Elle savait encore par cœur des poèmes de Casimir Delavigne. En cachette de son époux, elle réunissait ses enfants pour leur faire admirer les plus purs poètes romantiques qu'elle découvrait avec eux. Dans le salon coulaient des torsades de vers éplorés, et il y avait des jours où tout le monde pleurait, sauf Lucienne qui n'y voyait pas raison. Lucienne était une enfant sage, assez jolie, et il y avait lieu de croire qu'elle ferait plus tard un bon mariage, mais les poètes ne l'intéressaient pas. Elle était d'abord soucieuse de ne pas salir ses robes et de donner toute satisfaction à ses maîtresses et à ses parents. C'était une bonne petite fille.

Les deux garçons prenaient plaisir aux récitations poétiques de leur mère. Antoine surtout qui savait par cœur au moins mille vers et se réjouissait de jouer ainsi un bon tour au vétérinaire. Ce garçon-là nourrissait à l'égard de son père une haine définitive. Au collège, il s'appliquait à être toujours parmi les derniers, en escomptant le déplaisir qu'en aurait M. Haudouin. A toutes les fins de semaine qu'il présentait son carnet de notes scolaires à la signature des parents, son père grinçait qu'il allait le fourrer en pension. Sa mère arrangeait les choses, et ce n'était pas facile, car Antoine ne répondait aux menaces paternelles que par des paroles de défi. Ainsi, non seulement il était musard, paresseux, indiscipliné, mais il manquait encore à ses devoirs de piété filiale.

— Un flibustier et un mauvais sujet, disait M. Haudouin. Il me fait penser à son oncle Alphonse.

Sur le fils aîné reposaient toutes les grandes espérances du père. Frédéric tenait toujours la tête de sa classe. Il n'avait pas hérité le physique ingrat du vétérinaire, et ses camarades l'avaient en sympathie à cause de son caractère avenant. Lorsqu'il était sous le coup d'une punition, il savait racheter sa faute par des paroles habiles, au contraire d'Antoine qui expiait avec une morgue silencieuse. Frédéric semblait donc promis au destin orgueilleux de porter la fortune des Haudouin, ou, comme disait déjà Antoine en ricanant, de perpétuer la branche verte des Haudouin.

— Celui-là ne me donne pas d'inquiétude, disait le vétérinaire. Il réussira.

En effet, les choses arrivèrent comme il disait. Frédéric devait réussir; il n'y eut qu'une petite alerte vers le temps de sa quinzième année. Le pauvre garçon devint amoureux d'une jeune fille qui mourut dans un accident de chemin de fer. Il crut son cœur brisé à jamais et voulut mettre la chose en vers. Comme les rimes venaient mal, il chercha autre chose et pensa ne pouvoir moins faire que d'entrer dans les ordres. Il serait frère prêcheur. Déjà, il se voyait vêtu de bure, avec une retombée de cordelière qui lui battait les jarrets. Quand il fit part de son dessein à sa famille, le vétérinaire lui dit simplement :

— Tu seras privé de dessert jusqu'à ce que tu aies changé d'avis.

La vocation de Frédéric se trouva humiliée qu'on lui proposât un obstacle aussi médiocre. Après avoir tenu bon pendant deux mois et donné aux pauvres les cinq sous d'argent de poche que son père lui allouait par semaine, le garçon finit par se rendre aux raisons que lui fournissait sa mère de faire une carrière mondaine.

La maison de Ferdinand Haudouin était mélancolique. Les contraintes imposées par le vétérinaire, les déceptions conjugales de sa femme, qui tournaient en langueur, la figure maussade de Lucienne, et la mésentente des deux garçons, y entretenaient une atmosphère de méfiance et de rancœur. Frédéric et Antoine s'aimaient comme deux frères, pas plus. Ce lien fraternel n'empêchait ni le dédain, ni la colère, mais facilitait les réconciliations.

Le dimanche, quand le mauvais temps interdisait toute sortie, la maison était plus morne qu'à l'ordinaire. Mme Haudouin et ses enfants souffraient d'ennui à crier, tandis que le vétérinaire, tout en vérifiant ses comptes, surveillait les besognes scolaires avec un souci méticuleux. Dans ces moments-là, Antoine priait pour que son père mourût dans le courant de la semaine, et la prière le soulageait un peu.

A la belle saison, il était habituel d'aller passer le dimanche à Claquebue. Ferdinand attelait son landau et conduisait toute la famille chez l'oncle Honoré. Pour les enfants, qui s'entendaient bien

avec leurs cousins, c'était une journée de détente,
et Mme Haudouin goûtait le plaisir de voir son
époux traité sans ménagements par son frère.

L'oncle Honoré et le vétérinaire ne se détestaient
pas tout à fait, il y avait même entre eux un
véritable sentiment d'affection, et il n'arrivait rien
à l'un, heur ou malheur, que l'autre n'en fût
touché. Aucune rivalité ne les séparait, car Honoré
n'avait point d'ambition. Chacun d'eux méprisait
l'autre, mais Ferdinand n'avait presque jamais
l'avantage dans leurs querelles, les raisons de son
mépris n'étant pas de celles que l'on avoue. « Je
trouve que tu manques un peu de diplomatie »,
disait le vétérinaire pour reprocher à Honoré sa
franchise; tandis que son frère, le prenant sur le
fait, pouvait s'écrier : « Tu mens comme un
sagouin. » Ce rapport de tons était à peu près
constant entre les deux frères. Tous deux passaient
pour être républicains avancés, anticléricaux et
même irreligieux. Cette attitude, chez Honoré,
n'avait rien de systématique : il était républicain
depuis l'Empire et l'était resté avec passion, parce
qu'il lui semblait que la République eût encore
besoin d'être défendue; anticlérical pour faire
échec à la puissance toujours indiscrète du curé,
irreligieux parce que la perspective d'une vie éternelle l'écœurait. Au contraire, Ferdinand continuait d'adorer en secret ce qu'il brûlait méthodi-
quement, et le zèle de son frère, mesuré mais
sincère, le blessait à chaque instant. Malheureu-
sement, il n'y avait aucun moyen de le lui faire
savoir sans se déjuger soi-même, et le vétérinaire

se voyait même obligé de protester de toute sa
vigueur quand Honoré lui jetait : « Je te dis que
tu es resté calotin dans les moelles. »

La seule satisfaction de Ferdinand était de songer que la fortune avait souri à chacun selon ses
mérites et qu'il avait été infiniment plus favorisé
que son frère Honoré. Encore celui-ci le lui eût-il
disputé, car il avait une merveilleuse facilité à être
heureux et ne croyait pas qu'il y eût un sort plus
enviable que le sien; il ne voyait qu'une ombre à
sa joie de vivre, mais c'était le souvenir d'une
humiliation toujours cuisante que le temps n'apai-
sait pas. Honoré, d'abord empêché d'en tirer vengeance, avait fini par se résigner à cette plaie d'orgueil, lorsque, par un caprice du hasard, l'activité
politique du vétérinaire remit toute l'affaire en
question et lui donna un développement nouveau.
Les choses commencèrent un après-midi de grand
soleil, qu'Honoré fauchait sur la plaine entre les
bois du Raicart et la route qui traverse Claquebue
dans sa plus grande longueur.

III

En arrivant à la route qui séparait le Champ-Brûlé de sa maison, Honoré Haudouin posa sa faux sur le blé coupé et redressa sa haute taille dans la lumière ardente. La sueur collait sa chemise sur son dos, dessinant de larges poches molles autour des aisselles. Honoré souleva son chapeau de jonc, et d'un revers de main essuya la sueur qui perlait à ses cheveux gris, coupés court. Regardant à sa gauche, il vit le facteur qui sortait de sa maison, la dernière du village sur le bord de la route, à l'endroit où la plaine s'étranglait entre la rivière et une avancée du bois.

— Déodat est prêt pour partir, songea-t-il. C'est quatre heures qui s'en vont déjà.

Honoré eut envie de boire frais et traversa la route. Dans la cuisine aux volets clos, il entendit sa femme qui frottait le parquet avec une brosse de chiendent. La pièce lui sembla fraîche comme une cave. Un moment, il demeura immobile, jouissant de la fraîcheur, et de cette obscurité qui reposait ses yeux de la lumière dure. Il ôta ses

sabots pour rafraîchir ses pieds nus sur le carrelage. Du fond de la cuisine, monta une petite
voix métallique, un peu essoufflée.

— Tout est sur la table, dit l'Adélaïde. Tu
trouveras deux oignons épluchés à côté de la
miche. J'ai mis la bouteille à refroidir dans l'eau.

— Bon, dit-il. Mais qu'est-ce que tu fais de
récurer la cuisine ? On dirait qu'il n'y a pas de
besogne plus pressée à la maison.

— Sûrement qu'il y en a de plus pressée, mais
si Ferdinand arrive demain avec sa femme et les
enfants...

— Il n'ira pas regarder le parterre de la cuisine,
qu'est-ce que tu me racontes ?

— Il aime quand même à trouver sa maison
propre...

— C'est entendu, sa maison... sa maison...

— Toi, tu te crois toujours chez toi.

Honoré faillit donner dans la querelle que
l'Adélaïde lui cherchait par manière de distraction, mais il s'avisa que rien ne valait de boire
frais. A tâtons, il chercha le seau d'eau froide, y
plongea les avant-bras et s'aspergea le visage. Puis
il but à la bouteille jusqu'à perdre respiration. Sa
soif apaisée, il apprécia plus librement la qualité
du breuvage, un mélange de vin âpre et d'infusion
de feuilles qui laissait dans le nez un mauvais
goût de tisane.

— Ça ne risque pas que je me soûle, dit-il avec
un peu d'humeur.

L'Adélaïde lui fit observer que le litre de vin
était à sept sous et qu'il fallait faire durer le ton-

neau jusqu'aux prochaines vendanges. Elle ajouta
que les hommes étaient tous pareils. Ils ne pensaient qu'à leurs gueules.

Retranché dans un mutisme patient, Honoré
taillait dans la miche de pain rassis; il alla s'asseoir sur le rebord de la fenêtre et commença de
croquer un oignon. Sa femme interrogea d'une
voix radoucie :

— Il en reste beaucoup ?

— Pas tant, j'aurai déjà fini sur les sept heures.
Sans me vanter, mais j'aurai bien juste choisi le
temps de la fauche. C'est mûr plein l'épi et tendre
pourtant dans la tige. Des blés qui se coupent tout
seuls que c'est doux comme du poil de fille.

Le silence retomba entre les époux. Honoré
songea en mordant son pain :

« Ça se fauche tout seul, et c'est peut-être encore trop de mal pour le bénéfice qu'on en a ? »

Il réfléchit que le blé vaudrait toujours d'être
fauché, puisqu'on le mangeait. Si bon marché
qu'il vendît le surplus de sa consommation, c'était
quand même du bénéfice. La peine qu'on a au
soleil ne compte pas quand on y prend plaisir.
Honoré n'avait qu'à évoquer le temps de la première année de son mariage, alors qu'il travaillait
quatorze heures pour un salaire de vingt-cinq
sous, et il trouvait que, pour le présent, les choses
allaient le mieux du monde. Sa méditation céda
bientôt à une paresse heureuse, un abandon dans
la vie diminuée de cette pièce abritée du soleil
et du travail, où il n'y avait d'autre bruit que le
bourdonnement d'une guêpe qui cherchait une

issue vers la chaleur, et le bruit liquide et tendre
des serpillières mouillées que l'Adélaïde tordait
sur son baquet d'eau sale.

Assis entre les deux battants de la fenêtre ouverte, le dos appuyé aux persiennes, Honoré mangeait lentement pour retarder l'instant de son
départ. Ses yeux s'étaient habitués à la demi-obscu-
rité de la cuisine, il distinguait maintenant, au
fond de la pièce, la forme ramassée de l'Adélaïde.
Agenouillée sur le sol, elle lui tournait le dos, et
sa croupe levée haut dissimulait la tête qui plon-
geait entre les épaules. Un large jupon noir, pincé
aux jarrets, ballonnait la silhouette qui prenait
dans l'ombre une ampleur incertaine. Honoré
s'étonnait d'une abondance de croupe qui lui apparaissait pour la première fois, car il avait souvent regretté la maigreur de sa femme.

Le jupon noir se mouvait lentement, avec des
ondulations indécises, qui balançaient des ombres
denses au fond de la cuisine. Le regard appliqué,
Honoré essayait de préciser la forme confuse dont
l'obscurité lui dérobait les contours. Il était troublé
comme par une présence étrangère, une substitu-
tion inespérée. L'Adélaïde avait repris sa brosse
de chiendent; elle eut une détente soudaine des
deux bras pour frotter le carrelage; en même
temps sa croupe s'effaçait en avant, mais pour
se tendre aussitôt, d'un mouvement contraire,
ample et rapide, qui l'arrondit sur ses talons.
Honoré n'en revenait pas. Le cou tendu, il suivait
le jupon noir qui sortait de l'ombre à la cadence
du double effort alterné. Il entendit le soupir de

l'été derrière les persiennes; bourdonnant à ses oreilles, la guêpe lui chanta une chanson pressante. La cuisine fraîche, où la pénombre développait ses mystères pesants, semblait être une salle d'attente, et les moindres bruits lui pinçaient la chair. Il se sentait là un peu comme au 17 de la rue des Oiseaux, à Saint-Margelon, où il se rendait deux ou trois fois l'an, au temps qu'il était maquignon : tout un essaim de filles parfumées s'empressaient avec des gorges roses et des cuisses de fête. Il y en avait une grande, rebondie de partout, les hussards s'amusaient de lui claquer le derrière... Honoré la vit précisément, son image se projetait au fond de la cuisine. Elle fit place à une autre image, celle d'une femme de Claquebue. Honoré quitta la fenêtre, guidé par le crissement de la brosse dure qui rythmait la danse du jupon noir. Une timidité qui ne lui était guère habituelle le rendait maladroit. Il ne prit d'abord que l'étoffe.

Surprise, l'Adélaïde tourna vers lui sa figure maigre et fatiguée qui s'éclaira d'un sourire. Plus encore que sa femme, il parut surpris, comme s'il n'attendait plus ce visage familier. Il murmura des paroles confuses auxquelles l'Adélaïde répondit tendrement. Embarrassé, il hésita encore, puis il étreignit des deux mains. Aussitôt, il comprit qu'il s'était exalté sur de vaines apparences qui n'offraient plus à son étreinte, sous l'épaisseur de l'étoffe, que deux fesses décharnées, d'une géométrie pitoyable. Alors, il fit un pas de retraite du côté de la fenêtre, et haussant les épaules, soupira discrètement, mais pas si bas que sa femme ne l'entendît :

— On se figure toujours je ne sais pas quoi.

Egalement déçue, l'Adélaïde ne voulut pas rester sur une défaite et tenta de ressusciter les charmes qui s'étaient évanouis entre les mains de son époux. La danse du jupon reprit, avec des temps d'arrêt, des lenteurs et des sursauts calculés. Agacé, Haudouin alla entrouvrir les persiennes. Un ruban de soleil jaillit dans la cuisine et traça de l'or entre les plis du jupon noir. Il se mit à rire et referma. Sa femme était humiliée, elle interrogea d'une voix aigre :

— Qu'est-ce qui t'a pris, tout à l'heure ? Qu'est-ce que tu voulais ?

— Je me le demande, répondit-il avec une pointe de rancune.

Irritée, l'Adélaïde se dressa et le rejoignit dans l'embrasure de la fenêtre.

— Ah ! tu le demandes ?

— Mais non, je ne demande rien.

— Moi je vais te le dire...

— C'est bon, je n'ai pas le temps de t'écouter...

— Il te faudrait des femmes...

— Voilà que tu te montes la tête.

— Oui, des grosses qui en mènent large, hein ?

Elle le saisit aux épaules, il se secoua et répondit avec impatience :

— Pourquoi des grosses ? On fait avec ce qu'on a...

— Mais on en aimerait mieux des grosses, la preuve !

— Laisse-moi tranquille avec ta preuve ! Je fais les choses au moment qu'on doit les faire, voilà tout. Il n'y a que les riches qui font l'amour au milieu de la journée.

— Je n'ai pas eu la chance de bien des femmes, moi.

— Tu te plains tout le temps.

— C'est bien facile d'avoir tout ce qu'il faut dans son corset, quand on a un vétérinaire qui gagne assez pour vous nourrir à ne rien faire, quand on peut se mettre des affiquets sur le dos et des chapeaux et des bottines !

— Ce n'est toujours pas ça qui t'embellirait, fit observer Honoré. Quand même tu t'en iras habillée tout en soie...

— En soie ? ricana l'Adélaïde. Le risque ne court pas. Avec un homme qui n'a pas su mener son métier de maquignon, ni même garder la maison que son père lui avait laissée, ce ne serait guère raisonnable d'y penser, à la soie... Si ton frère nous chassait de sa maison, on pourrait tout juste compter de crever dans un fossé...

— S'il fait beau, ça vaudra bien de crever dans un lit.

— Toi, tu seras toujours à l'aise, pourvu que je m'en aille la première.

— Pardi !

— Tu n'attends que ce jour-là...

— Je te fermerai les yeux, parole, et puis je te ferai une bonne mentonnière pour que tu fermes ta gueule un bon coup !

— Honoré, tu vas me dire...

— Pas les mains !

— Ta belle-sœur, tu vas me dire...

Honoré ne voulut pas entendre davantage. Il traita sa femme de vieille bête, et sortit en claquant la porte, sans prendre garde qu'il allait tête nue sous le soleil. L'Adélaïde tourna en rond dans la cuisine, puis elle avisa le chapeau qu'il avait oublié sur la table et courut le lui porter.

— Honoré, tu as oublié ton chapeau. Par ces chaleurs, oublier son chapeau...

Sa voix, cassée par la course, avait un accent de tendresse inquiète.

— C'est vrai, dit Haudouin en s'arrêtant. J'avais oublié mon chapeau.

— Tu n'y pensais plus, à ton chapeau. Tu n'y pensais plus.

Il regarda son visage, de vieille déjà, osseux et ridé, ses lèvres grises que l'émotion faisait trembler, ses yeux noirs où brillaient des larmes. Attendri et saisi d'un remords, il regardait aussi le jupon noir aux plis honnêtes, qui avait fait surgir au fond de la cuisine une illusion dont il sentait encore le regret dans sa chair.

— On pose son chapeau dans un coin, dit-il doucement. Et après, on n'y pense plus.

— Tout à l'heure, dit-elle. C'est parce qu'il faisait noir dans la cuisine. Qu'il faisait comme nuit. On ne voit pas ce qu'on cause quand il fait nuit. C'est la raison de...

Honoré sourit à sa femme et lui toucha la main du bord de son chapeau.

— Bien sûr, dit-il en s'éloignant. Quand il fait nuit.

Demeurée au milieu de la cour, elle le vit traverser la route, et soupira :

— Si bel homme, on ne peut pas croire qu'il a quarante-cinq ans. Il y en a de son âge qu'on prendrait déjà pour des vieux.

Comme il venait d'aiguiser sa faux, Honoré entendit le roulement d'une voiture; et le cabriolet de son frère Ferdinand déboucha au tournant de la route, à deux cents mètres du Champ-Brûlé. Le vétérinaire poussait son cheval qui filait d'un trot allongé. Lâchant sa faux, Honoré s'avança au bord de la route et grommela :

— Mener une bête de ce train-là, quand il fait si chaud. A quoi ça ressemble ?

Il vit Ferdinand tirer son chapeau à un groupe de moissonneurs et comprit que le cheval allait au trot de parade, car le vétérinaire n'agissait jamais par caprice, mais par raison, en homme raisonnable. Grand connaisseur, Honoré examinait l'animal qui s'approchait, un alezan brûlé, trop lourd à son gré.

« Tout vétérinaire qu'il est, songeait-il avec satisfaction, Ferdinand ne saura jamais ce que c'est qu'une belle bête. Voilà du cheval solide, bien sûr, mais ce n'est pas le trotteur qu'il fallait dans les brancards d'un cabriolet. Et puis, qu'est-ce que c'est que ce ventre qu'on lui voit pendre entre les jambes de devant... »

Comme l'attelage s'arrêtait, il interrogea avec

un peu d'inquiétude, car le vétérinaire venait
rarement à Claquebue un jour de semaine :

— Il n'est rien arrivé ?

— Rien du tout, dit Ferdinand en descendant
de voiture. J'ai été appelé près d'ici et je suis venu
vous donner le bonjour. Justement, nous ne pou-
vons pas venir demain. Ce sera pour l'autre
dimanche.

Il tendit la main, contrairement à une conven-
tion tacite par laquelle les deux frères se dispen-
saient de toute démonstration amicale lorsqu'ils
se trouvaient en tête à tête. Honoré toucha, d'un
geste paresseux. Il n'hésitait pas sur le sens de
cette poignée de main insolite : son frère allait
lui demander quelque chose. Au regard lucide
de son aîné, Ferdinand comprit que la partie
s'engageait mal; il rougit un peu et, pour dissimuler sa gêne, demanda des nouvelles des enfants avec un empressement exagéré.

Honoré répondit brièvement, en caressant le
cheval avec amitié. Clotilde et Gustave, les deux
plus petits, étaient à l'école. Ils auraient dû être
rentrés, mais ils traînaient toujours par les chemins. Alexis gardait les vaches sur les prés communaux; on le renverrait en classe à l'automne.
En attendant de se marier, et elle avait le temps
d'y réfléchir, Juliette travaillait dans les champs
comme un homme : il fallait bien, maintenant
que son frère était au service.

— Pour Ernest, il est toujours à Epinal. Tu
verras sa dernière lettre. Il nous dit que son sergent l'estime bien. Je me demande s'il n'aurait

pas dans l'idée de rengager, bon Dieu. Alphonse lui en a tellement mis dans la tête... Tu as des nouvelles d'Alphonse ?

Le vétérinaire secoua la tête. Il n'aimait pas qu'on lui rappelât l'existence de ce frère indigne, et Honoré le savait bien.

— Le pauvre Alphonse, il n'a guère eu de chance. Je ne connais pourtant pas de meilleur garçon.

Ferdinand pinçait les lèvres avec rancune.

— Pas vrai ? insista Honoré.

— Bien sûr, dit Ferdinand d'une voix contrainte.

— Je pense bien souvent à lui, pauvre Alphonse. Je me demande s'il est toujours à Lyon et combien il a d'enfants maintenant. Voilà pourtant deux ans qu'il nous laisse sans nouvelles.

Honoré fit une pause et lâcha avec un enjouement perfide :

— Mais tu sais comme il est, lui : un beau jour, il arrivera sans prévenir et s'installera chez toi avec toute sa famille pour un mois ou deux... On aura du plaisir à le revoir.

Le vétérinaire, qui n'avait pas encore envisagé cette redoutable éventualité, sentit la colère lui empourprer les joues; ses yeux pâles brillèrent d'un éclat cruel. Il s'abstint pourtant à l'endroit d'Alphonse d'une réflexion désobligeante, qui eût prélude fâcheusement au débat nécessaire qu'il méditait depuis la veille. Après un silence embarrassé, il demanda des nouvelles de Philibert Messelon, le maire de Claquebue.

— Je n'ai pas eu le temps d'aller le voir, répondit Honoré, mais j'ai envoyé Juliette hier soir. Il
ne va guère, usé qu'il est. A croire qu'il n'en a
plus pour deux dimanches. Enfin, c'est un vieux,
il n'y a rien à dire.

— Malheureux tout de même, soupira Ferdinand. C'était un bonhomme que Philibert, et qui
tenait bien sa place à la mairie... En parlant de
mairie, à propos...

Honoré se méprit sur le sens de cet à propos...
Il prévint :

— Je t'ai déjà dit que je ne veux pas être
maire, ni seulement adjoint. C'est déjà trop d'être
conseiller.

Le vétérinaire eut un claquement de langue
comme pour maintenir son « à propos », et son
visage mince, au menton ambitieux, s'anima soudain. Il semblait qu'il eût trouvé justement la
transition qu'il cherchait.

— Tu ne me laisses pas parler. Il s'agirait au
contraire d'avancer une autre candidature. Et
comme tu as de l'influence...

De fait, Honoré jouissait au Conseil municipal et dans tout Claquebue d'une influence
certaine. Il lui plut de l'entendre dire à son
frère et, flatté, il prêta l'oreille de meilleure
grâce.

— Figure-toi, reprit le vétérinaire, que nous
avions l'autre jour le député à dîner, il s'arrêtait entre deux trains. Valtier est un ami qui nous
a rendu déjà bien des services, et qui nous en
rendra encore, à l'un et à l'autre.

— Je ne dois rien à Valtier, et je n'ai rien à lui demander, mais c'est égal.

— On ne sait pas. Bref, pendant le repas, la conversation est venue justement sur Philibert Messelon, et Valtier m'a fait comprendre qu'il avait quelqu'un à mettre à la mairie... Oh ! bien entendu, il est persuadé que son choix servira les intérêts de la commune. Valtier est une haute conscience, la loyauté même, et il en a la réputation au Parlement. Je n'ai pas à faire son éloge...

— Si son candidat est convenable, après tout...

Ferdinand eut un rire humble pour se faire pardonner d'abord.

— Tu vas sauter, bien sûr, et je ne te cache pas que j'ai eu du mal à m'habituer à ce nom-là... Il s'agirait de Zèphe Maloret.

Honoré fit entendre un long sifflement, comme s'il se fût émerveillé de l'impudence de son frère.

— Au moins, toi, tu n'as pas de rancune.

— Au premier abord, il est certain...

— Mais ce qui m'étonne encore le plus, dans ton affaire, c'est que Valtier mette en avant un des pires d'entre les réactionnaires, un enragé de la soutane comme le Zèphe. Qu'est-ce que ça veut dire ?

Le vétérinaire était mal à l'aise, il répondit prudemment :

— Je ne sais pas... C'est difficile à expliquer... Tu dois savoir que les circonstances politiques sont particulières. Le seul programme du géné-

ral Boulanger a réconcilié bien des adversaires,
il peut servir de trait d'union entre des partis
d'apparence opposés. Dans une période d'anarchie comme celle que nous vivons aujourd'hui
cette union-là est souhaitable. Les faits nous con-
duisent à conclure...

— Ecoute, je ne connais pas le programme du
général, ni les faits, ni rien. Mais je connais Claquebue, et je dis que c'est se foutre des républicains et de la République que de mettre Zèphe
à la mairie. Il n'y a pas de Boulanger qui explique la chose.

— Pour tout dire, je crois que Valtier connaît
quelqu'un de la famille Maloret... des relations,
m'a-t-il dit...

— Des relations ? attends donc ! ce ne serait
pas, des fois, la fille de Zèphe..., mais oui, sa
Marguerite, une petite rouée qui s'était placée à
Paris, voilà deux ans. Belle fille, ma foi, et qui
a l'esprit de famille, à ce que je vois ?

Ferdinand alla serrer une courroie de l'attelage pour se dispenser d'une réponse.

— Je sais, reprit-il, tu vas me dire que chez
Maloret, on a toujours été contre mon père...

— Je m'en fous bien, dit Honoré avec mépris.

— Tu n'en es pas non plus, quinze ans passés,
à garder rancune à Zèphe de cette histoire de
franc-tireur ? Ce serait manquer de générosité
et de bon sens, tu en conviendras le premier...

Honoré demeura muet. Tournant le dos à son
frère, il retroussait les lèvres du cheval, feignant
de s'intéresser à sa dentition. Mais la colère le

rendait maladroit, l'alezan se dégagea d'un brusque coup de tête. Le vétérinaire sentait qu'il venait de toucher à l'obstacle important, et, dans son impatience de l'emporter, il crut pouvoir insister :

— S'il fallait tenir le compte de tous les petits froissements qu'on a eus avec les gens depuis vingt ans, on n'aurait plus un seul ami. Quelques torts qu'ait pu avoir Zèphe, tu peux les lui pardonner aujourd'hui.

— Non, dit Honoré.

— Allons, allons ! après tout tu n'en es pas mort ?

Honoré haussa les épaules. Il voulut maintenir la tête du cheval et serra au chanfrein d'un mouvement nerveux. L'animal poussa un hennissement de douleur. Ferdinand, agacé, ne dissimulait plus son impatience.

— Et qu'y a-t-il de vrai, au fait, dans cette histoire de franc-tireur ? Tout ça est bien vague, bien incertain. On n'en a même jamais entendu parler dans le pays.

Honoré se retourna brusquement et saisit son frère par le bras.

— Non, tu n'en a jamais entendu parler. Veux-tu savoir pourquoi ?

— Mais non, je ne tiens pas...

— Tu sauras tout. Tu m'entends ? Après ça, tu auras peut-être fini de m'embêter.

Honoré était pâle et le vétérinaire eut peur; il essaya de se débattre, mais son frère le poussa vers le fossé et l'obligea de s'asseoir sur le bord, à côté de lui. Voyant les deux hommes lui tourner le dos, l'alezan tira la voiture jusque dans la cour où il se mit à l'ombre d'un noyer.

— Quand les Prussiens sont arrivés, dit Honoré.

Il s'interrompit, regarda Ferdinand aux yeux, et jeta violemment :

— Il n'y a pas de raison pour que je me garde ça. Tu sauras tout !

Il s'apaisa aussitôt et reprit d'une voix égale :

— Je faisais partie d'une bande qui courait le pays sans trop savoir quoi faire. Quand on a su qu'ils arrivaient sur Claquebue, on est venu se poser à la lisière du bois. Une bêtise, mais on s'était soûlé le nez toute la nuit dans une auberge de Rouilleux. On voulait faire les malins, et dans le fond, tout le monde regrettait de ne s'être pas rabattus sur les lignards qui tenaient les hauteurs de Bellechaume. Moi, j'étais juste au bout du Champ-Brûlé, derrière une touffe de charmilles qui avançait sur la plaine. Ils l'ont coupée depuis. C'était juste là.

Honoré désigna un point de la forêt, à quatre ou cinq cents mètres.

— Vers deux heures après-midi, je vois les casques à pointe qui débouchent au-dessus de la Montée-Rouge. On entendait couiner leurs fifres. Un air, bon Dieu, quand je me le rappelle, j'en ai le deuil dans les moelles. Je regardais leur vermine descendre sur le pays, et d'avoir un œil sur la maison, tu peux compter que ça me serrait la passe du gosier. A côté de moi, comme

tu dirais dix ou quinze mètres, il y avait un petit
gars de dix-huit ans, un nommé Toucheur. Pas
mauvais gamin, mais jeune, la cervelle encore
mal accrochée. Je ne le voyais pas, mais je l'entends qui me dit avec une drôle de voix : « Les
Prussiens viennent d'entrer dans les bois du Raicart. » D'abord, je voulais lui dire de fermer sa
gueule, et puis je pense que dans la bande des
gaillards qui tenaient la lisière, il s'en trouverait
bien d'assez bêtes pour aller lâcher un coup de
fusil qui aurait fait égorger la moitié de Claquebue. « C'est pourtant vrai, que je lui fais, tu
vas voir qu'ils vont nous cerner entre les deux
étangs. » Toucheur était sur ma gauche, mais,
cinq minutes plus tard, la nouvelle me revenait
sur le côté de ma main droite que les mâche-
pailles nous cernaient entre les deux étangs. Tout
se passait comme j'avais prévu, les amis commençaient de plier bagage, hardi donc, et moi qui
savais pourtant à quoi m'en tenir, la peur me
descendait aussi dans les tripes, pour tout dire.
Aussi bien, je n'allais pas rester tout seul à guetter les Prussiens, je lâche donc la lisière pour
m'enfoncer dans les bois...

— Abandon de poste devant l'ennemi, fit observer le vétérinaire.

— Ta sœur. Je m'étais poussé un peu sur la
gauche et en arrivant à un sentier qui bordait la
lisière, je vois mon Toucheur sauter dans le chemin creux qui mène vers la maison, tu sais bien.
Je cours derrière lui et en touchant au chemin à
mon tour, je m'aperçois qu'il galopait comme un

enragé, et bel et bien du côté de chez nous.
« Toucheur ! » que je lui gueule dans les talons.
Ah oui, Toucheur, il avait bien la tête à m'écouter, Toucheur. Il ne pensait qu'à s'enfiler dans
la première maison de rencontre, la nôtre, quoi.
Tu penses, un franc-tireur chez nous, dans la
maison du maire, c'était un coup à faire fusiller
tout le monde. Me voilà donc en train de cour-
ser le gamin qui avait bien cent mètres d'avance
sur moi, et le feu aux fesses par-dessus le marché. Il était déjà entré dans la maison comme
j'arrivais sur la route, et c'est là que j'ai rencontré le Zèphe Maloret. Bien entendu, je n'ai pas
perdu mon temps à m'arrêter.

— En somme, tu n'es pas sûr que Zèphe ait
été seul à vous avoir vus...

— C'est lui qui me l'a dit, un jour que je lui
coinçais le museau dans une rigole à purin.

Honoré eut un rire gourmand au souvenir de
cet aveu. Ferdinand lui fit observer encore une
fois que l'affaire n'était pas très grave, puisque
personne n'y avait laissé sa peau.

— Laisse-moi toujours causer. J'entre donc
chez nous et je trouve le petit en train de pleu-
rer, pendu au cou de ma mère qui essayait de
le consoler. Ils étaient dans la cuisine. J'attrape
Toucheur par le col et je te l'envoie dinguer vers
la porte. J'aurais dû partir tout de suite avec
lui, mais tu sais ce que c'est : la mère était seule
à la maison, Adélaïde se trouvait chez vous avec
les enfants, et le père était à la mairie depuis le
matin à attendre les Prussiens. Je n'ai pas pu

m'empêcher que de l'embrasser et de causer avec
elle. Toucheur en avait profité pour se caler dans
le coin de l'horloge, la tête aux genoux et les
talons aux fesses, ramassé comme une bête. Du
temps que je le remette debout et que je le ren-
courage à coups de soulier, voilà les Prussiens
qui débouchent au tournant de la route. Il paraît
que c'était des Bavarois — les plus mauvais
d'entre les Prussiens, des tout ce qu'il y a de pire.
Une quinzaine, ils étaient, avec un sergent. Je
dis sergent, mais c'était peut-être un officier.
Chez eux, le gradé n'a point de galons, ni sur
les manches, ni sur la tête. C'est un détail, tu me
diras, mais ça te prouve bien que ces gens-là sont
des sauvages. D'où ils étaient, ils avaient l'œil sur
toute la maison; pas moyen de filer dans la
grange. Se sauver par une fenêtre de derrière,
c'était risqué, mais j'aurais essayé le coup si
j'avais été tout seul. Avec Toucheur, il ne fallait
pas y penser, il s'accrochait à ma veste en claquant des dents. La mère ne perdait pas la tête,
elle ouvre la porte de la chambre pour qu'on
aille se cacher sous le lit. Toucheur ne demandait rien d'autre, il était à son affaire, tu ne l'aurais pas seulement entendu souffler. De mon
côté, ma foi, j'étais à peu près tranquille. Pourquoi est-ce qu'ils auraient fouillé les chambres ?
On s'en irait tranquillement, la nuit tombée. La
mère était dans la cuisine, elle avait laissé la porte
ouverte. « Honoré », je l'entends me dire, « ils
s'arrêtent, le chef cause avec le Zèphe ». Sur le
moment, ça ne m'a rien fait, je te dirai. « Les

voilà qui repartent », disait la mère. Tout d'un
coup, plus rien, elle venait de fermer la porte.
Et puis, le bruit des bottes sur le carrelage de
la cuisine... Ah, Vierge mère, si je l'avais sec, sous
mon sommier ! Le sergent disait : « Vous avez
caché des francs-tireurs chez vous. » Et il fallait l'entendre, ce cochon-là, comme il vous parlait le français. La mère se débattait, jurait qu'elle
n'avait point vu de franc-tireur, l'autre disait
qu'il était sûr. Enfin le vacarme se met à baisser, on n'entendait plus rien. Et puis, le sergent
parle à ses hommes, dans leur baragouin. Probable qu'il les envoyait fouiller la grange et les
greniers...

Ferdinand redoutait d'en entendre davantage. Il
voulut introduire un point de conclusion :

— Enfin, vous vous en êtes tirés tout de même.
C'est le principal.

— Crever pour crever, je ne voulais pas qu'on
me trouve à plat ventre sous un lit. Avant que
j'aie pu me tirer de là, on ouvre la porte. Je vois
le bas de la robe de ma mère, et derrière la robe,
quoi ? les bottes du sergent. D'abord, je ne comprenais pas. Mais je vois la robe se soulever.

— Honoré... protesta le vétérinaire d'une voix
éteinte.

— Je les ai entendus rejinguer au-dessus de ma
tête. Et pas moyen de bouger. Ma peau ne comptait guère, dans ce moment-là, mais quand même
j'aurais pu tout arranger d'un coup de fusil, je
n'aurais pas osé me faire voir, je n'aurais pas
pu...

Ferdinand épongea la sueur qui coulait sous son chapeau.

— Ce n'est pas des choses à dire, murmura-t-il, tu n'aurais pas dû me raconter.

— Ne t'étonne plus, maintenant, qu'on n'ait pas parlé de l'affaire à Claquebue. Le père ne t'en avait raconté que ce qu'il avait fallu lui dire. Pour le reste, j'étais seul à savoir. Toucheur a été tué huit jours plus tard et j'en ai eu bien du soulagement. Après la guerre, j'aurais pu régler le compte avec Maloret, lui flanquer un coup de fusil au coin d'un buisson. Ni vu, ni connu. Mais du temps que la mère vivait, je ne voulais pas avoir l'air de me rappeler. Et puis, ce n'est pas de la besogne que j'aime non plus, même quand il s'agit de débarrasser le monde d'un Zèphe Maloret.

— Il est certain que Maloret n'a pas été propre, murmura Ferdinand.

Il demeura pensif un moment. Malgré lui, il se reportait au dernier entretien qu'il avait eu avec Valtier. Le député semblait tenir beaucoup à la candidature de Zèphe. Très épris de Marguerite Maloret, on ne pouvait mieux l'obliger qu'en donnant satisfaction à ce caprice de gamine; et Ferdinand voyait beaucoup à gagner à l'amitié du député. Mise à part toute ambition personnelle, le vétérinaire songeait à la carrière de son fils aîné Frédéric, il comptait sur l'appui de Valtier pour lui assurer un départ éclatant.

— Ecoute, Honoré. Je reconnais que Zèphe s'est très mal conduit. Mais l'on peut supposer

aussi qu'il a agi dans un moment de frayeur. Se
voir arrêter sur la route par un détachement de
Prussiens...

— Je connais l'homme. Il est prudent, il
n'aime pas les coups, mais je suis sûr qu'il n'est
pas peureux. Il y a autre chose...

— Il n'est d'ailleurs pas question de lui pardonner, dit le vétérinaire. Je n'en suis pas là.
Mais la rancune n'a rien à voir dans l'affaire qui
nous occupe. Dans notre intérêt, dans l'intérêt
de la famille, il est nécessaire que Zèphe devienne maire. Voilà comme il faut envisager la
question.

— Question intérêt, tu vois plus clair que moi,
mais enfin, le Zèphe a obligé ta mère à se faire
sauter par le Prussien.

Le mot fit rougir Ferdinand. Il se révolta
contre une liberté d'expression qui insultait à la
mémoire de la victime :

— Tu devrais au moins avoir le respect des
morts.

— Oh ! les morts, tu sais, ils ne sont pas à
plaindre. S'il n'était question que des morts, dans
notre aventure, je ne m'en ferais pas un poil
blanc. Mais moi, qui me trouvais sous le lit, je
ne suis pas mort, et le Maloret qui m'envoyait
le Prussien s'amuser sur ma tête, il n'est pas mort
non plus. C'est justement ce qui compte, vois-tu.

— Je sais bien, mais il faut savoir faire la part
des choses, et puisque Valtier...

— C'est bon, coupa Honoré d'une voix dure.
Je croyais t'en avoir assez dit. Zèphe ne sera

jamais le maire de Claquebue, tant que je pourrai lui barrer le chemin.

Le vétérinaire comprit qu'il se heurtait à une volonté réfléchie. Il entrevit l'avenir de son fils compromis par une rancune imbécile. Son impuissance l'affola et il chercha un argument massif, un moyen de contraindre son frère. Ses yeux pâles se levèrent sur la maison, cette maison qui était sa propriété et d'où il pouvait chasser Honoré presque du jour au lendemain. La rage faillit le décider à lui mettre le marché en main; un effort de réflexion lui fit mesurer le péril : Honoré n'hésiterait pas à déménager, et il importait beaucoup au vétérinaire qu'il demeurât dans la maison des Haudouin, car il servait ses intérêts politiques à Claquebue. D'autre part, Honoré entretenait la propriété de son frère comme si elle eût été sienne. Ferdinand ravala ses paroles de mise en demeure. Voyant la colère qui paraissait à son visage, et la direction de son regard, Honoré devina la nature du débat. Il y répondit avec précision :

— Je m'en irai quand tu voudras, tu sais, et je n'attendrai peut-être pas que tu me le dises.

— Mais non, protesta Ferdinand, qu'est-ce que tu vas supposer ?... Je suis prêt à te signer un papier...

— Oh, ton papier. Tu peux bien te le mettre au cul, si c'est ton idée.

Le vétérinaire balbutia une protestation confuse : il n'avait jamais prétendu abuser de ses droits de propriétaire, et aussi longtemps qu'il vivrait, son frère serait assuré...

Honoré ne l'écoutait presque plus. Il regardait le soleil qui dardait à l'autre bout de Claquebue en attendant de se coucher derrière la Montée-Rouge. Aveuglé, il finit par baisser les paupières, et d'une voix douce, qui paressait :

— Oui, dit-il, au cul.

LES PROPOS DE LA JUMENT

Entre tous les Haudouin de Claquebue et d'ailleurs, Honoré eut toujours ma préférence. Je lui dois peut-être d'avoir surmonté le désespoir de mes vaines obsessions et de mes fureurs aplaties. J'ai découvert, chez cet homme tendre et rieur, le secret d'un érotisme spacieux qui trouvait ses meilleures satisfactions hors de la réalité. Non pas qu'il se souciât d'être chaste, il caressait sa femme et n'était indifférent à aucune. Mais ses plaisirs d'amour ne ressemblaient en rien à ces félicités rationnelles que les amateurs d'hygiène morale exaltent avec une liberté austère ; non plus à ces tristes devoirs conjugaux dont le vétérinaire ne s'acquittait jamais sans remords. Ils naissaient parfois d'un rayon de soleil, d'autres fois dépassaient le moment de se réaliser pour suivre un nuage. L'étreinte semblait

être pour lui une simple ponctuation qu'il
mettait dans un grand rêve lascif où vagabon-
daient les images d'un univers de sa fantaisie.
Quand Honoré caressait sa femme, il invitait
les blés de la plaine, la rivière, et les bois du
Raicart.

Un dimanche de ses dix-huit ans qu'il se trouvait dans la salle à manger en compagnie de la
servante, elle lui fit voir son audace d'une manière qui décida son ardeur. Dehors, la campagne
était couverte de neige, et le soleil d'un moment
donna un éclat soudain à cette nappe froide. Les
couleurs s'étaient séparées pour danser au rond
des capucins; Honoré sentit fondre dans sa chair
toute cette neige de fête et, lâchant son entreprise
où il était déjà très avancé, s'en alla ouvrir la
fenêtre pour rire dans la ronde du soleil. En
soixante-dix ans, j'ai connu bien des amants, je
n'en ai point vu qui abandonnât si près du fris-
son et sur un signe de la lumière. Mais c'était
un privilège de cet Haudouin-là que de tenir sans
effort les plus précieuses illusions. Il est vrai qu'à
l'inverse, Honoré descendait parfois la pente.
Dans les champs, à cause des grands blés roulés
par le vent ou de l'odeur de la terre éventrée,
il lui arrivait de suspendre un moment son travail et de sentir monter dans son corps le désir
d'une immense étreinte. Alors, il lui semblait
presser sur ses membres lourds de bonne fatigue
tout un monde en joie. Puis le désir perdait son
ampleur, se précisait pauvrement, fixait un point
dans le cercle de son horizon, et Honoré repre-

nait son labeur en rêvant au ventre d'une fille
de Claquebue.

Adélaïde n'avait jamais été belle. Au temps
qu'Honoré la courtisait, sa silhouette annonçait
déjà un corps maigre et dur de paysanne laborieuse, tout en os et en tendons. Dès après son
mariage, Honoré ne se dissimulait pas qu'il n'y
avait rien dans le corsage de sa femme qui fît
plaisir à la main. Il vit aussi qu'elle était d'humeur querelleuse et qu'elle ne tarderait guère
à perdre toutes ses dents. Il en riait comme
d'une bonne farce qu'il se fût faite à lui-même
et disait à Adélaïde qu'il était tombé sur un drôle
de numéro. Il eût mieux aimé qu'Adélaïde fût
avantagée de tous les côtés, mais puisqu'elle était
sa femme, il n'allait pas chercher midi à quatorze heures, il l'aimait comme ça. Dans le fond
(il ne le disait pas, il parlait même sévèrement à
Adélaïde de l'insuffisance de ses fesses), il l'aimait parce qu'elle était comme ça. Il n'allait pas
se tourmenter pour un peu de poitrine qui manquait par ici, pour un peu d'autre chose qui manquait à l'arrière. Il y avait bien de quoi. C'était
à lui d'en rajouter au bon moment et si maigre
qu'elle fût, quand il la tâtait dans leur lit, Honoré
trouvait toujours moyen d'en avoir plein les bras.
Parfois, il pensait qu'il avait de la chance d'avoir
une femme comme Adélaïde qui allait lui faire
les trente ou quarante ans qu'il avait à vivre,
comme autant lui pour elle; une vraie chance
aussi qu'il avait de l'aimer solidement, sans
même sentir le besoin de la tromper; une chance

à n'y rien comprendre. Mais la plupart du temps, Honoré n'y pensait pas. Il sifflait sur la plaine en poussant sa charrue, puis s'arrêtait pour pisser, reprenait, crachait à gauche, chantait, parlait à ses bœufs, les caressait à lisse et à contre-poil, riait tout haut, taillait dans le bois vert un quinet pour ses garçons, dans l'écorce un sifflet, riait encore, tirait droit son sillon et s'émerveillait qu'il fît aussi bon vivre.

Le curé avait horreur de la joie d'Honoré Haudouin. Il en éprouvait un sentiment de pieuse jalousie et trouvait d'un exemple détestable pour Claquebue qu'un homme fût aussi manifestement heureux sans le secours de l'Eglise. Le curé n'avait d'ailleurs point de haine à l'endroit d'Honoré, il l'avait même en sympathie et le plaignait d'être enfoncé dans l'erreur, mais il était avant tout un tacticien des âmes. Il savait que les âmes de Claquebue, au lieu de se pousser sur le chemin du paradis, se mouvaient plus volontiers à ras de terre où elles risquaient à chaque instant de rester coincées. Il fallait les parquer dans des endroits propices d'où elles fussent toujours prêtes à bondir vers le ciel. Le curé multipliait les avertissements. Il mettait des pancartes sur le ventre des femmes : *Ici, il y a des pièges,* ou bien : *Ne pas s'attarder*. Pour donner plus de poids à ces avertissements, il y ajoutait la menace d'une punition et non pas dans une autre vie, mais bien dans cette vallée de larmes. Au fond, les gens de Claquebue ne craignaient guère les vicissitudes de ce bas monde; la peur de l'enfer

ne les gardait pas du péché, mais ils fussent de-
meurés chastes une années entière si la prospé-
rité de la récolte en avait dépendu, et c'était justement ce genre d'équivalences que leur proposait
le curé. Pour maintenir les âmes en puissance de
béatitude éternelle, il fallait d'abord qu'elles crai-
gnissent pour le bétail et la récolte. C'était humi-
liant, mais c'était ainsi, et après tout, le résultat
comptait seul. Or, la seule présence d'Honoré à
Claquebue était de nature à compromettre ce
résultat. En effet, Haudouin ne se souciait nullement des pancartes du curé, le fait était notoire;
pourtant il avait le teint frais, ses bêtes ne crevaient pas, et il était en joie d'un bout à l'autre
de l'année. Le curé n'osait même pas dire qu'il
expierait durement dans l'autre monde, car Honoré passait pour si bon homme, même auprès
des plus pieux, que personne ne l'eût consenti.
Le curé était réduit à dire que Dieu suspendait
sa colère en considération des mérites d'Adélaïde
qui était bonne catholique, et il essayait, par des
manœuvres habiles, de jeter la discorde dans le
ménage Haudouin, exhortant l'épouse, lorsqu'il
la tenait à confesse, à se refuser autant que possible aux caresses de son mari, ce qui leur eût
valu des indulgences à tous les deux. Adélaïde ne
voulut jamais consentir ce sacrifice à Dieu, mais
après le plaisir elle ne manquait jamais à dire
une prière ou deux, selon qu'il avait été. Sur le
chapitre de l'amour, elle était loin de la réserve
passive où se tenait Mme Haudouin mère, et prétendait même à des initiatives hardies qu'Honoré

jugeait presque anarchiques, en tout cas dépla-
cées de la part d'une épouse. Il était demeuré, en
dépit de l'opinion du curé, fort attaché aux traditions de la famille. L'obscurité était propice à
ses ardeurs; d'autre part, il tenait que le caprice
du mâle avait force de loi et il méprisait le plaisir des femmes. Adélaïde ne l'entendait pas ainsi
et c'était entre eux un sujet de querelles fréquentes. Elle ne renonçait jamais à sa part et
voulait qu'il prît ses caprices en considération,
même au milieu de la journée. Elle le poursuivait vainement de ses agaceries, se serrant contre
lui ou proposant à sa curiosité un sein maigre
qu'elle tirait de son caraco et qui filait entre ses
doigts. Honoré se dérobait toujours et non sans
éclat.

Pourtant, il était loin d'observer à la lettre les
traditions familiales. Il avait toujours écouté
d'une oreille distraite les conseils de son père sur
l'économie de sa mâle puissance et ne consultait
jamais que son inspiration, au contraire de Ferdinand. Ce n'était pas le seul point qui opposât
les deux frères. Alors que Ferdinand était encore
enfant, Honoré avait déjà en aversion ce gamin
sournois qui se cachait pour regarder uriner les
gens, et qui connaissait déjà la honte avant la
forme du péché. De son côté, Ferdinand redou-
dait ce frère aîné dont la franchise lui était un
reproche constant, mais il lui donnait rarement
l'avantage d'une réprimande.

Dans la belle saison, leur mère avait l'habitude
de se laver les pieds le premier dimanche de

chaque mois. Elle installait son baquet au milieu
de la cuisine, choisissant le moment où la famille
était réunie, afin de compenser l'ennui de cette
nécessité hygiénique par l'agrément de la conversation. Jules Haudouin et ses deux fils aînés lui
parlaient en évitant de regarder ses jambes nues,
tandis que Ferdinand jouait à des jeux silencieux.
Un dimanche, Honoré s'avisa que son plus jeune
frère, âgé de neuf ans, envoyait souvent rouler
ses billes auprès du baquet; il surprit sous les paupières à demi fermées un regard attentif qui
cherchait à s'insinuer sous le jupon de finette de
sa mère. « Ferdinand ! » Le gamin se leva, rouge
de confusion. « Tu mériterais une claque »,
ajouta Honoré. Ce flagrant délit et cette apostrophe pesèrent sur les relations des deux frères.
Ferdinand devait en garder le souvenir toute sa
vie. En face d'Honoré, il se sentait toujours mal
à l'aise, comme en instance d'être jugé. L'âge n'y
fit rien, ni sa brillante réussite dans la carrière
de vétérinaire, il se tint toujours sur la défensive.
Honoré avait oublié l'affaire presque aussitôt,
mais par la suite, il découvrit toujours des raisons nouvelles à son aversion des premières années. La pudeur exagérée du vétérinaire lui semblait dissimuler un mauvais mystère, impression
d'autant plus désagréable qu'il avait une grande
amitié pour sa belle-sœur Hélène, et même une
secrète admiration. Il imaginait qu'elle subissait
avec dégoût les assauts furtifs de ce mâle honteux qui, avec des précautions irritantes, faisait
prendre l'air à ses envies malingres, enfermées

dans un sentiment fétide des convenances. Le ton
de leurs conversations trahissait assez du mépris
où Honoré tenait son frère pour qu'Hélène s'en
avisât. Elle en demandait la raison à Ferdinand
qui répondait par des accusations que leur véhé-
mence rendait suspectes. A l'en croire, Honoré
n'avait pas de meilleur passe-temps que de courir les femmes, et le mépris qu'il faisait paraître
à son égard n'était qu'une manœuvre perfide pour
désunir un ménage vertueux et accomplir un
abominable dessein. Le vétérinaire était du reste
convaincu du libertinage de son frère, et c'était
une erreur où l'entretenait la liberté de ses propos.

Honoré ne trompa jamais sa femme qu'à l'occasion d'une descente de maquignons dans l'éta-
blissement de la rue des Oiseaux, à Saint-
Margelon, mais c'était presque une nécessité
professionnelle, et, d'autre part, il considérait
que les putains font partie d'un monde un peu
irréel. Il faut également compter pour rien les
complaisances qu'il eut pour la servante, au
temps qu'il y en avait une. Dans les bonnes maisons campagnardes, c'était un usage respectable
que la servante de confiance doublât l'épouse
pour le plaisir du maître, et Adélaïde n'y vit
jamais à redire sérieusement. A Claquebue, la
conduite d'Honoré ne prêta jamais à la médi-
sance; les femmes y étaient d'ailleurs assez ver-
tueuses, et Honoré, qui aimait la sienne, n'eût
pas voulu lui faire injure à la face du pays.

Adélaïde sut se montrer digne de cette confiance. Elle n'y faillit qu'une fois, mais elle y prit

tant de plaisir qu'elle s'acquit un grand mérite
à ne pas en prendre l'habitude. Un après-midi
d'hiver, qu'elle était seule avec la servante, un
vagabond d'une quarantaine d'années demanda
la permission de coucher à l'écurie. La servante
alla lui donner une botte de paille et revint en
se plaignant que l'homme eût essayé de la ren-
verser dans l'étable. Adélaïde en demeura pen-
sive et oppressée, une chaleur miséricordieuse
lui chauffa les joues; elle s'en fut à l'écurie.
L'homme était déjà étendu sur la paille, entre
deux vaches tièdes qui mâchaient leur fourrage.
Elle s'assit contre lui et ses mains se firent cha-
ritables; puis elle se pencha. L'homme ne bou-
geait pas, peureux d'effrayer cette tête suspendue. C'était un pauvre homme qui n'avait point
de traditions, et qui ne se gênait pas de honte
dans le plaisir. Il se mit à jurer tendrement. Adélaïde à gémir tout bas, et les vaches leur soufflaient dessus.

Lorsque Adélaïde s'en confessa, le curé fut
d'abord bien aise. Tout en plaignant Honoré dans
son cœur, il se félicitait que le diable portât pierre
à l'édifice chrétien de Claquebue. Le ver était
dans le fruit et le scandale allait cesser de ce
mécréant qui jouissait en paix des biens du bon
Dieu. Une année passa sans qu'Adélaïde se fût
accusée d'un nouveau péché d'adultère. Le curé
devenait inquiet. Quand un vagabond sonnait à
la porte de la cure, il lui donnait un morceau
de pain et, s'excusant sur ce qu'il n'avait pas de
place, lui indiquait la maison d'Honoré où il

l'assurait de trouver un gîte. Mais la fermeté d'Adélaïde ne se démentit jamais, et il se répandit partout autour de Claquebue qu'Honoré Haudouin était merveilleusement charitable aux vagabonds.

Deux ans plus tard, je devais être témoin dans cette même maison d'un autre adultère, qui fut un sacrifice assez honorable, puisque Mme Haudouin mère, pour sauver son fils, cédait à un chef bavarois. Elle avait déjà l'âge où les femmes n'attendent plus guère de la bonne volonté des hommes, et le chef bavarois était de ces bons jeunes gens aux joues fraîches, qui voient plus de mystère que de réalité dans un corsage bien mûr. Celui de Mme Haudouin était important, surtout dans la pénombre de la cuisine; le jeune chef en fut saisi tout d'abord qu'il entra et ne le quitta plus des yeux pendant l'interrogatoire. Devant cette femme effrayée, suppliante, l'occasion lui parut si chaude qu'il n'hésita pas, au risque d'être fusillé par les siens s'il venait à être surpris. Lorsqu'il eut envoyé ses hommes explorer les dépendances, il baisa Mme Haudouin à la bouche et la poussa dans la chambre. Elle était déjà troublée par ce baiser de jeunesse que l'âge et les convenances lui interdisaient d'espérer, mais l'angoisse qu'elle avait de sentir son fils dans la pièce lui ôta le bénéfice de ce premier émoi. Elle ferma les yeux en s'étendant sur le lit, puis les rouvrit quand elle s'avisa de la maladresse du soldat. Le temps pressait, car ils pouvaient être surpris; elle voulut l'aider, mais dans toute

sa vie d'épouse, elle avait acquis bien peu
d'expérience utile. Ce fut comme une découverte qu'ils poursuivaient d'accord, s'excusant par
des sourires de leurs maladresses respectives.
Mme Haudouin, malgré elle, rassasiait une curiosité que les ébats nocturnes de son époux avaient
jusqu'alors laissée insatisfaite. Après qu'elle eut
guidé et mis en place le militaire, elle sentit une
promesse de douceur dans sa chair en sommeil.
Un remords l'empêchait encore, mais lorsque son
bourreau fit le geste de s'éloigner, elle le retint
sans y penser et attira son visage contre le sien.
Lorsqu'elle voulut le repousser, honteuse d'avoir
consenti, l'amant l'étreignit encore. Cette fois,
elle eut un sourire de gratitude et de complicité;
son corps paresseux, engourdi par l'âge, fut traversé par un rhumatisme de volupté, elle étouffa
un long cri d'étonnement. Le Bavarois se leva
brusquement, redoutant de s'être attardé. Tout
en réparant le désordre de son uniforme, il
tendit la main à sa victime pour l'aider à se
lever. Alors, le jeune soldat vit qu'elle était
vieille femme, et qu'il avait trahi pour une
poitrine de vieille; un sourire triste lui vint
aux lèvres en songeant qu'il allait mourir sans
fierté.

Mme Haudouin se confessa dans les huit jours.
C'était une personne d'ordre qui ne laissait rien
traîner. Elle allait à confesse d'un cœur assez
léger et n'avait point de remords d'une action où
la nécessité l'avait obligée. Elle dit son affaire
rapidement, n'en donnant, par décence, que l'es-

sentiel, et avec toute la dignité d'une femme qui
s'est sacrifiée pour une belle cause.

— Oui, dit le curé, mais y avez-vous pris
plaisir ?

La pauvre femme balbutia un aveu et se mit
à trembler d'effroi. Le curé n'entreprit pas de la
rassurer, au contraire, trop heureux de lui remon-
trer que les sacrifices les plus généreux devien-
nent les pires défaites quand le diable y est seulement témoin, et que l'on court constamment
un horrible péril en consommant l'acte de chair,
fût-ce pour une juste cause. Mme Haudouin se
repentit amèrement de sa faute, si bien qu'elle
mourut en moins de trois années.

IV

Comme sa mère se penchait sur le fourneau, Alexis traversa furtivement la cuisine derrière son dos et gagna sa place à la table déjà dressée pour le repas du soir. Il avait une raison grave de se montrer discret. Clotilde et Gustave ne prêtèrent point d'attention à l'entrée de leur frère, ils jouaient, les coudes sur la fenêtre, à celui qui cracherait le plus loin. Gustave crachait sans méthode à une cadence pressée, se récriant sur les résultats qu'il obtenait. Au contraire, Clotilde crachait avec économie, sans un cri. Il arriva ce qui devait arriver : après cinq minutes de jeu, Gustave n'avait plus de salive et sa sœur le distançait d'un mètre et deux.

— Tu vois que tu ne sais pas cracher, lui dit-elle sèchement. Ce n'est même plus amusant de jouer avec toi.

A ce moment, Noiraud entra dans la cuisine et alla se coucher sous la table où ils le suivirent. Le chien s'appelait Noiraud parce qu'il était noir. Ses deux prédécesseurs s'étaient appelés

Bismarck, en souvenir de la guerre. Le premier du nom en avait souffert, au moins dans les premiers temps, car on le chargeait volontiers des pires méfaits pour la satisfaction d'invectiver contre « cette charogne de Bismarck ». Avec les années, Bismarck était devenu un nom affectueux, que les aînés, Juliette et Ernest, donnaient encore à Noiraud, sans y penser.

Alexis, la tête entre les mains, feignait de somnoler contre toute vraisemblance, car ses deux cadets s'amusaient bruyamment de tirer les oreilles du chien. Sous la table, il y eut des éclats de voix, puis un murmure de voix hargneuses, et Clotilde déclara d'une petite voix nette :

— M'man, le Gustave essaie de me crever l'œil avec la queue du chien.

— Non, m'man. D'abord, elle m'appelait grande vache.

— Non !...

— Tu me l'as dit !...

— C'est après que tu as voulu me crever l'œil.

— Comme si je pouvais te crever l'œil avec la queue à Noiraud !

— Tu as essayé.

— Non !

L'Adélaïde leur promit distraitement une paire de claques et continua de couper des tranches de pain pour la soupe. Elle songeait avec un peu d'inquiétude à l'entretien que son mari avait eu deux heures auparavant avec le vétérinaire. Jamais elle n'avait vu Ferdinand aussi irrité. Après

l'avoir saluée sans prendre le temps d'entrer, il
était reparti dans son cabriolet en fouaillant rageu-
sement l'alezan.

Honoré rentra comme la nuit tombait. Il paraissait préoccupé et dit en s'asseyant au bout de
la table :

— Sers-moi vite. J'ai envie d'aller jusque chez
Messelon voir comment va Philibert.

— Juliette y est déjà allée cet après-midi, fit
observer l'Adélaïde. Elle n'est même pas rentrée,
ta Juliette, à huit heures et demie.

— Pourquoi, ma Juliette ?

— Parce qu'elle sait que son père lui passe
tout, et qu'elle en profite. Va-t'en voir où elle
est...

— Mon idée, c'est qu'elle sera rentrée à l'église
pour prier un coup, plaisanta Haudouin.

— Va donc, tu ne riras pas toujours. Tu te
crois bien tranquille parce que son grand-père
lui a laissé quatre sous, mais le jour qu'elle en
aura un dans le ventre, ce n'est pas avec sa dot
qu'elle achètera un mari sérieux.

Honoré se plaignit qu'on lui cassât les oreilles
avec des rengaines qui n'avaient ni queue ni tête.
Il n'avait aucune raison de mettre en doute la
vertu de Juliette; non qu'elle fût épargnée par
la tentation — une si belle fille — mais elle était
fière. D'autre part, il avait observé que les mâles
sont surtout hardis avec les filles pauvres. L'Adélaïde alluma la lampe et posa la soupière sur la
table.

Honoré se disposait à prendre de la soupe lorsqu'un grand hurlement lui partit entre les jambes. Alexis lui-même leva un visage effaré; la mère criait que la petite avait dû avaler une épingle de sûreté qui s'était ouverte dans le foie. Honoré recula son tabouret pour plonger sous la table. Il y eut encore un hurlement, plus déchirant que le premier, et Clotilde émergea dans la lumière de la lampe.

— M'man, dit-elle d'une voix posée, le Gustave m'a tiré les poils des jambes.

Gustave rougit à son tour, il était indigné.

— Ce n'est pas vrai ! Elle n'en a pas plus que moi, du poil !

La mère souleva la fillette dans ses bras pour procéder à un examen. Clotilde maintint qu'elle avait du poil, mais les jambes étaient parfaitement lisses, chacun put en faire l'observation. Elle nia l'évidence et prétendit que Gustave avait tout arraché. Sa mère la gifla « pour lui faire perdre l'habitude de mentir ». L'enfant rit tout haut sous les gifles, puis elle pinça les lèvres et son visage prit une expression de rage froide. Gustave manifestait une joie bruyante qui faillit lui attirer des ennuis; son père, furieux de la frayeur qu'il avait eue, le confondit avec sa sœur dans une même apostrophe :

— Attendez voir, deux arsouilles, je vais vous apprendre à brailler pour du sérieux. A table tout de suite, et essayez seulement de bouger.

Il regarda les bambins s'asseoir et grommela en emplissant son assiette :

— Déjà prétentieux comme leur oncle Ferdinand, et ça n'a pas dix ans... Du poil sur les jambes ! Ah, c'est bien le vétérinaire.

Lorsqu'il était d'humeur chagrine, Honoré croyait toujours surprendre entre ses enfants et son frère une ressemblance fâcheuse à son gré, comme si rien de pire ne pouvait lui arriver que d'avoir des fils à l'image du vétérinaire. D'ailleurs, il finissait toujours par se rassurer. « Non, ce n'est pas possible, je n'ai pas mérité ça. »

Ce soir-là, après l'entretien qu'il avait eu l'après-midi, la comparaison s'imposait. Honoré passa la revue de ses garçons. Ernest, l'aîné, qui accomplissait son service militaire à Epinal, avait le profil sec, pas tout à fait celui du vétérinaire, mais il y avait à dire. Et une petite voix de châtré comme son oncle, bon Dieu. Comme son oncle.

Quand ce fut au tour d'Alexis, le père trouva commode de l'examiner en réalité. Il demeura surpris de le voir affaissé sur son siège, les épaules basses, le nez dans son assiette.

— Mais qu'est-ce que tu as, toi ? D'habitude, tu mènes plus de potin que ça.

— C'est vrai, dit l'Adélaïde, qu'est-ce qu'il a, ce soir ? Tu ne serais pas malade, des fois... tu es tout rouge.

Inquiète, elle se pencha sur la table pour le mieux voir. Alexis se tassa encore, mais il ne put faire que le col de sa chemise échappât au regard attentif de sa mère.

— Lève-toi. Viens au milieu de la cuisine et ôte-moi d'abord ton gilet.

Alexis se leva lentement, du regard il implora

son père qui n'était pas indifférent à sa détresse. Gustave et Clotilde suivaient ses mouvements dans l'espoir cruel de quelque catastrophe. Leur attente ne fut pas déçue : la chemise était déchirée depuis le col jusqu'à la ceinture et il manquait presque une moitié de jambe au pantalon. La mère tournait autour du coupable à petits pas, les yeux clignés, comme s'il se fût agi d'un essayage. Il y eut un silence terrible. Alexis était blême.

— Tu sais ce que je t'ai promis la dernière fois, dit l'Adélaïde. Demain, tu iras à la messe avec ce pantalon-là. D'abord.

— M'man, je vais vous dire...

— Avec ce pantalon-là, que tu iras à la messe. J'en aurai aussi honte que toi, mais tant pis.

— Voyons, intervint Honoré, il faut pourtant lui laisser expliquer son affaire.

Ces paroles d'humanité rendirent à Alexis un peu d'assurance.

— Ce n'est pas de ma faute. Voilà, on jouait tranquillement à la gaille enterrée vers le coin des Trois-Vernes, et il y en a un qui est arrivé...

— Qui ? demanda la mère.

Alexis craignait de livrer un nom. La justice des parents fait presque toujours surgir des complications ridicules. Il crut pouvoir s'en tirer par un effet d'éloquence.

— Un grand con de quatorze ans qui vient toujours nous emmerder quand on est après nos vaches. On ne lui demandait rien, on était là...

— Qui ?

— C'est Tintin Maloret.

Le nom de Maloret fit sauter Haudouin sur sa chaise. Il toisa son garçon avec colère : imbécile qui laissait déchirer sa chemise par un Maloret. Il était bien de l'espèce du vétérinaire, lui aussi.

— Tu ne pouvais pas lui foutre un bon coup de poing dans les dents, non ?

— Attendez donc : il a profité de ce que j'étais baissé pour me sauter dessus, et c'est seulement quand j'ai pu me défendre qu'il a reçu mes coups de trique. Il m'a déchiré, c'est entendu, mais il aurait fallu le voir qui partait en boitant des deux pattes.

Le visage d'Honoré s'éclaira d'un demi-sourire.

— Ah, il boitait... Tu as bien fait de te défendre. Ces gens-là, il ne faut jamais les manquer, ils se valent tous.

L'Adélaïde considérait que les coups de trique à Tintin Maloret ne réparaient ni la culotte, ni la chemise de son garçon. Elle voulait toute la justice, mais Alexis flaira le danger et crut habile de flatter la rancune de son père.

— Chaque fois qu'il arrive quelque chose, on peut dire que c'est la faute au Tintin. Déjà avant-hier, il a traîné l'Isabelle Dur derrière la haie du Desclos pour lui retrousser les jupons.

Mais Haudouin hocha la tête avec indulgence. A cet âge-là, c'était sans conséquence et, d'ailleurs, il faut bien que tout s'apprenne. Ces bousculades entre fillettes et garçons, ces jambes en l'air, et ces mains furtives sous les jupons, lui paraissaient surtout des jeux délicats et gracieux. Comme

Alexis insistait sur la perversité du grand Tintin,
le père flaira l'hypocrisie et jeta au hasard :

— Tu oublies de nous dire que tu étais là pour
l'aider...

— Moi !

— Oui, toi...

Alors, Alexis se troubla.

— C'est parce que l'Isabelle se débattait, avoua-
t-il, mais je n'ai rien fait que de lui tenir les
jambes.

— Nom de nom, s'emporta Honoré. Alors, tu
lui tenais les jambes pendant que le Maloret était
à la bonne place !

— Pour dire la vérité, c'était chacun son tour...

Mis en gaieté par cet aveu, Haudouin s'apaisa.
Il était assez satisfait que, chez lui, les garçons
eussent du goût à trousser les filles. De ce côté-là,
au moins, ils ne ressemblaient pas à ce pisse-froid
de Ferdinand qui avait mené une jeunesse morose
dans des faux cols et des bouquins à orémus; qui
n'avait peut-être jamais su se plaire qu'à des vulves
de jument, ce calotin-là, parce qu'au fond, c'était
dans sa nature d'être calotin, et il était resté
calotin, quoi qu'il dît. (Dans l'esprit d'Honoré,
un mâle généreux ne pouvait être calotin, non plus
royaliste ou bonapartiste; il fallait avoir bien peu
de tempérament pour rester insensible à une République large du bassin et si bien en chair.)

Alexis regagnait sa place sous le regard bien-
veillant et rêveur de son père, mais l'Adélaïde
méditait un biais pour le perdre. Elle fit observer
à Haudouin :

— A ton aise de lui donner raison, mais pendant que ce moineau-là fait des farces avec les filles, les vaches en profitent pour aller se gonfler dans les luzernes. Quand il y en aura une de crevée, on verra bien si tu riras encore.

Haudouin devint sévère tout d'un coup.

— C'est vrai ce que ta mère me dit ?

— Si c'est vrai ? protesta la mère. Ce soir encore, la Rougette est rentrée avec un ventre, qu'on l'aurait crue prête à faire le veau.

— Nom de Dieu, ragea Haudouin, me mettre une vache dans ces états-là... Vas-tu me dire ce que tu as foutu tout l'après-midi ?

Alexis se défendit avec habileté : la Rougette ne s'était pas gonflée, affirmait-il, c'était un air qu'elle avait comme ça, parce qu'elle avait bien mangé.

— Tout ce qu'il y a, c'est qu'au moment où je me battais avec le Tintin, elle s'est cavalée dans les prés à Rugnon, mais ce n'est pas de la bonne herbe qui a pu lui faire du mal, au contraire.

— Bien sûr, approuva Haudouin radouci.

Et comme sa femme parlait d'aller trouver l'Anaïs Maloret pour lui demander raison de la chemise déchirée par son garçon, il conclut :

— Ne me parle plus de cette affaire-là, et fais-moi le plaisir de laisser l'Anaïs tranquille. Quand il faudra causer avec les Maloret, c'est moi qui m'en chargerai.

Sur ces mots, Juliette entra, essoufflée par la course, et s'assit à côté de son père.

LA JUMENT VERTE   89

— Encore heureux que tu aies couru, dit l'Adélaïde, sans ça tu rentrais à minuit.

— C'est vrai, ajouta Honoré, tu pourrais bien
rentrer plus tôt...

Mais le ton de sa voix écartait toute intention
de reproche. Juliette le regarda et, ensemble, ils
se mirent à rire. Il était incapable de sévérité à
l'égard de Juliette; avec orgueil il s'étonnait
encore d'avoir tiré, d'une épouse maigre et rageuse, cette grande fille aux doux yeux noirs, au
rire calme, aux formes cambrées où il fallait.

— Ce n'est pas la peine de lui faire des compliments, dit la mère avec aigreur. Si elle est rentrée,
c'est, bien sûr, qu'il n'y a plus d'hommes dehors
à cette heure-là.

— C'est bien la vérité, m'man. Mais vous savez,
c'est moi qui leur ai dit de rentrer.

— Je ne te fais pas dire qu'il y en avait plusieurs.

— Il y en avait trois.

— Quand il y a trois amoureux, fit observer
Haudouin, on peut dormir tranquille. Qu'est-ce
que c'était que ces mauvais sujets ?

Juliette les nomma tous les trois : Léon Dur,
Baptiste Rugnon et Noël Maloret. Au dernier, le
père fronça le sourcil et étouffa un juron. On n'en
avait jamais fini de cette engeance des Maloret.
Pourtant, il se contint et demanda négligemment :

— Tu sais peut-être déjà lequel sera le vrai ?

Juliette rougit un peu et déclara d'une voix
sèche :

— Je ne peux pas vous dire.

Elle baissa les yeux sur son assiette. Haudouin
la regarda longuement, haussa les épaules et sortit
pour aller chez Messelon.

Depuis la visite du vétérinaire, Honoré avait
réfléchi à tous les problèmes que posait la candidature éventuelle de Maloret. L'opposition ouverte, la seule qu'il jugeât digne, entraînait des
conséquences redoutables. Il lui faudrait quitter
la maison des Haudouin, même si son frère ne
l'y obligeait pas; sans domicile, sans argent, à
peu près sans terres, louer une maison à Claquebue, ou ailleurs, et se louer soi-même comme
journalier pour faire vivre chichement sa famille.
Le plus raisonnable serait peut-être de s'en aller
travailler en usine, car il n'y avait guère qu'à la
ville où sa femme et ses enfants pussent trouver
du travail.

« Pourquoi pas ? songeait Honoré. Alphonse
travaille bien en usine, lui. »

Mais au fond, cette idée-là lui serrait le cœur.
A quarante-cinq ans, s'en aller travailler à la ville,
ne plus sentir la motte de terre qu'on écrase du
nez de son sabot sensible comme un orteil, n'attendre plus rien de la pluie ou du soleil, ne plus
être seul sur le milieu de l'horizon... mais buter
du regard sur des murs et sur des ferrailles, manier
les outils de tout le monde, pisser à heures fixes
sur un bout de tôle... S'il le fallait, bien sûr. Honoré entendait ne transiger ni avec sa rancune, ni
avec sa conscience de républicain. Toutefois, il
eût été satisfait d'éviter un conflit dont il ferait

les frais, et il voulait espérer que Messelon, malgré sa maladie et ses soixante-douze ans, avait encore la vie dure. Il avait hâte de se rendre compte de l'état du vieux.

Les Messelon achevaient leur repas du soir. Ils étaient dix autour d'une longue table, et la vieille qui mangeait debout, comme c'était l'usage. La lampe était baissée, et ils parlaient à voix basse, car la porte qui communiquait avec la chambre du malade demeurait entrouverte.

— Je viens tard, dit Haudouin à mi-voix. Vous savez ce que c'est, dans la journée le travail nous presse.

La mère Messelon fit signe à l'un des enfants d'avancer un siège.

— C'est toujours gentil à toi, Honoré. Le vieux sera content de savoir que tu es venu, il me parlait de toi encore ce matin. Tu sais, il ne va pas fort, mon Philibert, je le vois sur la fin. Un homme qu'on ne l'aurait pas dit. Vif qu'il était, et solide, et droit comme un manche.

Elle tourna la tête pour en attester tous les Messelon. Il y eut un mouvement grave et lent dans la longue tablée qui murmura :

— C'est vrai qu'il était fort. Et vif, il fallait voir. Qui vous abattait du travail comme point.

La vieille eut un sourire d'orgueil et de désespoir.

— Voilà pourtant huit jours qu'il ne mange plus, pour autant dire. Huit jours demain, mon pauvre Honoré. Un homme si fort, hein ?

Haudouin prononça des paroles d'espoir qui

réchauffaient sa propre conviction. Une voix sèche, qui chevrotait aux fins de phrases, passa par la porte entrebâillée.

— C'est toi, Honoré, qui causes dans la cuisine ? Viens donc jusqu'ici.

Honoré entra dans la chambre, précédé par la vieille qui portait la lampe. Philibert Messelon reposait sur son lit, les joues creuses, le regard éteint. En le voyant si maigre, si blême qu'on l'aurait cru mort sans ce filet de respiration qui chuintait entre les lèvres blanches avec un bruit d'agonie, Honoré sentit la pitié lui nouer la gorge. Il s'efforça d'une voix joviale :

— Le bonjour vous va, Philibert. On me disait que vous étiez malade, mais vous avez bon air.

Le vieux tourna vers lui ses prunelles sans éclat et lui fit signe de s'asseoir.

— Tu as bien fait de venir. Il n'était que temps.

Il parlait toujours de cette même petite voix sèche, de commandement, qu'il avait au Conseil municipal, mais qui s'essoufflait rapidement aujourd'hui et défaillait par instants.

— Je suis sur la fin d'aller, dit-il encore.

Honoré et la vieille mêlaient leurs protestations. Philibert eut un geste d'impatience.

— On ne choisit pas, reprit-il, mais juste dans le plein de la moisson, ça fait gros.

— Vous serez d'aplomb pour les regains, dit Honoré.

— Je ne les verrai pas, sourit Messelon. Je les ferai pousser.

Epuisé, il ferma les paupières; sa main étreignit

sa poitrine haletante, il eut un râle modulé. Haudouin s'éloignait sur la pointe des pieds pour le laisser reposer, mais Philibert prononça sans ouvrir les yeux :

— Reste là, petit. Toi, la femme, à la cuisine. Et ferme la porte, j'ai à lui dire.

Lorsque la vieille eut quitté la chambre, Messelon entrouvrit les paupières. Honoré s'était assis à côté du lit et attendait avec curiosité. Il eut un mouvement du menton pour interroger. Le vieux ne répondit pas d'abord, il semblait qu'il eût oublié la présence d'Honoré. Soudain, il se haussa sur son oreiller, une flamme vive éclaira le regard de ses yeux bien ouverts, son visage et ses mains s'animèrent, la colère et l'ironie tendirent sa bouche fatiguée. Il articula d'une voix dure qui allait jusqu'à ses limites :

— Alors, il paraît que les calotins redressent la crête.

Honoré demeura silencieux un moment, à se demander si Messelon avait déjà eu vent des manœuvres de Maloret. Il hocha la tête et dit avec prudence :

— Vous savez, avec leur général Boulanger, on n'y comprend plus grand-chose. Il a des républicains pour lui, et aussi bien des cléricaux. Je ne m'y connais guère en politique, mais je vous dirai que je n'ai guère confiance...

D'un geste impatient, Philibert lui coupa la parole. Il comptait justement sur le général Boulanger pour faire de la besogne de vrai républicain, c'est-à-dire reprendre l'Alsace-Lorraine, étrangler la réaction, libérer la Pologne, et chasser tous les tyrans d'Europe.

— J'ai besoin d'un militaire, dit-il, et qui ne soit pas un marquis. Mais ce n'est pas là-dessus que je voulais causer. Il y a plus pressé aujourd'hui. Honoré, on manigance pour la mairie de Claquebue.

— Pensez-vous, Philibert, c'est des idées.

— Il y en a qui ont presse de me voir passer pour prendre ma place. Va, les cléricaux ne s'endorment pas.

— Ils ne sont tout de même que quatre au Conseil, objecta Honoré.

— Mais des têtus et des dangereux. Et s'il n'y avait que ceux-là, encore...

Haudouin sentait toutes ses craintes se préciser. Il songeait à la maison du vétérinaire, une maison commode où les gens et les bêtes avaient de la place; une maison solide, avec des cheminées qui tiraient bien, un jardin par-devant, un jardin par-derrière, et des champs tout autour. Il ne voulut rien laisser paraître de son inquiétude et fit un effort pour rassurer le moribond :

— Ecoutez, Philibert, je ne suis pas un républicain d'hier non plus, moi. Je cause dans le pays, je vois du monde, j'étais encore au Conseil jeudi soir. Vous pouvez compter que j'ai l'œil; eh bien, je peux vous dire une chose : il n'y a rien qui menace pour le moment.

— Mais bon Dieu, moi aussi, je vois du monde. Le curé est déjà venu me voir trois fois dans la semaine...

— Oh, le curé... aussitôt que les gens se couchent d'un rhume, il est toujours prêt d'y courir.

Philibert eut un frémissement de rage qui le secoua tout entier.

— Mais qu'est-ce qu'il avait à faire de me causer de politique ? L'esprit de concorde, qu'il disait, et invitez vos amis à la modération, et je ne sais pas quoi... Si ce n'était pas que j'aie besoin de lui pour crever, je l'aurais fait foutre à la porte par mes garçons. L'esprit de concorde... Mais quand je te dis que ces gens-là voudront toujours nous monter dessus...

La fatigue et la colère lui firent perdre le souffle; un halètement précipité souleva sa poitrine, la souffrance et l'angoisse creusaient les yeux, bandaient les muscles du cou. Sa bouche s'ouvrit grande, il tendit les bras en avant et poussa un grand râle. Un instant, Honoré put croire que le malade allait passer dans ses bras. Il lui prit la main et appela doucement :

— Philibert... eh, Philibert...

— Nous... nous monter dessus..., éructa le vieux avec un filet de voix.

Honoré lui éventa le visage avec son chapeau. La respiration revint à une cadence plus régulière, le visage crispé se détendit peu à peu. Le vieux ne perdit pas un moment :

— Tant qu'on ne les aura pas muselés un bon coup, il faudra craindre.

— C'est sûr, approuva Honoré.

— C'est sûr aussi que Zèphe Maloret guigne

la mairie, dit Messelon en fixant sur Honoré un regard aigu.

— Qu'est-ce que vous me dites là, Philibert ?

— Point de comédie avec moi, tu sais bien que Zèphe est en train de manœuvrer, puisque vous voilà des amis tout d'un coup.

Honoré, pensif, fit quelques pas dans la chambre, sous le regard ironique de Philibert, et dit en se rasseyant :

— Puisque vous savez tout, vous devez savoir aussi que je lui pisse à la raie, au Zèphe.

Le vieux eut un petit rire d'une ironie insultante :

— C'est des manières de dire. Ton père était déjà comme ça : gueulard contre le monde qui ne lui allait pas, mais toujours fin prêt à leur baiser ce que tu me disais, quand il y trouvait à gagner.

Honoré n'avait pas grand respect pour la mémoire de son père, qu'il méprisait de son vivant, mais il n'en parlait jamais qu'avec des éloges. Ce n'était ni par devoir de piété, ni par orgueil; simplement, il considérait le souvenir de ses parents comme un meuble de bon usage qu'il convenait d'entretenir avec soin. Il chercha une riposte injurieuse pour Messelon, mais le vieux, qui avait repris du souffle, lui coupa son effet :

— Ton frère est venu me voir sur la fin de l'après-midi. Il m'a redit tous les boniments du curé, un peu plus raides tout de même. En fin finale, il se préparerait des événements graves à l'étranger. Pour être prêts, il faudrait d'abord nous unir à l'intérieur du pays...

En rapportant cette opinion, Philibert ne put se tenir de ricaner. Pour lui, il n'était de joli départ pour les frontières qu'après avoir nettoyé le.pays de la gangrène réactionnaire qui rongeait les forces vives de la nation.

— Conciliation, modération, esprit de concorde. Le curé, je te dis. A Claquebue, les cléricaux ont quatre conseillers, on pourrait faire preuve de bonne volonté en leur donnant la mairie. J'ai appris que le Zèphe Maloret n'est pas un farouche du bénitier et qu'il se sent de l'amitié pour les républicains. Ton frère pense que la chose ne fera point de difficulté, vu que tu es d'accord avec lui.

Honoré hésitait à faire un aveu à Philibert, il s'y décida pourtant :

— Je peux bien vous dire tout, puisque vous n'en avez plus pour longtemps. Sans que ça paraisse, je ne me suis jamais bien entendu avec mon frère et je me suis encore engueulé avec lui cet après-midi. Je lui ai dit qu'il me trouverait toujours contre lui et contre le Maloret, et que s'il défendait ce dégoûtant-là, je quitterais la maison qui est à Ferdinand comme vous savez. Ce qui est promis est promis.

Le vieux se tortilla dans son lit, riant à petit bruit :

— J'en étais sûr... Nom de Dieu, Haudouin... j'ai mal de rire.

Il reprit haleine et ajouta d'un ton plus grave :

— Et ne te tourmente pas de la maison, tu

4

n'auras qu'à venir chez nous. Quand il y a de
la place pour douze, il y en a pour vingt. Tes
garçons coucheront avec les nôtres, et les filles
ensemble. Tu travaillerais pour nous, bien entendu.

— Quand même, dit Honoré, j'aimerais mieux
que les choses s'arrangent. Quand les gens me
verront quitter la maison, je n'aurai plus l'autorité qu'il faudra pour me mettre en travers de
Zèphe. Si seulement vous pouviez durer encore
un bout de temps...

— Il ne faut pas compter sur moi, s'excusa
Messelon. Qu'est-ce que tu veux, moi, je n'ai plus
rien à faire...

— Rien qu'un mois. J'aurais le temps de me
retourner.

— Non, tu n'es pas raisonnable, Honoré. Quand
il faut tirer sur trois jours de vie qui vous restent,
c'est dur. Et puis un malade, ça coûte.

— Je vous paierai le surplus, ce n'est pas ce
que vous mangez...

— Il y a les remèdes, le temps qu'on perd après
moi.

— Je vous dis que je paierai. Vous ne voulez
tout de même pas que le Zèphe soit maire de
Claquebue ?

— Ecoute; trois semaines. C'est tout ce que je
peux te donner.

— A compter de demain après-midi, alors ?

— Si tu veux, mais c'est convenu que tu paies
le pharmacien et vingt-cinq sous par journée qui
court ?

Honoré promit sur l'honneur. Alors le vieux eut un sourire en pensant qu'il gagnait encore bien sa vie, puis il se mit en veilleuse pour trois semaines, à compter du lendemain dimanche après-midi.

V

Le vétérinaire s'assit à son bureau-secrétaire, prit une feuille de papier à en-tête et, les yeux levés vers la jument verte, médita sa lettre un moment. Il voulait qu'elle fût à la fois ferme, affectueuse, discrète et séduisante. L'effort de la réflexion lui fit rosir les pommettes, son front se plissa, et il tira les pointes de sa moustache maigre. Enfin, il se fit confiance et écrivit tout d'une plume :

« Mon cher Honoré. — Le cheval noir a été pris de coliques au commencement de la semaine, et il ne faut pas songer à l'atteler au landau avant quelque temps. D'autre part, l'alezan n'est à sa place que dans les brancards d'un cabriolet; c'est une bête encore jeune et orgueilleuse, qui ne mesure pas son effort. Attelé au landau, il tirerait du même pas qui lui est habituel et risquerait de se fatiguer. Dimanche matin, nous prendrons donc le train jusqu'à Valbuisson, et Mainehal, qui me doit de l'argent, nous conduira jusqu'à Claquebue, où il viendra nous chercher le soir pour le train de six heures et demie.

« Les enfants seront bien heureux de passer la journée avec leurs cousins et ma femme de se retrouver avec Adélaïde. C'est toujours une joie d'être réunis en famille; notre cher papa disait souvent qu'entre frères et sœurs, une bonne entente vaut un placement sur l'Etat. A ce propos, je me rappelle que, samedi dernier, nous nous sommes quittés sur des paroles un peu vives. J'ai longuement examiné cette douloureuse histoire que tu aurais dû me confier plus tôt, et j'ai là-dessus quelques idées qu'il ne m'est pas possible de livrer aux hasards d'une lettre. Nous en reparlerons donc dimanche à loisir et à tête reposée. Mais il n'y a pas d'inconvénient à te mettre en garde dès aujourd'hui contre un mouvement de vivacité qui, à bien réfléchir, ne se justifie qu'à vue de nez. Car tu ne me refuseras pas qu'il y a dans toute cette affaire deux choses bien distinctes : C'est, d'une part, le devoir de donner à Claquebue un maire qui soit selon les nécessités du moment; et d'autre part, ta juste rancune contre Z... (tu sais bien qui). Cette rancune-là est aussi la mienne; tu n'ignores pas, en effet, combien je suis sensible à tout ce qui regarde la famille, et que pour l'honneur de notre nom, je suis prêt à n'importe quel sacrifice. Mais au-dessus de la famille, je dirai même au-dessus de mes convictions politiques, je n'hésite pas à placer la patrie. Je ne fais d'ailleurs que suivre l'exemple et l'enseignement de notre cher papa qui n'a pas reculé,

dans l'intérêt du pays et malgré sa vieille affection
pour l'Empire, à rallier ses administrés dans le
sein de la nouvelle République. Le souvenir de
cette haute leçon de patriotisme ne peut venir à
une heure plus opportune que celle que nous
vivons à présent : ce n'est pas au moment où la
France, privée depuis trop longtemps de la vigilance du général Boulanger au ministère de la
guerre, se voit de nouveau en butte aux provo-
cations sournoises des Alboches, qu'il convient de
se laisser aller à un sentiment de rancune personnelle. Avant deux ans, peut-être l'année prochaine, nous aurons la guerre, des gens bien placés
pour le savoir me l'ont dit en confidence. C'est
pourquoi il est nécessaire que le pays s'unisse en
face du péril, dans les limites où l'union avec les
réactionnaires demeure convenable, bien entendu.
Une pareille entente, qui n'est possible pour l'instant qu'autour du nom de Boulanger, est naturellement d'une réalisation délicate. A Claquebue,
par exemple, on a bientôt fait le compte des
hommes dont la situation et la personne puissent
donner confiance aux deux partis. Chez les républicains, je ne vois guère que toi et Maxime Trousquet. Mais tu ne veux pas de la mairie, et cela
vaut mieux d'ailleurs, car tu risquerais tout de
même, à te réclamer trop haut d'un général dont
l'avenir est encore incertain, de compromettre le
nom des Haudouin dans l'arrondissement. Quant
à Maxime, je le crois capable d'être habile et
dévoué, mais, en toute honnêteté, le fait qu'il ne
sache lire ni écrire mérite qu'on y fasse attention.

« Restent les cléricaux, tu les connais, la plupart ont montré trop d'intransigeance pour trouver crédit auprès des républicains. Je n'en vois qu'un pour faire la liaison. On l'a vu, aux dernières séances du Conseil, s'efforcer résolument de réconcilier les deux partis dans les débats sur les affouages. Cet homme-là, il faut en convenir, c'est précisément Z... (tu sais bien qui). A mon avis, c'est agir en patriote et loyal républicain que de lui préparer le chemin de la mairie.

« Aussi bien, sans vouloir diminuer les conséquences fâcheuses de son imprudence, je crois qu'il y aurait à dire sur un sentiment de rancune où nous nous obstinons, peut-être, sans beaucoup de sang-froid. Que notre homme ait sa part de responsabilité dans le péril que tu as couru (un peu par le fait de ton imprudence) j'en tombe d'accord, quoique le bénéfice de la surprise lui demeure acquis. Mais après tout, c'est affaire entre toi et lui qui ne me regarde pas; tout au plus me permettrai-je d'en appeler à ta générosité pour conclure sur ce premier point de fait. Il resterait à examiner le douloureux accident survenu à notre mère et qui fut la conséquence apparente de l'indiscrétion de Z... Tu comprendras pourquoi je dis « apparente », si tu veux bien considérer la situation dans laquelle se trouvait notre mère au moment de cette pénible épreuve.

« Quand le sergent bavarois, avec sa troupe, déboucha au tournant de la route, et que lui apparut cette maison isolée, presque déserte, où une femme seule se penchait à la fenêtre, n'est-il pas

raisonnable de penser que sa triste résolution était
à peu près arrêtée ? Tu me le disais toi-même
l'autre jour, ces Bavarois sont des brutes qui n'en-
tretiennent leur fureur guerrière que par le
meurtre, le pillage et surtout le viol. Il me suffira
de te rappeler, entre autres exemples, celui de
Louise Bœuf qui eut à subir l'assaut de onze de
ces goujats. Il paraît donc certain que la présence
d'un franc-tireur dans la maison devenait un prétexte commode pour le sergent; un prétexte qui
le dispensait de recourir à la force et lui permet-
tait de traiter de personne à personne, sans l'as-
sistance de ses douze ou quinze soudards. Sans
ce prétexte-là, je songe, avec épouvante, à ce qu'aurait pu être l'humiliation de notre chère mère.
Le marché demeure révoltant, bien sûr, mais enfin
elle n'a cédé qu'à un seul, à un sergent, à un
gradé. Peut-être cet homme-là était-il même un
officier ? Et puis, notre mère n'était plus jeune
et, à la cinquantaine passée, il est des affronts
qu'une femme ne ressent plus aussi vivement que
dans le milieu de son âge.

« Mais les arguments se présentent à mon esprit
avec tant de vigueur que je m'y suis laissé aller
contre ma première intention qui était de réserver
ce sujet délicat pour notre prochaine rencontre.
J'hésite maintenant à t'envoyer cette lettre où j'ai
jeté quelques conclusions, un peu hâtives peut-
être à ton sentiment, mais qu'un plus ample
débat confirmera dans leur bien-fondé, j'en suis
sûr. Mon cher Honoré, Hélène et les enfants se
joignent à moi pour t'envoyer, ainsi qu'à ta

famille, nos sentiments d'affection. Surtout ne parle qu'avec la plus grande réserve de tout ce que je t'ai dit à propos du général Boulanger. Il vaut mieux ne pas s'engager trop tôt sur une voie qui n'est pas encore bien dégagée : Valtier lui-même paraît hésitant. Ne manque pas, si tu m'écris, de me donner des nouvelles de ce pauvre Messelon.

« Bien à toi.

« Ton frère, Ferdinand. »

Le vétérinaire ne relut sa lettre qu'une fois. Charmé par le bonheur de ses transitions, la fermeté insinuante de ses arguments, il la mit sous enveloppe sans plus hésiter, prit son chapeau melon et gagna la porte. Dans la rue, il se récitait encore des passages, se félicitait d'une virgule bien placée. Des personnes purent observer qu'il avait un visage presque souriant, et le bruit courut pendant deux jours qu'il avait fait un héritage. Après avoir mis la lettre à la boîte, le vétérinaire sentit pourtant une onde de frayeur et de regret courir sous sa jaquette, en songeant au redoutable secret qu'il venait de confier à la poste. Il se ressaisit aussitôt et s'accusa de pusillanimité.

La lettre fut oblitérée dans l'après-midi, passa la nuit au bureau de Saint-Margelon, et le lendemain matin prit le train pour Valbuisson où elle fut à huit heures et demie, et à la poste sur les neuf heures. La receveuse l'oblitéra, la mit dans un paquet de lettres, et le facteur de Claquebue en prit possession.

Ce matin-là, Déodat avait quinze lettres et trois imprimés. Il quitta Valbuisson un peu avant dix heures pour franchir les neuf kilomètres qui le séparaient de Claquebue. Ses lettres étaient bien rangées dans le sac de cuir qu'il portait en bandoulière, et lui, il marchait d'un bon pas, mais sans se presser, juste comme il fallait. Il pensait à ses lettres, se récitait les noms des destinataires dont l'ordre où il les toucherait, et sans jamais se tromper, preuve qu'il savait son métier.

Au bas de la Montée-Rouge, Déodat se fit observer : « Quand j'aurai monté la côte, ce sera encore ça de fait. » Et il rit, parce que c'était la vérité : quand il aurait monté la côte, ce serait encore ça de fait. Il marchait posément, comme un homme doux; enfin, un homme raisonnable qui connaît son affaire, un bon facteur. Il avait chaud du grand soleil qu'il faisait, mais c'est aussi que son uniforme était en bonne étoffe. Ce n'est pas lui qui allait s'en plaindre. Encore plutôt.

Déodat montait la côte en songeant qu'il était facteur. C'est une bonne place. S'il ne l'avait pas méritée, il ne l'aurait pas eue. Pour faire un bon facteur (il y a facteur et facteur, c'est comme dans tout), il faut savoir des choses dans sa tête; et d'abord savoir marcher. Tout le monde ne sait pas, qui croit pourtant. Une supposition : un qui s'en irait à Valbuisson comme un dératé chercher le courrier pour Claquebue, qu'est-ce qui arriverait ? Et s'en revenant, il tirerait la jambe et quand même il finirait sa tournée, de quoi est-ce qu'il aurait l'air dans le pays ? Pour être facteur,

il y a tout de même la chose d'être plaisant avec
le destinataire, et le monde qui a mal au pied ne
peut pas être gracieux. Et un qui s'en irait à
Valbuisson sur des guiboles de laine ? Mais non,
on ne peut pas tout supposer. Ce qu'il faut, c'est
marcher posément, comme un homme posé, en
regardant où on marche, pour ne pas mettre le
pied dans une bouse de vache. On n'en finirait
bien pas de s'acheter des souliers, si on ne faisait
pas attention.

Déodat est arrivé au-dessus de la Montée-Rouge.
Il dit tout haut : « Voilà Claquebue. » Chacun
ses habitudes. Lui, en arrivant au-dessus de la
Montée-Rouge, il dit : « Voilà Claquebue. » Et
ça ne manque jamais, c'est Claquebue, la première maison à droite, la deuxième maison à
gauche. Il descend dans le pays en songeant qu'il
est facteur. C'est une bonne place, un bon métier.
On peut dire tout ce qu'on voudra sur le métier
de facteur — et au fond, il n'y a rien à dire —
mais c'est un bon métier. L'uniforme, il faut en
avoir soin, bien entendu, mais pour celui qui en
a soin, il fait propre. Quand on rencontre un facteur, on voit tout de suite qu'il est facteur.

La première maison ouvre ses persiennes et dit
à Déodat :

— Tu fais ta tournée ?

— Mais oui, répond Déodat, je fais ma tournée.

La deuxième maison ne dit rien. C'est parce
qu'il n'y a personne. A la troisième, Déodat porte
la main à son sac, et appelle en entrant dans la
cour :

— Veuve Dominé !

La veuve Dominé doit être dans le jardin. Il pourrait poser la lettre sur la fenêtre avec une pierre dessus. Mais il attend. La vieille a entendu, elle traîne ses sabots au coin de la maison.

— Le bonjour, Déodat, tu as le chaud pour faire ta tournée ?

— Le bonjour vous va, Justine. Il fait chaud de jardiner aussi.

Passé les politesses, il tend la lettre et dit avec sa voix de service : Veuve Dominé.

L'œil méfiant, la vieille regarde la lettre sans la prendre, et tape sur les poches de son tablier pour y chercher ses lunettes. Mais une paire de lunettes ne sert à rien quand on ne sait pas lire.

— Ça vient de mon Angèle. Tu vas me dire ce qu'elle m'écrit.

Déodat lui fait la lecture, sans se rengorger. Il pense simplement que l'instruction est une chose bien utile. Quand il a fini, la vieille s'approche tout près de lui et demande :

— Alors, qu'est-ce qu'elle me dit ?

La veuve Dominé n'a rien compris à la lettre de sa fille. Quand on lit de l'écriture, ce n'est pas comme quand on parle. Déodat lui explique que l'Angèle se porte bien, qu'on lui offre une place où elle aurait quatre-vingt-dix francs par an et ses sabots.

— Pour finir, elle vous dit : « Chère mère, je « pense que votre santé est meilleure et que vous « continuez de même. » Vous comprenez, c'est pour vous dire une gentillesse, elle vous dit de vous soigner.

La veuve Dominé hoche la tête. Elle n'aurait pas cru.

Déodat vient de marcher encore un kilomètre pour distribuer trois lettres. A Claquebue, on n'entretient pas grande correspondance, et lui, il aimerait avoir un courrier nombreux qui rétablît une juste proportion entre l'effort et le travail accompli. Il aimerait avoir une lettre pour chaque maison. Mais puisqu'il n'en a pas, tant pis. Après tout, il donne ce qu'il a. Il ne peut pas en fabriquer. Déodat marche au milieu de la route, posément, comme un homme juste qui sait où il va. S'il arrive une voiture, il prendra sa droite. S'il arrive une voiture ou un troupeau, ou une procession. Dans le métier de facteur, il faut s'attendre à tout. Il marche entre une haie vive et un bouquet d'acacia. C'est joli, la rosée dans la haie, les grands acacias. Mais lui n'en sait rien, il n'a pas besoin d'y penser. Il s'en va tranquillement. Sur ses épaules, il porte sa grosse tête ronde qui lui est bien utile pour son métier. A vrai dire, il ne pourrait pas s'en passer, justement parce qu'il est facteur. Et puis, s'il n'avait pas sa tête, qu'est-ce qu'il ferait de son képi ?

Avant d'arriver au tournant de la route, Déodat prend sa droite parce qu'il entend du bruit. On ne sait pas encore ce que ça peut être. « J'ai le temps de pisser un coup », pense-t-il. Quand on vient de faire neuf kilomètres à pied, ce n'est pas de l'imprévu, c'est pourquoi il prend son temps.

Il y a des gens qui pissent à l'aveuglette, sans bien regarder ce qu'ils font. Un vrai facteur ne peut pas : comme on fait toutes choses, on fait son métier. Quand il a fini, Déodat fléchit légèrement les genoux pour se donner du jeu dans le dedans de son pantalon, et puis reprend son chemin. Le bruit augmente, et, passé le tournant, il comprend tout : ce sont les gamins qui se chamaillent en revenant de l'école. Déodat les reconnaît tous, car c'est justement son métier de connaître le monde de Claquebue. Il y a là les deux derniers à Haudouin, Gustave et Clotilde, avec les trois Messelon, le Tintin Maloret, Narcisse Rugnon, Aline Dur et d'autres. Ils sont une douzaine qui tiennent toute la largeur de la route, et ça s'engueule comme si c'était déjà raisonnable.

La dispute est venue d'un oiseau qui s'est envolé dans la haie. Personne n'a eu le temps de voir, pas plus Tintin Maloret que les autres, mais il a affirmé que l'oiseau était une alouette, et il l'a dit d'un air qui n'a pas plu. Jude, l'aîné des Messelon, a répondu tranquillement :

— Vois-tu, moi j'aurais dans l'idée que c'est une écrevisse.

Bien entendu, c'était une manière de parler toute pleine d'ironie; l'on n'a jamais vu d'écrevisse prendre sa volée. Le Tintin était déjà irrité :

— Et qu'est-ce que c'est, si ce n'est pas une alouette ?

Gustave Haudouin a déclaré que l'oiseau était une mésange, et les trois Messelon se sont rangés à son avis. Tintin Maloret s'est mis à rire, son

opinion était qu'il fallait avoir du pissat de cheval
dans les yeux pour avoir vu une mésange. Jude
n'a pas voulu laisser Maloret sur cet avantage,
il lui a dit sans éclat :

— C'est bien des idées de clérical d'aller prendre
une mésange pour une alouette.

L'affaire changeait de face aussitôt. Narcisse
Rugnon, Alice Dur, Tintin Maloret, Léon Bœuf
et Nestor Rousselier faisaient bloc contre la mésange. Les trois Messelon et les deux Haudouin
maintenaient.

Lorsque Déodat se trouve en présence des adversaires, tout le monde a oublié l'oiseau qui fut
le départ de la querelle. On en est à se traiter de
cafard, de saloperie volante, de con bénit, de fils
de vache, de bâtard, de fumier de lapin et de
républicain de mes fesses. L'arrivée du facteur
pourrait apaiser les passions, mais Jude Messelon
le prend à témoin :

— Vous ne voyez pas ces cochons-là qui nous
engueulent parce qu'on vote pour la République !

Déodat est d'abord perplexe. Il ne s'est jamais
échauffé pour la politique, il n'y comprend rien.
Pourtant, il essaie d'établir une équation simple.
Puisqu'il est facteur du gouvernement, il est facteur de la République, et il est républicain.

— Il faut être pour la République, dit-il. Les
républicains...

Mais Tintin Maloret lui coupe la parole. Il dit
que des républicains, leur truie vient d'en faire
quatorze la semaine dernière, et, en se tapant sur
les parties honteuses, il propose au facteur une

paire de lunettes de sa façon. De confusion et de
juste colère, Déodat demeure bouche bée. Cependant, les injures recommencent de voler. Par une
inspiration soudaine, Nestor Rousselier se met à
chanter, et tous ceux de l'alouette reprennent avec
lui sur un air imité de celui des lampions :

— Républicain. — Gueule sans pain. — Trempe
ton cul dans le purin. — Pour (e) r'laver ta peau
de putain. — Peau de putain...

Alors, Déodat oublie tout d'un coup qu'il est
facteur, une ivresse guerrière lui monte au cer-
veau, ses yeux de porcelaine tendre jettent des
éclairs funestes. Il a oublié. Tout d'un coup, il a
oublié la route qu'on va posément, comme un
homme posé, comme un vrai facteur de Dieu et
du gouvernement. Son sac de facteur qui pend
sur sa hanche n'est plus qu'un sac d'écolier où il
a rangé son arithmétique, son histoire sainte, et
son livre de lectures. Maintenant, la rosée des
haies vives, l'odeur des acacias, lui soûlent les yeux
et les narines. Quand il voit Clotilde Haudouin
se pendre aux nattes d'Aline Dur, et le Tintin qui
crache à la figure des Messelon, il oublie son âge.
Il oublie tout, d'un coup. S'il portait la main à sa
grande moustache grise, la mémoire lui reviendrait. Mais Déodat entend claquer des claques;
une chanson de bataille éclate chez les républicains; il se jette dans la mêlée qu'il domine de
haut, il soutient le chant d'une voix ample, et il
gueule plus fort que les autres gamins, tout en
calottant le Maloret :

— Les cléricaux la trogne — Trente-six pieds de

charogne — La merde aux boyaux — Pour faire crever les cléricaux...

Calotté par-devant, botté par-derrière, Maloret retraite avec ses compagnons. Le chant de la réaction s'est éteint, et celui de l'autre clique achève d'épouvanter les dernières mésanges attardées dans la haie... « Trente-six pieds de charogne... » Déodat, essoufflé, redresse sa taille de géant au milieu de ses camarades d'école. Il a un grand rire, doux et vainqueur, qui fait bouger les pointes de la grande moustache grise. Jude rit avec lui :

— Ah, nom de Dieu, Déodat, pour un facteur, êtes un sacré facteur...

Mais Déodat s'en revient de guerre, tout d'un coup, comme il était parti. Son sac d'écolier s'est ouvert dans la bataille, des lettres sont tombées dans la poussière de la route. Ah, facteur Déodat, mon cœur de vrai, on écoute les chansons, et on oublie qu'on est facteur.

— Il m'en manque une !

Il recompte ses lettres, il tâte ses poches, regarde dans son képi.

— Elle a peut-être sauté dans la haie, suggère Jules Messelon.

Les gamins explorent la haie, battent les fossés. A cent mètres de là, les autres se sont reformés et recommencent à chanter : « Trempe ton cul dans du purin... » Mais Déodat n'entend plus. Il pense à sa lettre qui lui est plus chère que les autres, maintenant qu'elle est perdue. C'était sa meilleure lettre. Il pense au chemin qu'il aurait fait (posément, comme un homme posé, comme un facteur qui sait qu'il est facteur) pour la remettre à Honoré Haudouin. Honoré lui aurait dit : « Alors, Déodat, tu en es de finir, ta tournée. » Et lui, il aurait répondu : « Mais oui, je finis ma tournée. » Et ils auraient causé d'une chose et d'une autre... Jules Messelon, qui marche à quatre pattes dans le fossé, se redresse, inspiré :

— La lettre, c'est le Tintin Maloret qui l'a prise. Je me rappelle qu'il s'est baissé et qu'il a mis quelque chose dans sa poche au moment que je lui foutais un coup de sabot derrière la tête.

Clotilde Haudouin affirme l'avoir vu, elle aussi.

— Tu n'as pas pu le voir, fait observer Jude, tu étais encore à plat ventre du coup que l'Aline t'avait donné dans les jambes.

— Je l'ai vu.

Clotilde a froncé les sourcils, et comme Jude la convainc de mensonge, son visage pâlit, la colère lui pince le nez ; elle prononce d'une voix froide :

— A bas les républicains !

Déodat s'est élancé à la poursuite de Tintin. Lui, le bon facteur, il court. Pour une chanson qui lui a surpris l'oreille, pour un bouquet d'acacia, qu'il a reniflé dans son nez, le voilà qui court sur la route, qui court sur ses jambes du gouvernement. Au lieu de s'en aller d'un bon pas de facteur, ni trop vite, ni pas assez.

— Tintin ! attends-moi, mon petit !

La bande à Tintin s'est égaillée dans les sentiers.

Déodat entend des rires déjà lointains et des bribes de chanson : « Trempe ton cul dans du purin... » Essoufflé, il s'appuie au tronc d'un cerisier, sans réfléchir que l'écorce frisée risque d'abîmer son uniforme. Il lui manque une lettre et son cœur s'ennuie.

— Déodat, qu'est-ce qui vous arrive ?

Juliette Haudouin s'appuie d'une main au cerisier et sourit au facteur.

— Tu deviens toujours plus belle, Juliette. J'ai perdu une lettre pour ton père et on me dit que le Tintin Maloret l'aurait prise.

— Vous n'avez qu'à la réclamer à son père.

Déodat y a songé, mais comment expliquer à Zèphe Maloret qu'il vient de se battre avec des gamins ? Il se confie à Juliette. Elle rit sans ironie, elle trouve tout simple qu'on se laisser aller à des chansons.

— Ecoutez, vous direz à Zèphe que vous avez séparé des gamins qui se battaient. Il croira.

Déodat poursuit sa route d'un vrai pas de facteur, et la malice des filles brille dans ses yeux de porcelaine. Juliette le regarde s'éloigner, puis elle traverse un pré et tombe dans le sentier resserré entre deux haies où l'attend Noël Maloret. C'est un garçon trapu, très brun, à la moustache déjà faite.

— Je me demandais si tu viendrais, dit-il.

— Tu peux m'attendre un quart d'heure, qu'il me semble.

Ils se dévisagent, mais Juliette a un regard tranquille et hardi, qui gêne celui de Noël. Ils n'ont

rien à se dire, c'est pourquoi ils ne disent rien.
Pourtant, chaque minute qui passe est une déception pour Juliette.

— Il fait chaud, dit enfin Noël.

— C'est la saison.

— Voilà l'heure d'aller à la soupe. Je te verrai
ce soir comme d'habitude ?

— Si tu veux.

Ils se séparent, et Juliette songe une fois de plus
que Noël est bien bête.

Tout d'abord, Déodat se flatte d'avoir de la
chance : Zèphe se tient sur le pas de sa porte et
Tintin est auprès de lui.

— Figure-toi, dit le facteur, que j'ai rencontré
tout à l'heure des gamins qui se battaient.

Zèphe tourne son visage grave du côté de son
garçon :

— Et je parie que ce garnement-là était le plus
enragé ?

— Oui, justement, acquiesce Déodat qui oublie
d'être malin. Et pendant que je me battais avec
eux, il m'a pris une lettre tombée de mon sac.

— C'est vrai ? interroge le père.

Tintin se défend bien. Lui, avoir pris une
lettre ? Il avait bien le cœur à ramasser des lettres
quand on lui cabossait la tête et les fesses de tous
les côtés. Au reste, plutôt que de supporter l'injure
d'un pareil soupçon, il préfère qu'on le fouille
sur-le-champ.

Zèphe lève sur Déodat le regard de ses beaux
yeux francs.

— S'il a pris ta lettre, il doit l'avoir encore sur

lui : il ne m'a pas quitté depuis qu'il est de retour. Veux-tu qu'on le fouille ?

Tintin est fouillé de la tête aux pieds, on lui fait ôter sa culotte, on secoue sa chemise, on lui tâte le derrière, on explore ses livres.

— Eh bien, non, constate le père. Tu vois, il n'y a rien.

Le facteur est obligé d'en convenir.

— Qu'est-ce qu'il va dire, Honoré ? C'était peut-être une lettre pressée.

Une petite flamme s'allume dans les grands yeux honnêtes de Maloret. Il y a au moins une demi-douzaine d'hommes à Claquebue qui portent le prénom d'Honoré. Zèphe paraît curieux de savoir auquel était destiné la lettre.

— Ce n'est pas de ta faute, dit-il, tu n'auras qu'à expliquer à Haudouin ce qui est arrivé.

— Il faut bien que j'aille lui dire, soupire le facteur.

Déodat s'en va trouver Honoré, il ne pense même plus qu'il lui reste des lettres à distribuer sur son chemin. Sa vie est brisée pendant cinq cents mètres.

Zèphe Maloret a poussé son garçon dans l'écurie. Décrochant un fouet tressé à quatre, il lui cingle les mollets et dit avec cette petite voix mesurée, unie, qui fait trembler toute la maison :

— Tu vas me dire ce que tu as fait de la lettre à Haudouin, ou je t'assomme les côtes à coups de manche de fouet.

LES PROPOS DE LA JUMENT

Honoré aimait encore sa femme à cause des enfants qu'elle lui donnait. Quand il la voyait enceinte, il s'émerveillait déjà que son plaisir fît autant de volume. Il regardait ses enfants comme des désirs anciens qu'il se réjouissait de retrouver si chauds, avec des yeux vifs et des peaux colorées. Ses deux filles et ses trois garçons faisaient partie d'une vaste famille, ils étaient les mieux venus, les plus forts, entre tous les désirs qu'il avait confiés à sa femme; mais ils étaient si beaux, si indiscrets, qu'il ne pouvait presque plus penser qu'à ceux-là. Leurs paroles, leurs chansons, il croyait les dire et les chanter lui-même. Ainsi, ses jouissances d'amour étaient sans fin, elles renaissaient d'un sourire de ses filles, d'une dispute entre ses garçons, et leurs jeunes amours étaient encore les siennes. Souvent, quand il travaillait sur la plaine, il avait envie de rentrer à la maison, et le sang lui montait aux joues parce qu'il pensait à Gustave et à Clotilde, les deux plus petits, qui étaient venus les derniers pour lui parler d'amour. Probable qu'ils s'amusaient avec le chien, ou bien ils regardaient des bêtes courir sur la margelle du puits. Lui, le père, il riait d'y penser. Pendant qu'il y était, il pensait aux autres, à tous ses enfants à la fois, en remontant depuis Clotilde jusqu'à

Ernest, ou en redescendant, ou par le milieu, comme ça se trouvait. Et il riait encore un coup à se dire qu'il avait fait là une sacrée récolte, sans peine, au contraire comme en riant et en s'amusant, simplement parce qu'il avait du bon grain dans son sac.

Lorsqu'il prenait Gustave et Clotilde sur ses genoux, ou qu'il s'amusait et disputait avec les aînés, il lui semblait modeler encore ses désirs d'autrefois, leur donner une forme plus belle. Les caresses, les mouvements tendres, qu'il avait pour ses enfants, il se les rappelait à l'occasion auprès de sa femme, sans le savoir. Ainsi, ses enfants lui apprenaient un peu à faire l'amour, et à mesure qu'il croissait en âge, Honoré était plus riche d'amour, si bien que la maison en était toute pleine.

La forme de cet amour paternel, qui confondait le plaisir et ses œuvres, révoltait l'honnêteté du vétérinaire. Lorsqu'il était à Claquebue, il lui fallait à chaque instant rougir des turpitudes qu'il découvrait dans la famille de son frère. Les propos des enfants, le rire du père, leurs attitudes, témoignaient d'une liberté et d'une complaisance dans l'idée du péché qui avaient véritablement un goût de l'enfer. Toute la maisonnée, sauf peut-être Adélaïde, semblait s'amuser de frôler un abominable péril que le vétérinaire nommait avec précision. S'il avait osé parler librement à Honoré, il lui aurait dit que des enfants de bonne famille ne jouent pas à s'entre-regarder l'intérieur des cuisses, comme faisaient Gustave et Clotilde. Un

jour, il les avait surpris, le derrière au vent, à
comparer, à lorgner, à toucher. Cela répugne déjà
d'un garçon et d'une fillette que n'unit aucun
lien de parenté. Et quand ces gamins s'étaient
vus découverts, pas plus gênés que si leur oncle
était tombé au milieu d'une partie de billes, ils
avaient tranquillement rabattu leurs chemises en
lui donnant le bonjour. A quoi eût servi d'avertir
leur père (sans compter que c'était gênant à dire),
sinon à se faire moquer ou rabrouer ? Une fois,
c'était un jour de semaine, le vétérinaire était allé
trouver Honoré qui fanait avec sa fille dans les
prés de la Flize. Juliette avait alors seize ans.
L'oncle Ferdinand l'embrassa sur la joue, et dit
d'un ton affable :

— Comme elle grandit, cette petite Juliette.

— C'est vrai, dit le père, la voilà une belle fille
maintenant.

Juliette, qui riait, se laissa aller contre son
épaule; lui, plus grand, l'embrassa sur les cheveux,
et lui prit un sein dans la main (à travers l'étoffe,
mais quand même).

— Regarde-moi donc comme elle est devenue
belle, ma Juliette.

Ils riaient tous les deux en se regardant, le père
et la fille. Alors, le vétérinaire ne put retenir son
indignation devant ces cochonneries-là. Sa pudeur
se tortilla dans son estomac. Il protesta :

— Non, tout de même, Honoré ! Tout de
même !

D'abord, Honoré fixa son frère sans comprendre, puis, rougissant, il lâcha sa fille et fit un pas

contre lui. Il était comme enragé, et il ragea entre
ses dents :

— Salaud, tu seras toujours comme une mouche
à merde à emmerder tout ce que tu vois. Va-t'en.

Alors, une fois de plus, Ferdinand s'était garé
en resserrant son petit derrière pointu sous sa
jaquette, et il était écarlate de confusion. Ce qui
l'irritait le plus, c'était justement de filer comme
un coupable et de se sentir coupable alors qu'il
venait de porter le fer sur une vilaine plaie. Il
s'indignait comme doit s'indigner un homme
juste, vertueux, qui sait ce qui est défendu, et
Honoré, d'un mot, alors que sa main gardait encore l'empreinte du corps du délit, le faisait douter
s'il n'avait pas dans la cervelle des inventions de
l'enfer. Heureusement, il pouvait se référer au
répertoire des convenances et, d'autre part, le fait
était là : un père qui embrasse sa fille en lui
coiffant la poitrine avec sa main, ce n'est pas
permis, c'est cochon. Contant la chose à sa
femme :

— Avec ses airs francs et sa manière de tout
dire, voilà pourtant où il en arrive. Il se croit le
droit de faire le pire parce qu'il le fait devant tout
le monde.

Hélène lui dit avec modération qu'il voyait peut-
être le mal où il n'était pas. Rien ne pouvait irriter
davantage le vétérinaire.

— Alors, tu le défends ? Et cette sale gamine
qui riait de se sentir tripotée, tu la défends ?

— Mais non, j'essaie de comprendre...

— C'est bien ce que je pensais, ricana Ferdinand avec amertume, il y a deux manières de comprendre.

Et il songeait à sa honte toujours cuisante d'avoir été surpris, vingt-cinq ans auparavant, à regarder les cuisses de sa mère. Ainsi, il y avait des êtres qui pouvaient, pères de famille, se mettre la poitrine de leurs filles dans la main, ou frères et sœurs, se proposer l'étude respective de leurs sexes; ils n'y voyaient pas de mal, ils ne rougissaient pas d'être vus, ils ne péchaient pas. Et il y avait d'autres êtres qui souffraient la damnation sur la terre pour avoir trahi leur curiosité des cuisses de leur mère.

A plusieurs reprises, le vétérinaire eut ainsi l'occasion de se heurter à ce qu'il appelait l'inconscience de son frère. A la fin d'être rabroué, de voir ses élans vertueux se retourner contre lui, et sa pudeur se corrompre au grand jour, il soupçonna que ces péchés n'avaient d'autre réalité que dans son imagination. Il se crut possédé, ses désirs les plus légitimes lui donnaient des sueurs d'angoisse. Il aurait voulu pouvoir confesser toutes ces alarmes, les trier dans l'obscurité du confessionnal, mais sa ligne de conduite politique lui interdisait pratiquement tous les confessionnaux de l'arrondissement. Il était connu dans tous les villages de la région, où on l'avait vu aux côtés de Valtier dont il soutenait la candidature. Nulle part, il n'eût osé affronter le tête-à-tête avec l'un de ces prêtres sur lesquels il avait laissé courir, parfois provoqué, des rumeurs tendancieuses et de grosses calomnies. Lorsqu'il parcourait la campagne dans son cabriolet, ou qu'il passait sur la place cathédrale de Saint-Margelon, il regardait avec une sorte de concupiscence l'église dont la porte lui semblait s'ouvrir sur un abîme d'oubli voluptueux. Exaspéré, il chercha des prétextes de voyage, et partit plusieurs fois pendant un jour ou deux, pour une ville éloignée. Comme ces notaires libertins qui prennent le train pour cacher leurs incartades dans de mauvais lieux étrangers, le vétérinaire roulait cent kilomètres pour entrer dans un confessionnal. Les voyages ne lui apportaient point d'apaisement, le prêtre écoutait d'une oreille distraite ce pécheur qui n'avait à se reprocher que de bonnes intentions. « Mon enfant, disait-il, vos péchés ne sont pas bien graves... Que votre foi ne se laisse pas entamer, vous serez toujours heureux dans l'Eglise... »

Le vétérinaire sortait de confesse plus abattu, plus misérable. Il ne trouvait pas de place dans l'Eglise, ses péchés ne figuraient pas au répertoire des péchés mortels ou véniels, ils n'étaient même pas d'intention. Sans épaisseur, sans réalité, ils n'étaient que des apparences modelées à la forme obscène de son imagination. Après la communion du matin, lorsqu'il errait dans la ville en attendant le train de retour, il se prenait à envier les noceurs qui sortaient des hôtels de passe, et tout un monde sordide qu'il imaginait avec souffrance, de tenanciers repus, de sorgueurs et de filles de sang. Ceux-là, croyait-il, avaient des péchés lourds qui auraient pesé dans les filets du prêtre. S'il avait pu faire état d'un seul de ces crimes, son

inquiétude eût prit la forme d'un remords solide,
comestible, et le contact était rétabli avec Dieu. Il
en venait à se persuader que la délivrance était
dans ces rues réservées où les filles et les maque-
relles accrochaient les passants avec de pesantes
promesses. Il s'y engageait sans désir, le gosier
séché par la honte, et puis passait sans voir, d'un
pas allongé que pressaient encore les appels des
femmes. Comprenant qu'il avait trop d'honnêteté
pour oser jamais, il finit par renoncer aux voyages.
Il trouvait d'ailleurs que cela coûtait cher.

Pourtant, le curé de Claquebue reniflait chez
le vétérinaire comme une odeur de sainteté. Il
avait deviné les transes de Ferdinand, l'écume de
ses scrupules fétides, son horreur en face du mystère sexuel et il pensait qu'un homme tel que
celui-là édifie une paroisse par sa seule présence.
Pour lui, il eût souhaité de l'avoir à Claquebue,
même radical, même anticlérical. Parfois le curé
se laissait aller à rêver (et l'eau lui en venait à la
bouche) que Ferdinand Haudouin, paroissien de
Claquebue, venait s'accuser en confession; il n'aurait pas répondu, lui, comme ces prêtres citadins,
qui ne sont pas de véritables praticiens des âmes,
par des paroles indulgentes et distraites. Il s'entendait déjà dire au malheureux : « Mais c'est
épouvantable... » d'une voix chuintée qui faisait
accourir dans le confessionnal les plus noires
ténèbres de l'église. Et il voyait le pécheur, accablé,
resserré par la triste peur, traversant Claquebue et
semant parmi les villageois la sainte méfiance de
la chair qui est la première marche du paradis.

Sur des âmes comme celle du vétérinaire, l'on était sûr de travailler avec un bénéfice apostolique, et pour ainsi dire sans effort. C'était autre chose que ces créatures infirmes qui venaient dire une fois par semaine avant l'heure de la soupe : « Mon père, j'ai trompé mon homme avec le Léon Corenpot », et qui s'en allaient tranquillement après avoir pris une commande d'*ave*, de *pater* et de *confiteor*. Le bon catholique qu'il était, Ferdinand...

Le vétérinaire ignorait l'admiration qu'il inspirait au curé de Claquebue. De plus en plus, il se sentait abandonné à tous les démons. Pour racheter sa perversité toute platonique, il s'efforçait à la chasteté. D'ailleurs, lorsqu'il accomplissait ses devoirs d'époux, la peur le coupait, ou bien son plaisir lui laissait un remords si lourd qu'il ne pouvait trouver le sommeil. Soupçonneux, redoutant tout ce qui pouvait servir de prétexte à ses imaginations obscènes, il lui vint une manie de persécuter et d'espionner sa propre famille. Les garçons étaient soumis à une surveillance étroite, particulièrement Antoine que ses habitudes de paresse faisaient soupçonner d'être vicieux. « L'oisiveté est mère de tous les vices », disait le vétérinaire, en pensant à ce qu'il disait. Frédéric, élève laborieux, jouissait d'une confiance relative. Il y eut pourtant une grande scène tragique lorsque son père découvrit parmi ses livres d'écolier un traité d'éducation sexuelle. Ce traité, couvert en papier bleu, ne se distinguait en rien des autres livres de Frédéric, mais le vétérinaire avait un flair merveilleux pour découvrir le scandale. Ouvrant au hasard, il était tombé sur une coupe de testicule grossi quatorze fois. Tremblant de colère, il fit irruption dans la salle à manger où la famille se trouvait réunie pour le repas du soir, et brandit le testicule sous le nez du coupable.

— A genoux ! canaille ! mauvais fils ! qui n'as même pas le respect de tes parents...

A sa femme, qui interrogeait avec effroi, il cria :

— Il sait tout ! Je ne peux pas en dire plus... ah, le misérable ! demande-moi pardon à genoux ! Tu seras privé de dessert jusqu'à ta majorité...

Pendant un long temps après le drame, le père ne pouvait pas rencontrer le regard de son fils Frédéric sans rougir jusqu'aux cheveux. Sa méfiance n'épargnait pas non plus sa fille et sur un geste douteux qu'il avait cru comprendre, Lucienne fut condamnée à dormir les mains liées derrière le dos pendant six mois.

Son activité professionnelle ne souffrait pas de ces inquiétudes de maniaque, et au contraire. Enfiévré de travail, il était sans cesse par les routes à courir de vache vêlante en cochon charbonneux; il voulait que ses fils eussent les meilleures notes de leurs classes, que Lucienne devînt le modèle des jeunes filles accomplies. Puisque l'Eglise n'avait point d'exorcismes, point de balances où peser ses fantômes de péché, et qu'il était comme rejeté de sa communion, ou ignoré, ou réformé, le vétérinaire voulait que toute la

famille, par son labeur et sa bonne conduite, portât témoignage de l'honorabilité de son chef. Il
poussait sa maison vers le ciel comme une tour
de Babel.

— Antoine, enlève-moi les mains de tes poches,
et récite-moi tes deux pages de grammaire... Tu
sautes des règles (et il rougissait, car sauter, dans
un certain langage, a un sens équivoque, surtout si on le rapproche du mot règles). A quoi
penses-tu ? Dis-moi à quels mots tu penses !
Qu'est-ce que j'ai dit qui puisse te faire prendre
cet air-là ? Goujat, tu devrais avoir honte...

En hiver, la famille Ferdinand faisait rarement
le voyage de Claquebue et passait les dimanches
à la maison. J'ai assisté à ces mornes réunions
de dimanche après-midi. Hélène et sa fille
faisaient des travaux d'aiguille, Antoine et Frédéric apprenaient leurs leçons ou faisaient le semblant, tous le cœur serré par cette angoisse com-
muniste qui pèse sur les salles d'étude, car le
vétérinaire était là; il mettait ses livres de comptes
et sa correspondance à jour, et de temps à autre,
il levait sur eux un regard de crainte et de menace; il s'assurait sans doute qu'Hélène et ses
enfants ne profitaient pas qu'il fût absorbé dans
un labeur honnête pour se toucher à l'endroit
honteux ou se passer des cartes postales obscènes;
puis il courbait la tête, gêné par une analogie
que le trou de la serrure ou les bougies du piano
venaient de lui proposer. Des cinq, il était pro-
bablement le plus malheureux, mais aucune souffrance n'égalait la mienne lorsque son regard se

levait sur moi. Je sentais mourir cette vie tumul-
tueuse et immobile que le pinceau de Murdoire
avait fait éclore sous ma robe verte. Aujourd'hui,
quarante ans passés, la plume m'en va d'y
penser.

VI

Sur le chemin de la gare, le vétérinaire et sa femme encadraient leur fille Lucienne vêtue d'une robe blanche qu'elle avait brodée elle-même pendant l'hiver en s'inspirant des conseils des demoiselles Hermeline. Les deux garçons, assez satisfaits de leurs uniformes de collégiens, précédaient leurs parents et portaient les paquets. La perspective d'une journée à Claquebue pendant laquelle ils échapperaient, dans une certaine mesure, à la discipline paternelle, les inclinait aux confidences.

— Toi, tu t'en fous, disait Antoine, tu auras le prix d'excellence, on va te laisser tranquille pendant les vacances. Mais moi...

— On ne sait pas, tu auras peut-être un prix ou deux.

— Non, le pion de la petite étude a vu mes notes. J'aurai juste un accessit en gymnastique, il me l'a dit. Tu penses si le vétérinaire va rogner, je l'entends déjà : les sacrifices que je m'impose pour te préparer un avenir dont la famille n'ait pas à rougir. Vieux con.

Frédéric ne pouvait pas s'empêcher d'avoir le prix d'excellence et il lui arrivait de le regretter, car son frère avait à en pâtir par l'effet d'une comparaison qui ne lui était pas avantageuse. Ce matin-là, son regret allait presque au remords, mais l'irrévérence d'Antoine à l'égard de leur père le froissa si profondément qu'il ravala ses paroles de compassion. Antoine n'insista pas et parla d'autre chose.

— Tu l'as vue, la petite Jasmin, tout à l'heure ? On l'a croisée au coin de la rue de l'Ogre. Jolie, elle est jolie, hein ?

Frédéric lui en voulait encore. Il hocha la tête. Non, il ne trouvait pas que la petite Jasmin fût si jolie.

— Elle a un grand nez pointu, des cheveux raides mal peignés... Et puis non, qu'est-ce que tu veux, c'est trop gosse.

— Quand même, murmura Antoine avec ferveur.

— Mais oui, trop gosse. Elle n'a pas de nichons, ta Jasmin. Alors. Les nichons, c'est ce qui fait la femme, mon cher.

Ils marchaient à cinquante mètres en avant de leurs parents. Le vétérinaire ne pouvait entendre et, cependant, il allongea le cou d'un air inquiet, son nez bougea, pointe en l'air. Frédéric était assez fier d'avoir donné sur la femme une opinion curieuse et avec une liberté d'expression qui sentait à la fois la bohème étudiante et la bonne compagnie. Le front plissé, Antoine méditait avec honnêteté. Il déclara :

— Naturellement, je ne dis pas de mal des nichons, mais quand on ne fait rien avec les filles, à quoi ça sert ? Ce qui compte, c'est la figure, c'est les yeux surtout. Oh oui, tu sais, les yeux. Jasmin, c'est les yeux.

— Toi, tu as treize ans, répondit doucement Frédéric.

— Parce que tu en as quinze, tu voudrais me faire croire... Qu'est-ce que tu veux dire ? Allons, dis-le.

— Rien, rien, dit Frédéric avec une nonchalance distraite, n'en parlons plus.

Et comme il sentait venir la colère d'Antoine, il attendit les parents.

Le vétérinaire, qui avait une idée de derrière la tête, s'enquérait des progrès de Lucienne au piano.

— Si tu passais les vacances à Claquebue, est-ce que tu serais capable de tenir l'harmonium à l'église ?

Partagée entre le dégoût de passer deux mois dans une ferme et la tentation d'un rôle important, Lucienne hésitait à répondre. Depuis que la nièce du curé s'était mariée, les paroissiens n'entendaient plus la voix de l'harmonium qu'un dimanche sur cinq, quand la comtesse de Bombrion venait entendre la messe à Claquebue, et Lucienne songeait qu'il était tout de même avantageux de tenir la place d'une comtesse. Le vétérinaire expliquait à sa femme :

— Ce serait un geste qui ne compromettrait personne; une petite chose si tu veux, mais qui serait quand même un pas vers les cléricaux; et pour les plus tièdes des républicains, c'est un signe que le vent tourne. Il n'en faut peut-être pas plus, si Honoré fait preuve d'un peu de bonne volonté ou seulement d'indifférence. Maloret ferait valoir la chose; une atmosphère d'élection est faite bien souvent de ces riens qui rassurent les uns et qui sont pour les autres une indication. En tout cas, je te répète que ce n'est pas compromettant pour moi. La petite est en vacances là-bas. Comme il n'y a pas de piano, elle va s'entretenir la main sur l'harmonium de l'église. C'est tout naturel.

Hélène l'écoutait avec ennui, elle n'arrivait pas à s'intéresser à ces combinaisons de petite politique, malgré son grand désir que Valtier servît la carrière de son fils Frédéric. Pourtant, elle avait accepté un rôle dans le complot minutieusement préparé par le vétérinaire. Comme Honoré lui avait toujours témoigné de l'amitié, elle devait profiter de ces dispositions affectueuses pour l'amener à composition. Où les arguments raisonnables de Ferdinand n'atteindraient pas, elle devait donner l'argument sentimental.

Au guichet, le vétérinaire demanda cinq billets de deuxième classe. Sa situation sociale lui interdisait les troisièmes, sa religion politique les premières. Il voyageait donc en seconde, mais avec le regret qu'il n'existât point d'autre classe qui rendît compte à la fois de ses avantages de fortune et de sa distinction personnelle; par exemple un wagon à l'usage de l'élite aisée : *deuxième classe (élites)*.

— C'est une journée qui revient tout de même à douze et treize francs, fit observer Ferdinand à sa femme. Si tu comptes le prix des billets, les choses que tu viens d'acheter pour Adélaïde, ce n'est pas une économie.

— On ne peut tout de même pas arriver les mains vides quand on vient déjeuner à cinq personnes, dit Hélène.

— Bien sûr. Ce que j'en dis n'est pas pour regretter le pâté ni le saucisson. C'est un simple calcul.

Dans son compartiment de deuxième classe, la famille Haudouin était seule. Il y avait peu de voyageurs sur cette ligne d'intérêt local ou électoral (souvenir toujours cuisant pour le vétérinaire qui n'avait pas réussi à faire passer la ligne par Claquebue, à cause d'un neveu de ministre, gros fermier de la région, et qui l'avait détournée au prix d'un crochet de quinze kilomètres). La compagnie finissait d'y user un matériel qui avait beaucoup souffert en 70, et qui roulait en se dandinant, en se tortillant, comme une bête boiteuse. Même en deuxième classe, on était cahoté, guimbardé, jeté à chaque instant l'un contre l'autre, et il fallait crier dans l'oreille de son voisin pour se faire entendre par-dessus le vacarme de ferraille et les gémissements des wagons éreintés.

Les époux et les deux garçons étaient assis aux

quatre coins du compartiment. Lucienne, au milieu, posait sur le bord de la banquette et évitait d'appuyer son dos, dans la crainte de gâter sa robe blanche. Elle regardait ses bottines de toile blanche et se demandait, avec une anxiété délicate, ce que penseraient les demoiselles Hermeline, si elles la voyaient arriver au pensionnat avec ces bas de coton blanc à jours, qu'elle mettait aujourd'hui pour la première fois, hypothèse qui était presque du domaine de la réalité, car les bas du dimanche finissent le plus souvent par devenir des bas de tous les jours. Il y avait, dans le fait de porter des bas blancs à jours, un manque de modestie certain dont il lui faudrait bien s'accuser par écrit dans un prochain examen de conscience. D'autre part, en les mettant, elle n'avait fait qu'obéir à sa mère qui les lui avait achetés. Fallait-il éviter le péché de coquetterie au prix d'un péché de désobéissance ? Car il n'était pas bien sûr que sa mère eût consenti à ses raisons. Le dilemme finit par apparaître à Lucienne sous un aspect pratique, car il lui revint en mémoire que son cahier d'examens de conscience n'était pas à jour. D'ici lundi soir, il lui faudrait donc découvrir quatre ou cinq péchés dont elle pût faire état dans son cahier, et c'était là un minimum, car qui donc peut prétendre, sans orgueil, à pécher moins de quatre fois la semaine ? La cadette des demoiselles Hermeline, Mlle Bertrande, qui était professeur d'examen de conscience dans la classe de première année, ne tolérait pas qu'on lui donnât pour des péchés

véritables des niaiseries qui ne prêtent même pas
à un commentaire. Les élèves, tout en se can-
tonnant dans le véniel, devaient accuser dans
leurs cahiers des péchés assez lourds pour qu'on
pût les tourner à leur confusion, c'est-à-dire à
l'édification de toute la classe. Pressée par la nécessité, Lucienne songea qu'à propos des bas, elle
allait faire coup double. Premier péché, elle s'ac-
cuserait d'avoir porté des bas blancs à jours;
deuxième péché, d'avoir eu la velléité de désobéir
à sa mère qui les lui imposait. Bénéfice inesti-
mable; en effet, il n'était pas douteux qu'après
avoir médité sur ce pieux conflit, Mlle Bertrande
accordât la note 9 sur 10, si rarement atteinte en
« vertu chrétienne efficace ». Restaient à trouver
trois autres péchés qu'il fallait consommer dans
les deux jours, et Lucienne, sans oser toutefois
les préméditer, se demandait quelles tentations
le hasard pourrait susciter dans le courant de la
journée pour lui aider à mettre son cahier à jour.
Tout à coup, la voix aiguë du vétérinaire perça
dans le tintamarre de la ferraille.

— Lucienne, tu ne m'as pas répondu si tu étais
capable de tenir l'harmonium ?

Distrait en rêverie par le vacarme du train et
la molle houle des blés de la plaine qui lui emplissaient le regard, Ferdinand venait de mûrir
une vision presque poétique. D'abord, il avait évo-
qué Lucienne tenant l'harmonium dans l'église
où il avait fait sa première communion, et ce
rapprochement l'avait attendri. Les paroissiens
de Claquebue, dans une rumeur discrète, recon-

naissaient la fille de Ferdinand Haudouin, un
de chez eux qui avait su se faire une belle position; un bon républicain aussi, mais qui savait
être juste; vrai républicain, vrai patriote, on le
trouvait toujours prêt quand il s'agissait de l'honneur du pays. Il écoutait, couvrant la rumeur
des fidèles, le souffle de la musique liturgique
qui allait d'une cadence plus fière. Il l'entendait
quoiqu'il ne fût pas à la messe, car ce n'était pas
son affaire d'aller à la messe; il était trop bon
vétérinaire pour ça. Trop bon républicain et trop
bon patriote, et pourtant il envoyait sa fille à la
messe, il l'envoyait à l'harmonium : parce que
l'heure était grave. L'harmonium menait une
mélopée ardente, le curé chantait la messe de
la patrie. Le vétérinaire sentit son cœur se gonfler. Des troupes se massaient dans l'encadrement
de la portière; elles étaient d'une tenue magnifique; il n'avait rien à craindre de ce côté-là. Le
vent des drapeaux caressa son front écarlate. En-
fourchant la jument verte qui mordillait le cheval
noir du général, il galopa devant le front des
troupes. Dans l'église, les fidèles s'étaient dressés
à leurs bancs et, entraînés par Lucienne, poussaient à la voûte un long cri d'amour pour le
général Boulanger et pour la patrie; Maloret
emportait la mairie d'un élan superbe, et Frédéric, décoré, illustre, la poitrine barrée d'une
triple chaîne d'or, voyageait en première sur tous
les réseaux de France avec un permis de l'Etat.

A la voix de leur père, les enfants avaient sur-
sauté. Antoine, le cœur inondé de tendresse,

contemplait les doux yeux de la petite Jasmin,
si doux qu'ils faisaient fleurir un merveilleux jardin sur la molesquine des banquettes, si doux
que la vie devenait simple et soyeuse à perte de
vue. Par la portière il s'en allait avec Jasmin,
avec les yeux de Jasmin, qu'il serrait sur son
âme. Pour lui rendre son sourire, il sautait par
la portière et flottait sur les prés. Quand il entendit son père pousser sa voix de vinaigre dans son
Jasmin, Antoine lui jeta un regard d'indignation
et, une fois de plus, constata que le vétérinaire
avait un visage ignoble, chevalin, prognathe,
buté, sournois, méchant, vicieux, cruel, stupide,
content, rageur. « Heureusement, je ne lui ressemble pas; je ne suis pas beau, mais je ne lui
ressemble pas : Jasmin m'a souri. » Frédéric, qui
rêvait à des diplômes universitaires et à des chapeaux melon, tourna la tête vers son père qui
répétait :

— Oui ou non, peux-tu tenir l'harmonium ?

— Je ne sais pas, je n'ai jamais essayé, répondit Lucienne avec une voix fluette que le vacarme
du train mangea.

Mme Haudouin vint au secours de sa fille.

— Ce n'est pas du jour au lendemain qu'elle
peut se mettre à l'harmonium. Il faut une certaine habitude.

Ferdinand eut un geste d'impatience. Il tenait
à l'harmonium.

— Elle prendra des leçons. Et quand elle ferait
des fausses notes, personne ne s'en apercevra !

Hélène objecta que la petite s'ennuierait à Cla-

quebue. Ferdinand répliqua qu'une enfant raisonnable ne s'ennuie pas dans les lieux où ses
grands-parents ont leur sépulture.

— N'est-ce pas, Lucienne ?

— Oui, papa... Je fleurirai les tombes de nos
chers disparus.

Le vétérinaire en eut la larme à l'œil. Hélène
n'était opposée au projet de son mari que par
sollicitude à l'égard de sa fille dont elle connaissait l'aversion pour la vie à Claquebue. Agacée
de la voir si raisonnable, elle faillit l'abandonner
aux chers disparus. Ce fut le contentement attendri du vétérinaire qui l'incita à disputer encore.

— Tu n'as pas réfléchi que pendant les quelques semaines qu'elle passera là-bas, Lucienne
sera livrée à elle-même. Personne ne la surveil-
lera, elle n'aura que de mauvais exemples sous
les yeux. Tu dis toi-même que la compagnie de
ses cousins est détestable.

— C'est vrai, je n'y pensais plus. Il faudrait...
Mon Dieu, quel casse-tête... Pourvu encore
qu'Honoré me soutienne, qu'il ne soit pas contre
nous. Ah ! si Messelon avait pu vivre un an de
plus, ou seulement six mois ! Valtier avait le
temps d'oublier sa gourgandine, et tout s'ar-
rangeait.

Ferdinand parut affaissé tout d'un coup, et sa
femme en eut quelque plaisir. Elle se prêtait sans
enthousiasme à la manœuvre qui devait pousser
à la mairie le protégé de Valtier. Elle avait peu
de sympathie pour le député et se résignait péni-
blement à l'idée que son fils Frédéric dût un

jour s'attacher à lui pour faire une brillante carrière d'avocat-conseil, ou autre. Ce bonhomme
spirituel, cynique, gros mangeur, lui semblait un
mentor inquiétant pour un jeune garçon qui
avait déjà trop de dispositions à écouter ses ensei-
gnements. D'ailleurs, son ambition secrète était
que Frédéric fît un officier de cavalerie. Hélène
s'était toujours senti du penchant pour les mili-
taires. Au temps qu'elle fréquentait le pensionnat des demoiselles Hermeline, elle rêvait au
moins une fois par semaine qu'elle était enlevée
par un sous-lieutenant. Depuis son mariage, elle
avait toujours été déçue par les relations du vétérinaire, choisies dans la bourgeoisie laborieuse de
Saint-Margelon. Elle rêvait aux salons des dames
d'officiers, où les pianos étaient à queue et où
les fauteuils n'avaient point de housses.

Il y avait à Saint-Margelon un régiment de
hussards et un régiment d'infanterie qui eussent
été heureux de s'exterminer à l'arme blanche. Les
hussards méprisaient les fantassins d'aller à pied,
et les fantassins affirmaient que les hussards
n'étaient que des soldats de parade. La haine qui
les opposait était donc un sentiment bien compré-
hensible. Le 17 de la rue des Oiseaux se voyait
à chaque instant consigné à la troupe, à cause
des bagarres qui éclataient entre soldats des deux
régiments. Propos d'un hussard : « V'là les facteurs qui rentrent de faire leur tournée. » —
D'un fantassin : « Ça dit mon lieutenant à un
adjudant. » L'entente n'était pas meilleure entre
les officiers de la garnison : les officiers de cava-

lerie s'appelaient de Burgard de Montesson,
jouaient du piano à queue quand ce n'était pas
de la harpe, faisaient des dettes, baisaient les filles
des bourgeois, dînaient à cheval, allaient à la
messe sur des échasses, étaient royalistes, et igno-
raient leurs collègues fantassins. Cependant, les
officiers d'infanterie jouaient au piquet ou à réciter les noms des généraux de la Révolution dont
les pères avaient été bouchers, boulangers, tein-
turiers, palefreniers. Ils souffraient un peu d'être
tenus à l'écart par les cavaliers et regrettaient
qu'il n'y eût pas dans la ville un régiment de
tringlots à qui faire sentir un mépris pareil, car
un officier du train des équipages était un être
presque aussi ridicule qu'un officier d'adminis-
tration. Les bonnes gens de Saint-Margelon murmuraient toute l'année contre la hauteur des officiers de cavalerie, mais le matin du 14 juillet,
toute la ferveur allait aux hussards qui clôtu-
raient la revue dans l'apothéose d'un galop de
charge qui étreignait les cœurs. Le vétérinaire
avait une préférence inavouée pour les hussards.
Une fois, à la distribution des prix du collège, il
s'était trouvé sur l'estrade en qualité de conseiller général, à côté du colonel de Prébord de la
Chastelaine, et le hussard, en essuyant son mo-
nocle, lui avait dit : « Je trouve qu'il fait chaud. »
Ferdinand s'était senti ému par tant de simplicité, et son affection pour les hussards datait de
ce jour-là. A plusieurs reprises, il avait été appelé
en consultation au quartier des hussards en l'absence du vétérinaire militaire. Il connut ainsi le

lieutenant Galais et ils eurent une controverse
sur la castration des poulains qui leur donna de
l'estime l'un pour l'autre. Le lieutenant était un
jeune homme sévère. cavalier par vocation, qui
utilisait ses loisirs à composer un ouvrage sur le
harnais de cavalerie en usage chez les Séqua-
niens au moment de la conquête des Gaules.
Ferdinand fut séduit par tant de science et de
sérieux et vanta le hussard en rentrant chez lui.

— Le meilleur cavalier du régiment... J'ai
entendu dire qu'il n'avait pas de fortune du
tout, et qu'au milieu de tous ces « de », il vivait
un peu isolé.

Le « pas de fortune du tout » alla au cœur
de Mme Haudouin. Elle recommença le roman
échafaudé cent fois chez les demoiselles Hermeline : adorée d'un jeune officier merveilleusement pauvre, elle faisait mourir ses parents
qui n'étaient pas assez décoratifs, et mettait son
héritage dans la corbeille des fiançailles. Le
vétérinaire eut l'occasion d'échanger d'autres
propos de cheval avec le lieutenant et, un jour,
l'entraîna chez lui sous prétexte de lui faire voir
des planches d'anatomie. Hélène surveillait la
rue derrière une persienne. Quand elle vit arriver les deux hommes, elle se mit au piano et
poussa un cri de surprise à l'entrée du lieutenant. Flatté de la voir rougir, il la trouva belle
et pria qu'elle reprît la sonate interrompue. Le
soir même, il se mettait à étudier le solfège pour
savoir tourner les pages du cahier de Mme Haudouin. Il finit par venir régulièrement. Le vété-

rinaire se plaignait qu'Hélène ne fût pas assez
empressée avec son hôte; en effet, elle lui parlait peu et, de son côté, le lieutenant n'avait point
de goût pour le madrigal. Ils se regardaient avec
gravité, en toute certitude de leur amour, et la
présence même du vétérinaire ne les gênait pas
d'être heureux. Un après-midi, le lieutenant Galais trouva Hélène seule à la maison. Elle joua
du piano, il tourna les pages, et leurs aveux,
s'ils furent plus tendres qu'à l'ordinaire, étaient
encore des aveux muets. Pourtant, lorsque le
hussard prit congé et qu'il sentit trembler la
main d'Hélène dans la sienne, il murmura
son prénom, puis s'échappa aussitôt en trébu-
chant dans son bancal. Par la suite, ces chastes
amours restèrent un secret entre leurs deux
regards.

Le train approchait de Valbuisson, escorté d'un
hussard et des yeux de Jasmin. Mainehal,
l'homme qui devait de l'argent à Ferdinand,
attendait les voyageurs dans la cour de la petite
gare, où sa voiture était attelée. C'était un gros
homme poli, bien décidé à ne jamais payer.

— La moisson paraît belle, cette année, engagea Ferdinand.

— Il paraît, mais chez moi, c'est tout en
chardons.

— Ne dites pas ça, allons...

— C'est la vérité, monsieur Haudouin.

— Vous exagérez, Mainehal, vous exagérez.

— Non, monsieur Haudouin, non. Pourquoi
voulez-vous que j'exagère ? De toute façon, je

ne voulais pas vous payer cette année. Même si la moisson avait donné, je ne pouvais pas.

Le vétérinaire se trouvait démonté devant cette hardiesse tranquille. Rageur, il monta dans la voiture en songeant à des moyens de contrainte. Antoine manœuvrait pour n'être ni à côté, ni en face de son père. Il attendait que tout le monde fût casé sur les deux banquettes pour grimper à côté du cocher, en prétextant de l'exiguïté de la carriole, mais son père fit surgir d'entre ses jambes une sorte de strapontin où il l'obligea à prendre place. La voiture commença de rouler à travers Valbuisson et chacun retomba dans les rêveries du tacot : Jasmin, hussard, chapeau melon, péchés véniels.

Antoine avait la tête presque dans le gilet de son père, il se tordait le cou pour suivre les yeux de Jasmin qui accompagnaient la voiture.

— A quoi penses-tu ? demanda le vétérinaire qui n'aimait pas voir rêvasser des enfants raisonnables.

— A rien, répondit Antoine d'une voix sèche et sans tourner la tête.

— Puisque tu ne penses à rien, tu vas me dire en quelle année furent signés les traités de Westphalie.

Antoine ne bougea pas et demeura muet, buté. Le père s'indigna d'une voix pointue qui fit se dresser les oreilles du cheval :

— Vous êtes témoins, il ne sait pas la date des traités de Westphalie ! Un cancre ! il nous fera honte à tous, il sera comme son oncle Alphonse !

Mais cet après-midi, au lieu de se promener avec ses cousins, il restera avec son père. Avec moi.

Il se fit dans la voiture un silence consterné. A l'intention de son frère, Lucienne récita mentalement une prière que les demoiselles Hermeline recommandaient pour se rappeler les grandes dates de l'histoire. Frédéric, avec son doigt, dessinait des chiffres dans le vide, et Mme Haudouin cherchait le regard de son plus jeune fils pour lui offrir la consolation d'un tendre sourire. Mais Antoine, les yeux baissés sur ses bottines du dimanche, ne voulait rien voir. Le vétérinaire répéta :

— Avec moi. Toute la journée.

Alors Antoine sentit sa poitrine se gonfler d'un sanglot de Jasmin. Il ravala sa salive et murmura d'une voix étranglée :

— 1648.

VII

Les dimanches où la famille du vétérinaire venait à Claquebue, celle d'Honoré était sur les dents depuis quatre heures du matin. Après avoir, comme d'habitude, ôté le fumier de l'écurie, étendu les litières, donné à manger aux vaches, aux cochons, aux poules, aux lapins et puis aux gens, il fallait encore éplucher des haricots et des salades pour douze personnes, se laver les pieds, mettre des chemises propres, laver, repasser, raccommoder, échauder, balayer, tout en criant qu'on ne serait jamais prêt.

A huit heures et demie, Alexis grimpait dans le noyer pour surveiller l'apparition de la voiture au-dessus de la Montée-Rouge. Il criait (et quelquefois il donnait une fausse alerte, pour faire le farceur, quitte à prendre un coup de sabot dans les fesses quand il serait descendu de son noyer) :

— Voilà la voiture de l'oncle qui arrive au-dessus de la Montée-Rouge !

Alors, il y avait un horrible tumulte dans la

cuisine. Honoré jurait après sa femme, parce qu'il ne trouvait pas son bouton de col (qu'est-ce qu'on avait bien pu en foutre de son bouton de col ?). L'Adélaïde courait autour de la cuisine, un fer à repasser dans la main droite, une aiguille dans la main gauche, repassant et recousant tout ce qu'elle rencontrait, au galop sans s'arrêter, et criant plus fort que son homme encore, que personne ne faisait rien pour l'aider, qu'elle avait le mal de tout, mais que le jour où elle serait morte à la peine, on s'en apercevrait peut-être.

— Tôt ! que je me remarie, bon Dieu !

— Point qui voudrait, bien sûr !

— Avec une femme qui n'égare pas les boutons de col.

— Je t'ai dit dans le tiroir ! Il faudrait donc que je sois partout...

Noiraud se mettait dans les jambes de tout le monde, il bouchait toutes les portes à la fois, on ne finissait pas de lui donner des coups de pied. Juliette appelait Gustave et Clotilde. Ils n'arrivaient pas. On les découvrait au creux d'un fossé, maculés, terreux, ou en train de creuser un tunnel dans le fumier. Heureusement, on ne les habillait jamais en dimanche qu'au dernier moment; ils auraient salopé leurs habits propres aussi bien. Juliette les débarbouillait encore un coup, les peignait, les habillait. Honoré ajustait son bouton de col (qui était bel et bien dans le tiroir), l'Adélaïde passait sa robe noire tout en recousant deux ou trois boutons sur la peau de ses galopins, et quand la voiture tournait pour entrer dans la cour, tout le monde sortait de la maison, souriant et s'écriant : « Les voilà ! » Le vétérinaire (habituellement, il conduisait sa voiture) arrêtait son cheval et répondait de sa petite voix d'empêché : « Oui, nous voilà », et le premier sautait à bas de son siège pour aider sa femme à descendre.

— Oui, nous voilà, confirmait-il.

— Allons, disait Honoré, je vois que vous voilà.

Alors commençaient les effusions; les baisers claquaient sur les joues des cousins, se multipliaient par les joues des tantes et des oncles, s'additionnaient, et faisaient quarante-huit.

— Ces mignons !

— Vous avez eu le grand chaud ?

— Je ne l'avais pas embrassé.

— Tu ne m'as pas embrassé.

— Tu as embrassé ton oncle ?

— Noiraud ? mon beau chien !

— Comme ils grandissent !

— On a perdu cinq minutes au passage à niveau.

— Allez coucher, charogne. C'est qu'il vous dévorerait bien les habits.

— Il y a tellement de voitures sur les routes à présent.

— Il va vous salir avec ses mains sales.

— Laissez donc...

— Un cheval est si vite emballé.

— Douze ans, vous verrez qu'il dépassera Antoine.

On jubilait dix minutes pleines, on allongeait un coup de pied à Noiraud, une claque à Gustave, et Alexis dételait le cheval avec des précautions respectueuses pour le harnais de luxe qui faisait tant d'honneur à la famille. Les belles-sœurs entraient dans la maison, et le vétérinaire, parce qu'il était vétérinaire, disait à Honoré :

— Maintenant, allons voir les bêtes.

Et c'était seulement en arrivant dans l'écurie que les deux frères sentaient renaître le sentiment de méfiance hostile qu'ils avaient oublié dans la chaleur des premières effusions. Ferdinand palpait les bêtes d'un air sérieux.

— Voilà une vache qui mange trop de sec.

— Ça se peut, en tout cas, elle donne ses douze litres.

Honoré se sentait très loin derrière les vaches, et faisait sentir au vétérinaire qu'il se désintéressait de ses avis. Ferdinand poursuivait néanmoins son examen, calculant que cette consultation gratuite, mais qui valait cent sous tout de même (au fond à bien regarder) payait presque à elle seule le repas que sa famille allait prendre chez son frère, si bien que le pâté et le saucisson apportés de Saint-Margelon étaient un supplément gracieux.

Ce dimanche matin, rien n'alla comme les autres dimanches. Alexis, du haut de son noyer, avait bien aperçu la voiture, mais si différente du landau de son oncle, qu'il n'y avait même pas prêté attention. L'arrivée de Mainehal surprit tout le monde. Honoré sortit avec un pantalon rapiécé et débraillé par-devant. Les gamins étaient en tous les jours, leur mère portait un jupon de flanelle à rayures roses. Le vétérinaire en fut mécontent, il trouvait que devant les étrangers, ce laisser-aller faisait mauvais effet; il était même gêné à cause de sa femme et de Lucienne, à plusieurs reprises il fit signe à Honoré que le vent soufflait dans sa braguette. Honoré ne comprenait pas, tout à son étonnement :

— Je ne m'attendais guère à vous voir arriver dans la voiture à Mainehal. Est-ce que son cheval noir serait malade ?

Alors, le vétérinaire se sentit devenir livide. Coupant court aux embrassades, il murmura d'une voix brisée :

— Allons voir les bêtes.

Et comme Honoré échangeait quelques mots avec Mainehal, il lui donna du coude et supplia :

— Les bêtes...

Quand ils furent dans l'écurie, Ferdinand leva sur son frère un regard craintif.

— Tu n'as donc pas reçu ma lettre ?

— Mais non, et tu vas bien rire. Déodat l'a égarée, figure-toi que la lettre est tombée de son sac pendant qu'il se battait avec les gamins qui sortaient de l'école. Il est venu me dire ça, le pauvre Déodat, et il n'en menait pas large... Mais qu'est-ce que tu as ?

Ferdinand s'était assis sur le trépied qui servait de siège pour traire les vaches.

— Mon Dieu, ma lettre ! Il a perdu ma lettre...

Il cacha sa tête dans ses mains et fit entendre

une plainte désespérée. Honoré fut saisi d'anxiété, il lui souvenait que les soupçons du facteur s'étaient portés d'abord sur Tintin Maloret. Mais le désespoir de Ferdinand l'avait ému, il releva son frère et lui posa la main sur l'épaule.

— Sois raisonnable, mon petit, tu ne vas pas perdre la tête pour une lettre. Voyons, mon petit.

Le vétérinaire se laissait aller contre son aîné. Il se sentait faible, et une tendresse lui montait dans le nez chaque fois que son frère l'appelait « mon petit ». Honoré s'attendrissait, lui aussi : peut-être Ferdinand n'était-il pas foncièrement mauvais; si on ne l'avait pas dévoyé au collège de Saint-Margelon, il aurait pu faire un bon Haudouin de campagne.

— Voyons, ce n'est pas le moment de se laisser aller. Si tu as fait une bêtise, ce n'est pas moi qui t'en ferai des reproches. Et puis, ce n'est pas une bêtise, c'est une malchance. Personne ne pouvait prévoir ce qui est arrivé. Qu'est-ce que tu m'écrivais ?

— Je t'écrivais... non, vois-tu, je n'ose même pas te le dire. Tu vas encore t'emporter.

— Penses-tu ! Je comprends trop bien ton ennui. Raconte-moi l'affaire et tranquillement on y réfléchira ensemble.

— Je t'écrivais à propos de politique, mais ce n'est rien... Je te parlais aussi de notre mère...

— Tu ne disais tout de même pas...

— Si, justement. Je reprenais l'affaire à son point de départ, quand le Bavarois arrivait... enfin, je disais tout...

Honoré brandit les poings au-dessus de la tête de Ferdinand. Il disait n'avoir jamais vu d'animal aussi stupide que ce bougre d'âne bâté de vétérinaire de merde. Voilà à quoi ça lui servait, sa sacrée instruction, à informer tout le pays de la plaine que sa mère s'était fait trousser par un Prussien. S'il avait autant de mal que lui à tenir une plume, il n'aurait pas eu l'idée d'écrire une lettre qui allait empoisonner leur existence et celle de leurs enfants. Honoré traita son frère d'abruti, de fouille-au-train, de bénit en faux col, de chieur d'encre, d'encorné, et tout en invectivant, il arpentait l'écurie au regard étonné des vaches qui tordaient leurs cols plastiques pour suivre ses allées et venues. Ferdinand lui emboîtait le pas, essayant d'accrocher une discussion raisonnable, mais les injures se suivaient si pressées qu'il n'en trouvait pas le moyen. Le mot d'encorné l'humilia plus que les autres, il voulut se rebiffer. Honoré abaissa sur lui un regard dangereux.

— Encorné, que je te dis, et toute la famille, encornée ! par la faute d'un enragé du porteplume qui n'a pas su garder pour lui ce que je lui avais dit. Quoi ? non, je ne t'écouterai pas. Qu'est-ce que tu voulais que j'en foute de tes pages d'écriture ? Tu n'espérais pas m'en tournebouler, non ? Maintenant, ta lettre, elle est chez le Zèphe. C'est son gamin qui l'a prise, comme le Zèphe l'aurait prise : ils ont dans la peau de voler et de dénoncer. Le vieux, le dernier crevé des Maloret, était déjà pareil, et pareil

aussi le père du vieux. Cours après ta lettre,
cours !

Honoré, tout vibrant de colère, alla s'appuyer
contre la mangeoire entre deux mufles de vaches,
et l'apaisement lui vint dans la méditation. Il
n'était guère possible de douter que Zèphe fût
en possession de la lettre, ni qu'il chercherait à
s'en servir. Mais Honoré, après réflexion, et tout
mis au pire, se disait avec beaucoup de bon sens
que Maloret n'allait pas lui faire un enfant dans
le dos. Sans doute, on saurait dans tout Claquebue que la mère des Haudouin avait couché avec un Bavarois, et si honorables que fussent les circonstances, on ne retiendrait que le
fait. Honoré dut convenir que l'opinon publique lui importait beaucoup en cette affaire;
mais après tout, il s'agissait d'une morte, et pour
lui il y avait bien de la différence entre un
mort et un vivant. Ce que l'on dit tout haut
d'un mort n'a même pas l'importance de ce que
l'on pense tout bas d'un vivant, ni la moitié, ni
le quart. Honoré se disait aussi qu'il ne vivait
pas sur la réputation des morts — c'était bon
pour le vétérinaire — et qu'il se proposait seulement de la servir. D'autre part, il envisageait
une contrepartie bienfaisante à l'humiliation de
voir la lettre courir Claquebue : son désir d'une
vengeance contre Zèphe, si longtemps différée
qu'il avait fini par y renoncer, trouvait là un
prétexte nouveau. Le sentiment de malaise et
d'aversion qu'il éprouvait pour Maloret devenait
plus ferme. Sa haine était désormais en sûreté et

il se sentait léger comme un bon citoyen qui apprend que la guerre est enfin déclarée.

Ferdinand, respectueux de la méditation de son frère, essayait d'en surprendre le cours sur son visage. Honoré se garda bien de lui faire part de son optimisme. Du premier coup, il avait jugé l'avantage que la situation lui donnait sur le vétérinaire, avantage honnête, dû à la confiance qu'il lui inspirait.

— Alors ? demanda Honoré.

— Moi je ne sais pas, répondit Ferdinand avec une voix misérable qui tomba sur ses bottines du dimanche.

— Ce coup-là, tu dois être content ? Toi qui voulais voir le Zèphe maire de Claquebue. Il n'a plus besoin de toi pour me faire marcher, il me tient mieux avec ta lettre qu'avec tes boniments. Ah, ce n'est pas moi qui l'empêcherai maintenant, trop content s'il veut bien fermer sa gueule. Mais quand il sera maire, il te réclamera de l'argent, vingt, trente, cinquante mille, et plus. De ce côté-là, moi je suis tranquille, je n'en ai pas. Après l'argent, il voudra ta maison, après ta maison...

L'énoncé de ces catastrophes épouvanta Ferdinand qui s'affaissa de nouveau sur le trépied et se mit à gémir.

— Il ne faut pas s'emballer non plus, dit Honoré. Tintin n'a peut-être pas donné la lettre à son père, mais j'en serais bien surpris.

— Pourquoi l'aurait-il gardée ?

— Bien sûr, il ne l'a prise que pour la donner

à Zèphe. Quoique avec les gamins, on ne sait jamais. Ils ont des idées. Un jour, j'ai surpris Alexis à jeter une pièce de cinq sous à la rivière et je n'ai pas pu savoir pourquoi.

Le vétérinaire haussa les épaules : c'était idiot de jeter l'argent à l'eau.

— J'espère que tu l'as corrigé.

— Non, les cinq sous étaient à lui, c'était son affaire.

— Tu as eu tort. Ce garçon-là méritait d'être puni. Tu l'as laissé faire, et plus tard, tu t'étonneras qu'il jette l'argent par les fenêtres. On est toujours trop bon avec eux...

Le vétérinaire ajouta que si jamais Antoine s'avisait d'un pareil geste, il saurait bien lui apprendre la valeur de l'argent; et dans un accès de rage qui le soulageait de son angoisse, il se mit à invectiver contre Antoine comme si son fils eût déjà entrepris de lui dilapider son bien.

— Un fainéant ! qui ne sait même pas l'histoire de France ! Je le collais tout à l'heure si j'avais voulu le pousser sur les traités de Westphalie ! un paresseux, un vicieux ! Et je m'échinerais au travail pour que cet animal-là dépense mon argent à tort et à travers ? Privé de sorties, privé de dessert pendant trois mois, il apprendrait ce que coûte l'argent...

— Ah, bon Dieu, tu en gagnes assez pour qu'il le jette par les fenêtres, quand il en aura l'âge.

— Bien sûr, tu seras tout prêt à le soutenir, toi qui n'as jamais su garder un sou, ragea Ferdinand.

— J'ai fait ce qui me plaisait et un peu plus. Si ça ne te va pas, c'est le même compte.

— On n'a pas le droit de faire ce qui nous plaît, quand on n'est pas seul. Tu encourageras Antoine à la dépense, et tu ne t'occuperas pas si, plus tard, il lui faudra vivre aux crochets de son frère.

Les paroles de Ferdinand étaient presque une allusion qui ne pouvait échapper à Honoré.

— S'il fallait compter sur ses frères...

— Je crois que tu n'as pas à te plaindre, laissa échapper Ferdinand.

C'était la réponse qu'Honoré cherchait et redoutait en même temps.

— Ah ! tu veux me rappeler que je suis dans ta maison ! C'est bon, je foutrai le camp la semaine prochaine ! Tu en feras ce que tu voudras de ta maison ! J'en ai assez de m'entendre envoyer au nez que je suis chez mon frère !

Il allait à pleine voix, et le vétérinaire essayait de faire entendre son filet de voix aigre.

— Plutôt coucher dehors que de rester une semaine de plus dans ta baraque ! Je m'en irai mercredi, et pour m'en aller de Claquebue. Tu viendras t'installer dans tes murs si tu veux, et tu régleras tes comptes tout seul avec le Zèphe. Moi, je ne suis plus d'ici.

Aux dernières paroles qu'il dit, Honoré vit son frère désemparé. Il ajouta en ricanant :

— Ta lettre, je ne l'achèterais pas dix sous à Maloret.

Le vétérinaire était imbécile d'effroi. Il se mit

à marcher dans l'écurie comme un pantin, sou-
levent la queue d'une vache par une réminis-
cence professionnelle, et regardant son frère avec
des yeux sans expression. Honoré, encore bouil-
lant de fureur, faillit quitter l'écurie pour informer de son départ toute la maison, ce qui l'eût
obligé d'exécuter sa menace. La détresse où il
vit le vétérinaire arrêta son élan. Haussant les
épaules, il fit un pas vers lui. Ferdinand s'arrêta, une queue de vache dans la main, et sourit d'un air hébété. Honoré en eut un serrement
de cœur et un remords.

— Ferdinand...

Ferdinand ne bougea pas, il murmura quelques mots sans suite. Honoré entendit : « la
lettre... »

— Ferdinand... à quoi bon s'engueuler encore.
Lâche-moi cette queue de vache et causons tranquillement. Ta lettre, elle est chez Maloret, on
va s'occuper de la reprendre. Tiens, assieds-toi
là, je n'aime pas te voir comme ça, tu as l'air
d'un fou. D'abord, je voudrais savoir par le détail
ce que tu m'écrivais. Là, réfléchis bien.

Ferdinand se rappelait presque par cœur toutes
les lettres et les discours qu'il avait faits dans
l'année. Dans son désarroi, il hésita d'abord un
peu, puis, s'échauffant à la récitation, il arrondit ses phrases avec des inflexions de voix et des
mouvements de tête : « Mon cher Honoré, le
cheval noir a été pris de coliques au commencement de la semaine... »

— Nous voilà propres, dit Honoré lorsque son

frère eut achevé. Ah, tu peux dire que tu n'avais rien oublié.

— Ce que je t'écrivais là était tout de même très juste...

Honoré ne répondit même pas. Il s'assit sur le trépied et essaya d'imaginer le plaisir de Zèphe Maloret lisant et relisant la lettre. Il l'imaginait très vif et c'était pour lui la pire humiliation; celle de penser que la lettre serait connue de tout le village n'était rien auprès. Zèphe tenait maintenant la certitude que les paroles autrefois échangées avec le Bavarois avaient eu un résultat, celui qu'il avait sans doute calculé dans le moment. Plus Honoré considérait l'affaire, moins il attachait d'importance à reprendre la lettre. Il lui importait d'abord de tirer une vengeance telle que Maloret ne songeât plus à l'aventure du Bavarois qu'avec amertume.

Le vétérinaire retenait son souffle et attendait les oracles. Comme son frère clignait les yeux et crachait sur le nez de son sabot, il jugea sa méditation féconde, et dans la crainte que sa présence ne fût importune, il s'éloigna sur la pointe de ses bottines pour procéder à l'examen dominical du bétail.

— Laisse donc mes vaches tranquilles, lui dit Honoré sans lever la tête. Quand tu les auras palpées, personne n'en sera plus avancé.

Habituellement, Honoré ne se gênait pas de rabrouer son frère, pourtant il n'avait jamais osé condamner, sur ce ton catégorique, l'usage presque vénérable de la consultation. Ferdinand sen-

tit qu'il y avait tout d'un coup quelque chose de
changé dans l'ordre de leurs relations. Celui
qu'il considérait, malgré lui, comme son fermier,
devenait le chef de famille, le maître des Haudouin, auquel il était heureux d'obéir dans les
circonstances actuelles.

— Puisque ça ne coûte rien, objecta timide-
ment le vétérinaire.

— Laisse mes vaches tranquilles, je te dis.

Le vétérinaire se résigna donc à abandonner
son examen.

— Tu sais, dit-il presque malgré lui, je te pré-
viens que la Fidèle est chaude.

— Si le cœur t'en dit...

Le vétérinaire détestait les plaisanteries obscènes qui lui proposaient des images trop pré-
cises dont il demeurait obsédé quelquefois pendant plusieurs jours. Il rougit, jeta un regard sur
la Fidèle, ne pouvant s'empêcher d'évaluer à l'œil
certaines possibilités, et se révolta contre la liberté
de son frère.

— Je ne comprends pas qu'un homme de ton
âge se plaise encore à de pareilles saletés, non, je
ne comprends pas...

Honoré avait déjà oublié les paroles coupables
qui blessaient la pudeur de son frère.

— Quelles saletés ? dit-il.

— Les saletés comme celle que tu viens de
dire.

— Je t'ai dit une saleté ?...

— Si le cœur t'en dit...

— Quoi, si le cœur t'en dit ?

— Oui, tu m'as dit : si le cœur m'en dit...

— Je n'y suis pas.

— Ou plutôt : si le cœur t'en dit !

Ferdinand s'impatientait, Honoré le regarda d'un air inquiet, pensant que l'émotion lui avait troublé l'esprit.

— Tu devrais aller manger un peu, lui dit-il. En attendant midi, l'Adélaïde te ferait du café au lait.

Le vétérinaire ne répondit pas. Il était ulcéré. Ce n'était pas assez qu'il eût été atteint dans son honnêteté, il passait encore pour un idiot. Une fois de plus, il le constatait, c'était là le bénéfice ordinaire de l'innocence et de la modestie.

Quand les deux frères sortirent de l'écurie, chacun put observer que le vétérinaire était jaune comme un chandelier et serrait son derrière dans sa jaquette d'un mouvement craintif. Au contraire, Honoré paraissait de belle humeur, il avait l'œil vif et remplissait tous ses habits. On l'entendit qui disait à Ferdinand :

— Surtout, ne t'occupe de rien, tu as déjà fait trop de bêtises. Je te défends de mettre les pieds chez lui.

LES PROPOS DE LA JUMENT

Il se pratiquait à Claquebue quatorze manières
de faire l'amour, que le curé n'approuvait pas
toutes. La description n'en importe pas ici, et je
craindrais d'ailleurs de m'y échauffer. Ces usages
ne constituaient pas un fonds communal, il n'y
avait à peu près personne dans le village qui en
connût seulement le quart. C'étaient des recettes
de ménage, des biens meubles qui se transpor-
taient d'une famille à l'autre par le mariage, les
souvenirs d'enfance et, plus rarement, par des
confidences d'amis. Il semble à première vue que
dans un village de quelques centaines d'âmes,
ces échanges auraient dû rapidement mettre
toutes les familles en situation de parcourir le
cycle des quatorze voluptés. Il n'en était rien,
car le jeu des préférences, les pudeurs d'une
épouse, ou l'autorité du mâle, faisaient prévaloir
telles manières — une ou deux — et rejeter dans
l'oubli des acquisitions récentes, parfois même
des traditions sur lesquelles une famille vivait depuis cent ans. Entre jeunes mariés, les traditions
s'ajoutaient rarement, l'homme imposait presque
toujours les siennes. Il y avait des familles plus
curieuses, qui se laissaient prendre au charme de
la nouveauté et de la diversité. Chez les Berthier,
par exemple, les hommes caressaient leurs épouses

de quatre et cinq manières différentes. C'étaient
là des exceptions, et il n'y avait point de famille
honnête et laborieuse qui allât jusqu'à trois. Les
Haudouin de Claquebue s'en tinrent presque toujours à l'héritage du vieil Haudouin, et Alexis,
le plus hardi des fils d'Honoré, n'y ajouta que
des finesses de détail. Pourtant, Alexis avait témoigné dans son enfance d'une curiosité ardente
pour les mystères amoureux. Il avait médité sur
toutes les possibilités que lui offraient ses connaissances de l'anatomie humaine, et dans ses tenta-
tives avec les filles de son âge, il s'était montré
inventif, dépourvu de pudeur. Vers sa dix-hui-
tième année, il devait perdre tout d'un coup le
fruit de ses expériences, comme se préparant à
entrer dans un monde où les raffinements, les
joliesses, devenaient un bagage encombrant. Il en
avait été ainsi pour ses frères, pour son père, et
pour la majorité des hommes de Claquebue; à
l'âge de l'adolescence poussée, ils se séparaient
de leurs habitudes d'amours ingénues, turbu-
lentes, impudiques, et prenaient le chemin de
choisir une femme et de se limiter en toutes
façons. Ils choisissaient à regret, comme les malades au régime qui mangent leur œuf à la
coque, en rêvant aux tripes et aux boudins des
bons jours de santé, mais qui s'habituent tout de
même, parce que le principal, c'est le vivre pour
gagner des sous. Quand il faut peiner et suer
pour vivre d'un morceau de terre, il n'y a pas
quatorze manières, ni douze, ni six; il n'y en a
qu'une et on n'y pense pas souvent. Les hommes

de Claquebue n'oubliaient pas seulement le butin
de leurs jeunes années, ils oubliaient aussi que
les plaisirs amoureux tenaient une grande place
dans les jeux de leurs enfants; ou plutôt, ils fei-
gnaient de l'oublier.

Dans leur jeune âge, les garçons communiaient
dans une curiosité presque sans frein de tout ce
qui pouvait satisfaire leurs instincts sexuels. Ils
formaient un troupeau lascif et sans mystère, pareils à de jeunes dieux rustiques dont les ébats
ne sont pas bridés par le souci de subsister durement. C'était une association de plaisir où chacun apportait sa part de butin; une idée ingé-
nieuse, une expression obscène, une observation
recueillie dans sa famille. Au sortir de l'école,
ils s'assemblaient pour uriner, mesuraient leurs
sexes avec un brin d'herbe, ou, surprenant une
fille entre deux haies, l'obligeaient à se découvrir. Cela prêtait à des commentaires qui jaillis-
saient en termes orduriers. Les filles ne se mêlaient pas à ces controverses, et, à moins d'en
être les victimes, assistaient toujours d'assez loin
aux manifestations qui en étaient l'objet. Un sentiment plus précoce de leurs devoirs religieux
balançait leurs curiosités. Le curé exerçait sur
elles le prestige que les femmes reconnaissent
d'habitude au prêtre et au médecin. Il connaissait son pouvoir sur l'élément féminin de Claquebue, et à ce propos disait que s'il n'y avait
point de femmes au village, il arriverait peut-
être à faire des saints, mais point de bons catho-
liques.

Les manifestations érotiques des garçons n'étaient pas seulement verbales ou mimées. Le champ de leur curiosité était à peu près sans limite, ils s'intéressaient aussi bien au sodomisme et autres dépravations qu'à la simple tradition familiale, et s'ils en avaient la plupart du temps des idées imparfaites qui leur dérobaient plus ou moins les réalités, cela n'empêchait pas qu'il y eût de nombreux exemples d'accouplements de toutes sortes, qui n'étaient pas seulement des mimiques. Et je ne parle pas des plaisirs solitaires qui sont de tous les âges, et aussi bien de la ville que de la campagne.

Pendant la saison d'été que les enfants étaient tenus loin de l'école pour garder les troupeaux, ils ne manquaient pas de mettre à profit leurs loisirs et leur liberté. Les fillettes se laissaient prendre assez souvent à la verte éloquence de ces jeunes bergers, et cédaient sans choisir, plutôt par indolence ou pour tuer le temps que par désir véritable. Il était peu habituel que ces étreintes s'accomplissent dans le recueillement, elles étaient presque toujours un spectacle pour un ou deux gamins qui attendaient leur tour de la complaisance de la victime. Le garde champêtre, gardien de la propriété et des bonnes mœurs, surgissait parfois au milieu de ces fêtes pastorales, mais il ne pouvait songer à verbaliser; il n'y a de mauvaises mœurs que celles qui attentent à la propriété ou la déprécient, et ces ébats enfantins n'importaient, en bien ou en mal, ni à l'ordre ni à la propriété des citoyens de Cla-

quebue; c'étaient des expériences en champ clos,
le champ clos de l'enfance, et pour ainsi dire
théoriques. Le garde se contentait d'admonester
les coupables, et dénonçait aux parents ceux-là
seuls qui étaient coutumiers de laisser aller leurs
vaches en maraude. Cette apparente injustice
récompensait les bons bergers, les avertissant ainsi
qu'en un monde harmonieux, tout tourne en bien
pour les gens respectueux du bien d'autrui. Les
parents informés par le garde ne paraissaient pas
trop effrayés des mauvais instincts de leur enfant. En général, le coupable tremblait cinq minutes dans sa peau en entendant son père jurer
qu'il avait honte d'un enfant aussi mal élevé,
tandis que sa mère méditait de l'envoyer à confesse dans le courant de la semaine. Le lendemain, toute la famille était frappée d'amnésie,
et l'on renvoyait le berger aux prés, sans souci
des tentations qui l'y guettaient.

Les mêmes qui s'exaltaient à ces jeux impudiques pouvaient garder secret un amour timide,
léger et pur comme une bulle soufflée du paradis. Ils ne pensaient même pas que le plaisir de
la chair pût venir en conclusion de ces joies déli-
cates. Plus tard, parvenus à l'âge d'homme, ayant
appris la commodité de tout confondre, ils riaient
grossièrement de cette grâce perdue. Les meilleurs s'en souvenaient parfois avec tendresse.

Les enfants d'Honoré Haudouin se livraient
sans nulle retenue aux jeux obscènes de leur âge.
Le père n'y voyait pas d'inconvénient, il se félicitait de leur voir si grande faim d'amour et les

enviait un peu de se sentir si à l'aise là où il s'était laissé imposer par des usages de famille. « Ça ne durera pas toujours, songeait-il avec mélancolie; eux aussi se gêneront d'être heureux quand il leur faudra travailler avec souci. »

Dans sa treizième année, Alexis ne refusait aucun des plaisirs que lui proposait son imagination hardie. Ses compagnons admiraient sa facilité de parole, son audace, et son ingéniosité. Il faisait presque tout ce qu'il disait, et il disait ce qu'il faisait avec une abondance de détails, un souci d'exactitude, et un vocabulaire imagé, qui faisaient rechercher sa conversation. A l'école, il avait plus souvent les mains sous la table qu'à son porte-plume, non par habitude invétérée, mais pour introduire un peu d'humanité dans les leçons du maître sur la règle de trois ou les mérites revêches de Colbert. Il avait le regard agile, la main prompte à saisir les belles occasions. Avec les filles, il se montrait adroit, persuasif, il avait une manière rieuse de leur prendre la main, et de la guider où il voulait. Les petites étaient troublées et il y en avait qui l'écoutaient volontiers jusqu'au bout. Il lui arrivait plus souvent qu'à aucun autre d'être surpris par le garde alors qu'il avait son pantalon à côté de lui. « Infernal que tu seras toujours, disait le garde, c'est la troisième fois cet été, et ça finira que je le dirai à Honoré. » Mais c'étaient des menaces en l'air, Alexis avait des initiatives si surprenantes que le garde attendait parfois, dissimulé au coin d'un buisson, que le délit fût consommé pour signaler sa présence.

Alexis ne croyait jamais qu'une fille lui eût cédé
tout à fait, et il s'appliquait à découvrir ce qu'elle
pouvait encore lui abandonner de mystère, sur pile
ou sur face. Malgré tout, ses bonnes fortunes
étaient rares, le fait qu'une fillette se fût soumise
une fois ne signifiait pas qu'elle y revînt aux jours
d'après; les grandes personnes s'accommodent de
cette logique d'engrenage, mais les enfants ont
plus de fierté et, en outre, ils pensent que c'est
déjà bien assez d'appartenir à ses parents. Par
nécessité, ou plutôt opportunité, Alexis avait observé que la raie des fesses se présente pareille
chez les filles et chez les garçons. Le jour où le
garde le surprit à en administrer la preuve à un
berger de son âge, il jugea que la mesure était
dépassée de ce coup-là et courut avertir son père.

— Je suis honteux de te le dire, Honoré, mais
ton garçon est pire qu'un verrat !

Honoré hochait la tête en écoutant le récit du
garde. Il répondit :

— C'est embêtant. Ils pourraient bien s'amuser
autrement, ces gamins-là. Enfin, ça n'a qu'un
temps.

— Moi j'étais venu te dire ça...

— Tu as bien fait, reprit Honoré, tout le déran-
gement a été pour toi. Mais sois tranquille, je vas
te le calotter comme il faut quand il sera de
retour.

Ce soir-là, Alexis n'osa pas rentrer, et sa mère
s'inquiétait de voir venir la nuit. Honoré savait
que le garçon craignait la colère qui l'attendait,
et lui aussi, il eut peur. « Avec les enfants, son-

geait-il, on ne sait jamais; comme ils rient, ils pleurent et ils se font mal. » Honoré partit vers les pacages de la rivière. L'ombre du soir allongeait les prés, il avait de plus en plus peur. Il pensait à l'angoisse de son garçon qui était tout seul sur un coin de nuit, qui rôdait peut-être au bord de la rivière. Il ôta ses sabots pour courir plus vite. En arrivant sur les prés communaux, il ne vit rien d'abord. La nuit était presque faite et le brouillard débordait de la rivière sur la plaine. Le chien, triste et soupçonneux, sortit de la nuit et vint le flairer. Honoré n'osait pas appeler, craignant qu'on ne lui répondît pas. Enfin il aperçut les vaches qui s'étaient couchées dans l'herbe humide, alignées comme à l'étable. Alexis s'était couché contre l'une d'elles pour se chauffer, il regardait venir sur lui la forme du père, et il était à la fois soulagé et effrayé. Honoré prit son garçon dans ses bras, le serra contre sa poitrine qui battait encore de la course et aussi de la peur qu'il avait eue.

— Il ne faut pas avoir peur de moi, dit-il.

Comme son garçon se raidissait, parce qu'il avait honte encore, Honoré ajouta :

— Tu ne recommenceras pas, voilà tout.

Ils rentrèrent en se tenant par la main, au pas des vaches un peu étonnées de ce qui leur arrivait dans la nuit, mais qui n'osaient rien dire parce que le patron était là. Ils ne se voyaient pas et le brouillard faisait les prés si doux qu'ils ne s'entendaient pas marcher. Ils étaient le père et le fils, la main dans la main, heureux d'avoir eu peur

l'un par l'autre. Alexis sentait parfois la grande
main chaude de son père, agitée d'une secousse,
comme quand on repense à une grande peur.

— Je ne recommencerai pas, vous pouvez être
sûr.

— Je sais bien, dit le père.

Et il pensait qu'il venait de retrouver son garçon, que le reste n'était rien. Alexis, en effet, tint
parole. Quand un berger l'invitait, il refusait avec
une bruyante indignation et proposait d'autres
divertissements d'une inspiration à peine moins
tourmentée. Car il avait le diable au corps, un
diable vif, rieur, curieux en diable, et qui n'avait
pas peur de faire voir sa queue.

Le curé de Claquebue, à qui rien n'échappait,
fermait les yeux tant qu'il pouvait sur la turbu-
lence de ses jeunes paroissiens. En confession, il
passait rapidement sur certains péchés. A sa question : « Tu t'es amusé avec une fille ? » ou « Tu
t'es amusée avec un garçon ? », il se contentait
d'un oui et ne voulait pas d'autre réponse. Ce
n'était pas que le péché de luxure lui parût
plus abominable chez des enfants que chez des
hommes, au contraire. Il avait d'ailleurs une si
grande expérience du mal qu'il ne se scandalisait
guère. Mais il ne décidait rien à la légère, agissait
constamment pour le mieux des intérêts de Dieu,
de l'Eglise et de la paroisse, qu'il avait fini par
confondre dans un même amour hargneux et, en
somme, assez efficace. Il ne haïssait pas tant le
péché que ses conséquences; ayant observé que
l'activité sexuelle des enfants était un jeu du corps

qui ne se confondait ni avec l'amour, ni avec la
foi, ni avec l'amitié ou la haine, il voulait voir
là le signe de l'innocence. Les enfants jouent,
pensait-il; quand ils seront grands, ils ne joueront
plus; ils mêleront les plaisirs de la chair à la peine
de vivre et alors seulement, on pourra utilement
leur en faire un épouvantail. En outre, le curé
pensait que le meilleur âge pour « jeter sa
gourme » fût celui de l'enfance et non pas celui
de l'adolescence où les mauvaises habitudes se for-
tifient par l'orgueil et dégénèrent en révolte ou en
libertinage. Non seulement il feignait d'ignorer
les ébats coupables des enfants, mais il s'appliquait, dans son enseignement religieux, à éviter
toute allusion, même sous forme de défense, au
péché de luxure, et purgeait soigneusement l'histoire sainte. Les enfants évoquaient toujours le
mystère divin dans une atmosphère de féminité
bleuâtre, insexuée, que le curé faisait surgir au
catéchisme en parlant de la Vierge, de l'enfant
Jésus, des anges gardiens, et des saints les plus
vénérables, à la barbe bien sûre. Ce n'était que
plus tard, adolescents, quand l'amour devenait
difficile, qu'ils avaient à faire à la colère de Dieu.
En attendant, ils l'aimaient et cherchaient à lui
faire plaisir, dans la mesure où ils n'en étaient pas
gênés. Par exemple, les garçons d'entre dix et
treize ans, pour être agréables à Dieu, tenaient les
plus petits à l'écart des propos et des jeux licen-
cieux; c'était un peu aussi pour la satisfaction
orgueilleuse de créer des catégories. Les plus petits
en étaient humiliés et s'efforçaient entre eux aux

propos obscènes, où ils réussissaient presque aussi
bien que leurs aînés. La règle n'avait d'ailleurs
rien d'absolu, les plus grands laissaient même
paraître assez volontiers un peu de leur science
pour en faire sentir l'avantage aux cadets, et si
les circonstances imposaient dans leurs jeux la
présence d'un bambin, ils n'allaient pas jusqu'à
se gêner devant lui. Alexis, lui, ne tolérait pas
qu'on introduisît Gustave et Clotilde dans des
conversations scabreuses. Par piété, et aussi par
un sentiment de ses responsabilités, il exerçait sur
son frère et sa sœur une surveillance sévère qu'ils
redoutaient plus que celle de leurs parents. Il leur
posait des questions embarrassantes sur l'emploi
de leur temps, interdisait certaines fréquentations,
et bataillait avec Tintin Maloret qui cherchait
toutes les occasions d'instruire les deux petits. Il
se plaisait au rôle d'ange gardien, et quand ses
deux protégés se plaignaient d'une affectation
d'austérité que démentait sa conduite, il répondait : « Quand vous aurez dix ans, on verra. »
   Alexis craignait beaucoup, pour Gustave et Clotilde, la société des vieillards. Il se rappelait les
dernières années de son grand-père Haudouin, et
le cynisme abandonné de ses propos. Ces vieux,
quand ils étaient à un ou deux ans de partir,
qu'ils avaient fait toutes leurs affaires sur la terre,
n'avaient plus rien à gagner en demeurant pu-
diques. Incapables de travailler, ils devenaient
comme les enfants qui ne s'embarrassent pas de
la nécessité de gagner des sous. « Bon Dieu,
disaient les vieillards, on s'est assez privés d'être

cochons, voilà que ça nous revient sur la langue. »
Et comme ceux qui travaillaient n'avaient pas de
goût à les écouter, ni de temps à perdre, ils causaient avec les enfants, et des fois, ils leur montraient ce qu'on devient à soixante-quinze ans. Le
curé ne s'en effrayait pas pour les enfants, mais
bien pour les vieux, qui risquaient d'être emportés
par une rupture d'anévrisme ou de n'importe
quoi, avec un noir péché sur la conscience. C'est
pourquoi il faisait courir le bruit que la vieillesse
était sage, respectable, et qu'on lui voyait de la
lumière dans l'œil; il espérait que les vieux tien-
draient à honneur de soutenir cette réputation de
sagesse, et en fait, ce fut avec assez de bonheur
qu'il tabla sur leur vanité. La plupart se prenaient
au sérieux, et, autre conséquence imprévue, l'on
voyait couramment des pleins de vie de la quarantaine consulter les vieillards dans toutes les
occasions qui nécessitaient du bon sens, du coup
d'œil et de la vigueur.

VIII

Déodat marchait d'un bon pas de facteur, les yeux bleus comme d'habitude. Quand il traversait les jardins, ou qu'il longeait les haies des jardins, les fleurs de l'été fleurissaient plus vite. Lui, sans savoir, il allait tranquillement. Il faisait sa tournée de facteur en commençant par le commencement et en suivant. C'était son métier, puisqu'il était facteur. Le dimanche, il faisait sa tournée comme les autres jours et il ne s'en plaignait pas : c'était son métier. Déodat ne pouvait pas aller à la messe, mais le curé l'en excusait pourvu qu'il entendît une messe du matin de temps en temps. De ce côté-là, il n'avait pas d'ennuis; simplement, il manquait une occasion de faire une politesse à sa femme qui était au cimetière depuis une dizaine d'années. Mais puisqu'elle était morte, il ne s'en tourmentait pas. Il n'y pensait plus. Dans le temps de sa maladie, il avait eu mal de la voir souffrir, et quand elle s'était en allée, portée à quatre et les pieds devant, ça lui avait fait. Et puis, il avait oublié. Elle était morte : elle était morte. C'est une chose qui arrive souvent, il n'y a rien de plus ordinaire. Il n'allait pas se taper la tête contre les murs. Il n'y pouvait rien. Lui, il restait quand même du monde, avec son uniforme et son métier de facteur. Et il faisait son métier, posément, d'un bon pas de facteur posé, en attendant son tour qui viendrait de passer, mort, le seuil de sa maison. Il attendait son tour et il n'y pensait pas du tout, bien vif et pas pressé.

Quittant la route, le facteur s'engagea dans le chemin bordé de pommiers qui conduisait chez Zèphe Maloret. La messe était finie depuis long-temps, mais les hommes n'étaient pas encore ren-trés; l'Anaïs les avait laissés en route. Déodat était content de la trouver seule. Quand l'Anaïs n'était pas avec ses hommes, elle riait au facteur, et son grand corps de blonde, son beau visage mûr de la quarantaine, lui faisaient plaisir à regarder. Déodat ne pensait pas au mal; depuis qu'il était veuf, il se passait très bien de femme, il s'arrangeait tout seul avec modestie. Ils riaient tous les deux, elle de voir entrer le facteur, lui d'être le facteur. Quand il entrait dans les maisons, c'était l'habitude de rire. On disait : « Voilà le facteur. » Et il répondait : « Oui, c'est moi. » On riait parce que c'était plaisir de voir entrer un bon facteur.

— Je t'apporte des nouvelles, dit-il à l'Anaïs.

Il tendit une lettre en très beau papier adressée à M. et Mme Joseph Maloret, Claquebue par Valbuisson.

— C'est ma grande Marguerite qui écrit de
Paris, dit l'Anaïs.

Le facteur le savait déjà, il connaissait l'écriture, mais il voulait n'avoir l'air de rien. C'était
plus poli.

— Tant mieux que ce soit de la petite, les nouvelles de la jeunesse, c'est toujours bon.

L'Anaïs prit une épingle à cheveux dans son
haut chignon de fil blond, et après avoir ouvert
l'enveloppe, alla du premier coup au bas de la
page.

— J'arrive demain soir, elle dit, la dernière fois,
elle ne savait pas, et tout d'un coup, c'est demain
soir. Ah, Déodat, le bon facteur que tu es !

— Question de faire mon métier, je fais mon
métier, protesta le facteur, mais je ne suis pas dans
les lettres...

Mais l'Anaïs ne l'écoutait pas, elle riait parce
que sa fille arrivait le lendemain.

Le facteur sortit de chez Zèphe en riant d'aise.
Au milieu de l'allée des pommiers, il murmura :
« C'est sa fille qui arrive demain. » Et il continua
sa tournée. Il n'avait plus une lettre, plus un
journal à distribuer, mais ce n'était pas une raison. Il passerait quand même par le chemin qui
menait au bois, pour faire savoir que l'heure du
courrier était passée, puis il reviendrait sur ses
pas pour reprendre la grande route et s'en
aller chez lui, après une halte dans la maison
d'Honoré Haudouin, qui était d'usage le dimanche.

Après la conversation de l'écurie, dont toute la

famille Haudouin avait eu déjà des échos, on
aurait pu croire que le repas allait être mastiqué
dans un silence consterné. Jamais peut-être la salle
à manger des Haudouin n'avait été aussi bruyante,
les rires aussi prompts. L'oncle Honoré faisait
à lui tout seul autant de tapage que les enfants;
il buvait sec, parlait haut, riait franc et amusait
tous les convives. Il n'y en avait que pour lui, et
son frère Ferdinand avait l'air d'un parent éloigné
qu'on invite quand on est treize à table. D'habitude, il n'en était pas ainsi; les propos du vétérinaire avaient toute l'importance et Honoré lui-
même était impressionné quand il l'entendait
dire : « Je suis déiste, comme Victor Hugo », ou
bien : « Je respecte toutes les convictions, et j'entends qu'on respecte les miennes. » Alors, le repas
familial avait une belle tenue; les femmes, qui ne
s'intéressent pas à la métaphysique, pouvaient surveiller leurs enfants et procéder à ces échanges
de recettes de cuisine ou de lessive, qui font les
bonnes maisons. Ainsi, chacun trouvait son
compte dans ces agapes sérieuses, et les enfants
eux-mêmes, sans s'en douter, recevaient des ensei-
gnements profitables dont ils remercieraient plus
tard leur oncle Ferdinand, quand ils auraient aug-
menté en sagesse.

Dès la soupe au bœuf, Honoré introduisait dans
cette honnête réunion de famille une joie dé-
braillée et agressive. On aurait dit qu'il était heureux de la funeste aventure de la lettre volée, qui
mettait en péril l'honneur du nom des Haudouin.
L'ardeur à la lutte qui s'engageait contre Zèphe

faisait triompher une sorte de vertu mâle dans
son rire et dans son regard. Piaffant et empanaché,
il décochait des traits ironiques au vétérinaire, se
montrait galant avec sa belle-sœur, jouait avec les
enfants, donnait de la voix, riait et bedonnait, avec
des airs sabreurs de proclamer un gouvernement
provisoire de vin et de racaille. L'oncle Ferdinand
se sentait mal à l'aise, à la fois timide et impatient.
Dans un autre temps, il n'eût pas supporté la
morgue tapageuse de son frère, qu'il lui fallait
maintenant accepter à cause de la lettre. Ce n'était
plus le moment d'enfiler des maximes ou des
oracles sur la politique. Il rongeait son frein, em-
pressé et prudent, n'osant même pas sévir contre
son fils Antoine qui affectait de rire bruyamment
aux plaisanteries que l'oncle Honoré faisait sur
son père (mais ce compte-là n'en serait pas moins
réglé, tout n'était pas dit sur les traités de Westphalie). L'oncle Ferdinand songeait que les parents sont parfois bien coupables; en effet, l'exemple d'Honoré n'était pas perdu pour les enfants
qui se conduisaient comme de véritables voyous,
parlant la bouche pleine, interrompant les grandes
personnes, et pire. Frédéric, placé à côté de sa
cousine Juliette, avait toujours la main gauche
sous la table au lieu de la poser à côté de son
assiette, comme quand on est bien élevé. Les autres
ne se tenaient pas mieux, et Lucienne elle-même,
qui était d'habitude une petite fille si raisonnable,
avait commis en moins d'une demi-heure assez
de péchés pour mettre à jour son cahier d'examens
de conscience. A la première observation qu'il

avait faite, Ferdinand s'était vu rabrouer par son frère :

— Laisse-les donc s'amuser ces gamins, moi, j'aime que ça remue et que ça fasse du potin. Si tu veux que je te dise, les tiens m'ont l'air trop sérieux, ils ne gueulent pas assez fort, et j'aurais presque peur de les voir prendre plus tard ces airs de sacristain qui ne conviennent qu'à leur père.

Les enfants avaient ri aux éclats et Antoine jusqu'à s'étrangler. C'était la désobéissance autorisée, l'anarchie, et il n'était pas difficile de prévoir que les choses tourneraient mal. En effet, il faillit arriver le pire. Gustave, qui s'était déjà signalé à l'indignation de sa mère en glissant une aile de poulet dans la poche de son pantalon du dimanche, essaya de faire avaler au chien une rasade de vin rouge dont il renversa un demi-verre sur la roble blanche de sa cousine Lucienne. Gustave fut giflé, et les femmes poussèrent tous les cris qu'il fallait, mais le vétérinaire était si courroucé qu'il ne se tint pas de le faire voir.

— Du moment qu'il se sent encouragé par son père, il ne s'en tiendra pas là.

— Tu veux dire que je l'ai encouragé à jeter du vin sur la robe de la petite ?

— Je n'ai pas dit que tu l'encourageais, j'ai dit qu'il se sentait encouragé. Tu conviendras que si tu t'étais montré moins indulgent, l'accident ne serait pas arrivé ?

— Je ne conviens de rien du tout. Tu dis toi-même que c'est un accident.

— Un accident qu'il était facile de prévoir.

— Tu l'avais prévu, toi ?

— J'avais prévu qu'il allait arriver quelque chose d'à peu près semblable.

— Oui ? Eh bien, c'est dommage que tu n'aies pas eu autant de flair l'autre jour, ta lettre ne serait pas aujourd'hui chez Maloret...

Le rappel de sa maladresse devant toute la famille humilia le vétérinaire; sa femme sentit que la dispute était à un mauvais tournant, et crut pouvoir l'apaiser :

— Ce n'est presque rien, il suffira de savonner l'endroit de la tache...

Ferdinand, les joues encore chaudes de son humiliation, jeta sur son verre de vin un regard d'ironie et dit en ricanant :

— Oh, non, il ne peut pas tacher !

Il regretta son ricanement presque aussitôt. Honoré, qui soupçonnait l'Adélaïde de mettre de l'eau dans le vin de ses invités, comprit tout de suite l'allusion. Il interrogea :

— C'est vrai ce que dit Ferdinand, que tu mets de l'eau dans le vin ?

L'Adélaïde et Ferdinand se récrièrent en même temps.

— Voilà que j'ai mis de l'eau dans le vin !

— Je n'ai jamais dit une chose pareille ! protestait le vétérinaire avec sa voix taillée en pointe.

— Tu l'as dit ! tonna Honoré, et tu ne l'as pas dit franchement ! parce que tu ne sais rien dire franchement ! que tu seras toujours le même jésuite avec tes airs de mourir pour la République

tous les matins ! C'est comme ton général Boulanger, qu'est-ce que c'est encore, celui-là ? Un
Jean-foutre d'enfroqué avec des chapelets plein
ses bottes ! Nom de Dieu, de l'eau dans mon
vin...

— Je t'assure, tu ne m'as pas compris, Honoré,
je n'ai pas dit...

— C'est ça, par-dessus le marché, je suis un
abruti. Je n'ai pas compris, et vous autres non
plus, vous n'avez pas compris ?

Honoré n'interrogeait personne et n'attendait
point de réponse. Il y eut un temps de silence, et
Antoine déclara, d'une voix qui tremblait un peu,
parce qu'il savait que ses paroles n'étaient pas de
celles qu'il pût expier par un pensum de cinq
cents lignes :

— Moi, j'ai cru comprendre, à ce que disait
mon père, que vous aviez mis de l'eau dans le
vin !

Le vétérinaire se congestionna de fureur, et
l'oncle Honoré, mesurant le sacrifice de son neveu,
les représailles auxquelles il l'exposait, se fit violence pour ne pas exploiter son avantage. La querelle aurait pu en rester là, si Ferdinand, jeté
hors de sang-froid par le témoignage de son fils,
qu'il regardait comme une trahison, n'avait laissé
aller sa fureur.

— Voilà où tu en arrives, à dresser mon fils
contre moi ! Ah, tu n'as pas eu de peine à le travailler, il était fait pour s'entendre avec toi,
comme avec son oncle Alphonse ! Dans la famille,
les Alphonse se connaissent bien quand il s'agit

de me jouer un mauvais tour; des jaloux et des
ingrats, dépensiers, coureurs de filles, fainéants...

— Tu ferais mieux de te taire, dit Honoré qui
se contenait encore.

— Me taire ? Je n'ai pas à me taire, moi ! Je
ne dois rien à personne ! Pas un sou !

— C'est bien malheureux, parce qu'il y a de
l'argent qui ne t'a pas coûté cher...

— Cent sous ! Je prends cent sous par consultation, je gagne ma vie avec mon travail !

— Excepté quand tu fais vendre les Puget en
t'abouchant avec...

— Ce n'est pas vrai ! Tu mens !

Honoré s'était levé, sa belle-sœur lui prit le bras
et tenta de l'apaiser. Il ne l'entendit pas.

— Tu oses me dire ? Maître voleur, maître
menteur...

Le vétérinaire s'était levé à son tour. Séparés par
la table, ils se regardaient avec une férocité qui
épouvantait toute la famille.

— Je n'ai rien à me reprocher, dit Ferdinand
d'une voix étranglée.

— Moi, dit Honoré, personne n'a rien à me
reprocher.

— Personne ? ricana le vétérinaire, pas même
l'Adélaïde quand tu t'en allais, les jours de foire,
finir l'après-midi où tu sais ?

L'Adélaïde voulut protester qu'elle ne s'en souciait pas. Honoré lui imposa silence.

— Ne t'occupe pas. Je vais le foutre à la porte
par le col.

Il lui fallait faire le tour de la table pour joindre

son frère. Comme il faisait le premier pas, le facteur entra dans la cour, tranquillement, la tête sur les épaules, et la main sur son sac de cuir. Ils le virent qui touchait la margelle de pierre polie en passant près du puits. Les deux frères reprirent leurs places en pensant qu'ils l'avaient échappé belle.

— Entre donc, dit Honoré. J'étais en train de me dire : on n'a pas encore vu le facteur. Viens t'asseoir par ici.

— Alors, vous voilà en famille, tous que vous êtes ?

— Comme tu vois, répondit le vétérinaire avec la voix d'un homme heureux.

— Alors, c'est comme je dis souvent : les Haudouin, ils ont la fête chez eux presque tous les dimanches.

— Forcément, dit Honoré. On est toujours contents de se trouver réunis.

Honoré parlait ainsi de la meilleure foi du monde. Il disait la vérité, celle qui était vraie pour un bon homme, pour un bon facteur.

— Quand on s'entend bien, ajouta Ferdinand, c'est le meilleur plaisir de la vie et ça rappelle le temps que le père était encore du monde.

— Un bien bon homme que c'était, ton père. Je me rappelle qu'un jour à Valbuisson, mais je te parle d'il y a vingt ans, quand le chemin de fer n'était pas, et que moi, je ne pensais pas d'être facteur un jour. Oui, je me rappelle : qu'est-ce que je pouvais avoir, dans les trente à trente-deux ans ? Je me rappelle qu'à la dernière maison du pays

— pas celle des Rouquet puisqu'elle a été cons-
truite depuis — d'abord les Rouquet ne sont venus
à Valbuisson qu'en 75; l'année qu'il a brûlé chez
mon beau-père. Non, la dernière maison, c'était
aux Viard. Je ne sais pas si tu te rappelles. Les
Viard. Il y avait deux garçons, mais si... le plus
vieux a fait sa position dans la gendarmerie. Ce
n'est pas un mauvais métier pour celui qui a de
la tête, mais c'est comme de nous autres facteurs,
il faut avoir l'œil à son affaire...

Le facteur s'interrompit, embarrassé par le souvenir de la lettre perdue. Honoré devina sa gêne
et l'invita à poursuivre :

— Comme ça, tu avais rencontré mon père ?

— Je l'avais rencontré, oui. Je me rappelle que
c'était la foire, oh ! une petite foire — à Valbuisson ça n'a jamais donné bien fort. Il devait être
sur les onze heures, et ton père rentrait déjà. Tu
sais comme il était, lui. Une fois qu'il avait fait
ses affaires, ce n'était pas l'homme à traîner dans
les cafés, et pourtant qui savait prendre son
monde, et qui avait le coup d'œil pour les bêtes,
vendeur ou acheteur. Mais si je vous disais que
moi, je l'ai vu acheter une génisse. Je dis une
génisse. Pas vilaine bête, bien sûr, coquette si vous
voulez, mais enfin qui n'avait tiré l'œil de personne; et lui, la payer tiens et tiens, comme moi
j'achèterais deux sous à fumer, et la revendre un
quart d'heure plus tard avec trente-deux francs de
bénéfice à pas quinze mètres d'où il l'avait prise.
Moi, j'ai vu ça.

Déodat, frappant du poing sur la table, rejeta

son képi en arrière. Les Haudouin, le cœur pincé de fierté, s'attendrissaient à cette évocation. La plupart avaient de solides raisons de mépriser le souvenir de l'aïeul ou de le haïr, et ne s'en privaient pas à l'ordinaire, mais s'ils en parlaient en famille ou devant un étranger, le vieux leur apparaissait toujours sous les traits d'un personnage biblique et bonhomme. Antoine lui-même, bien qu'il se défendît contre ce genre d'émotion, était impressionné. Honoré pencha la tête et murmura :

— On peut dire que c'est un homme qui a mérité.

Le facteur haussa une épaule, comme si l'éloge eût été par trop insuffisant.

— Je crois bien qu'il a mérité ! Il faut l'avoir connu comme je l'ai connu... Il rentrait donc de la foire, et moi j'allais là-bas, je ne sais seulement plus pour quoi faire... Attendez, je me rappelle ! non, je ne me rappelle pas. Enfin, j'allais à Valbuisson, pour vous dire. Et en arrivant vers chez les Viard, je vois venir Haudouin avec cet air qu'il avait de ne pas se presser en mettant quand même une lieue derrière lui à chaque demi-heure. Il ne m'avait seulement pas vu arriver. Lui, n'est-ce pas, il était toujours dans des idées. C'était l'homme qui pensait de la tête. « Vous vous en retournez, Jules », que je lui fais. Alors lui il me dit : « Bonjour te va, Déodat, figure-toi que j'ai bien oublié mon parapluie. »

Le facteur eut un sourire d'affectueuse déférence, et conclut :

— Il avait oublié son parapluie.

Honoré et Ferdinand se regardaient par-dessus
la table, réconciliés, les yeux noyés de tendresse.
Le parapluie était déployé sur la table. Ils le
voyaient bien. Son parapluie vert, c'était. Un bon
parapluie, il n'en avait jamais eu qu'un. C'était
le parapluie dans la famille, le parapluie de la
concorde. Rien qu'à penser le mot de parapluie,
une salive de bonne volonté leur venait à la
bouche. Ils auraient donné bien cher pour l'avoir
encore, son parapluie (et si le vieux avait essayé de
sortir de sa tombe, ils l'auraient peut-être fait rentrer à coups de soulier sur la tête). Ils étaient les
deux frères, les deux garçons du parapluie. Honoré se reprochait d'avoir été un peu vif à l'égard
de Ferdinand, et le vétérinaire songeait : « Il est
comme il est, mon frère. Je l'aime comme il est. »
Les autres Haudouin sentaient l'apaisement que
le parapluie mettait dans la salle à manger ; pourtant, ils étaient déçus par le récit du facteur, surtout les enfants qui avaient espéré un dénouement
plus corsé. Par exemple, songeait Gustave, un
taureau furieux aurait pu sortir de l'écurie des
Viard, le grand-père l'aurait saisi par la queue
et, après l'avoir fait tourner au-dessus de sa tête
à la manière d'une fronde, l'aurait envoyé jusque
dans l'étang du Chat-Bleu. On se serait même
contenté de moins que ça. Alexis ne se résigna
pas au parapluie.

— Et après, Déodat ?

La question troubla le facteur. Interprétant la
rêverie de ses hôtes, il craignit d'avoir été insuffisant.

— Question de savoir s'il avait oublié son parapluie chez lui ou à la foire, je ne pourrais pas
vous dire...

— Il l'avait oublié à la maison, dit le vétérinaire. Sûrement.

Déodat but un coup de vin et lui demanda ce
qu'il pensait d'un poulet de trois mois qui ne
consentait à manger qu'entre les pattes des cochons et qui affectait de boiter tous les soirs
après quatre heures. Il avait un poulet qui était
comme ça.

— Ce sont des poulets vicieux, dit le vétérinaire, il faut y prendre garde à cause des jeunes.
J'ai connu un poulet...

La conversation s'anima tout d'un coup. On
plaça plusieurs histoires de poulets vicieux. Frédéric en profita pour porter la main aux cuisses
de sa cousine. Juliette le regardait avec des yeux
brillants et doux, une tendresse chaude lui sou-
levait la poitrine, et Frédéric rougissait d'aise. Le
bruit des voix, des carafes, des fourchettes, et
des gosiers qui poussaient le bœuf vers les estomacs, cette rumeur de cordialité qui monte d'une
table où les bonnes entrées n'empêchent pas les
conversations, leur tapaient un peu dans la tête.
Ils se mirent à rire et Frédéric murmura :

— Tout à l'heure, aussitôt qu'on aura mangé
le canard, j'irai dans la grange.

Elle fit signe qu'elle l'y rejoindrait. Le vétérinaire ne se doutait de rien, il était presque heureux, car sa femme et sa belle-sœur se communi-
quaient des recettes de cuisine :

— Vous graissez bien le fond de la casserole, vous mettez à feu doux, et toutes les demi-heures, vous arrosez avec le jus.

— Moi, je pique de l'ail dedans.

— Non, justement, ne piquez pas...

L'Adélaïde s'interrompait pour parler de poulet :

— Il avait le bec qui se refermait en ciseaux, il ne pouvait pas piquer les graines... Au lieu de piquer de l'ail, vous faites un hachis.

Dans le tapage, Clotilde demeurait silencieuse, le visage dur et préoccupé. Voyant les conversations bien accrochées, Gustave profita de l'inattention des parents pour prendre la bouteille de vin et remplir son verre à ras de bord. Après l'avoir vidé d'un trait, il l'emplissait pour la deuxième fois, lorsque Lucienne informa le vétérinaire.

— Papa, il vient de boire un grand verre de vin.

— Pas vrai ! cria Gustave, menteuse ! sale vache ! ce n'est pas vrai !

Et il partit d'un grand rire, à cause du vin qui lui bouillait déjà dans la tête. Son hilarité attira l'attention, il avait les lèvres barbouillées et tenait encore la bouteille à deux mains.

— C'est stupide, dit le vétérinaire, il y a de quoi le rendre très malade, cet enfant.

Honoré regarda son garçon et s'inquiéta de lui voir les joues congestionnées.

— Il faudrait peut-être le faire dégueuler, dit-il.

Le mot causa une impression très pénible à

Hélène. Antoine, qui observait sa mère, fut gêné et en voulut à son oncle Honoré. Pourtant l'oncle n'avait pas cru être grossier, on l'eût peiné en le lui laissant entendre.

— Ça ne peut jamais faire de mal, commentait Déodat, et il n'y a rien qui vous nettoie un estomac aussi bien.

Honoré emporta son garçon dans la cour pour lui mettre un doigt dans la gorge. Le bruit des hoquets, puis de la coulée de délivrance, arriva jusque sur la table.

— Ça y est, dit Déodat.

Il était content que la chose se fût bien passée. Ce n'est pas toujours commode, faisait-il observer, il y a du monde qui s'efforce et qui ne peut pas. Hélène avait pâli, et Frédéric, renonçant au canard, faisait signe à Juliette qu'il s'en allait dans la grange. Elle le rejoignit, ferma la porte derrière elle, sans hâte, et lui posa la main sur l'épaule. Elle était plus grande que Frédéric, il dut lever la tête pour lui baiser la bouche. Elle demeurait immobile, comme indifférente à la ferveur du jeune garçon, et il en avait de la timidité; sa main hésita autour d'un sein, puis il en sentit la pointe sur sa paume et l'étreignit. Juliette ne parut même pas s'en apercevoir. Frédéric voulut l'entraîner vers le fond de la grange, mais sentant qu'elle lui résistait, il n'osa pas affirmer son intention. Sournoisement, il gagnait du terrain, avançait d'un pas. Il avait gagné quelques mètres, lorsque Juliette, l'enveloppant dans ses bras, le pressa sur son ventre, sur son corsage, sur sa joue. Entre

ses jambes, elle serra l'un de ses genoux, et collant
sa bouche à son oreille, lui dit tout bas :

— Frédéric, je voudrais que tu sois Noël Maloret. Je voudrais que tu sois Noël.

Humilié, Frédéric voulut se dégager et rejeta
la tête en arrière. Elle le pressa plus fort, et d'un
mouvement brutal, ramena la tête qui s'éloignait
de sa bouche.

— Noël, tu serais Noël, hein ?

Il se débattait encore, par orgueil, mais l'étreinte
de Juliette le grisait, et quand il sentit sa bouche
sur la sienne, il s'abandonna.

— Je suis Noël, dit-il d'une voix rageuse, mais
impatiente.

— Noël ? répéta Juliette.

D'un effort brusque, elle lui ploya la taille en
arrière, et, penchée sur le visage du garçon, le
regarda avec des yeux un peu égarés. Puis elle
sourit et l'éloigna doucement :

— Je suis bête, mon petit Frédéric. Va, laisse-
moi, allons-nous-en.

Frédéric, les bras ballants, voulut dire quelque
chose de cruel et éclata en sanglots. Juliette chercha le mouchoir qu'il avait dans la poche de sa
culotte, et lui en tamponna les yeux.

— Mon petit, ne pleure plus. Je ne voulais pas
te faire de peine, je l'ai dit sans le faire exprès,
tu sais. Je ne t'en parlerai plus...

Il sanglotait plus fort. Juliette le prit par le cou,
l'emmena au fond de la grange et, s'asseyant
auprès de lui sur les gerbes de blé, le berça et lui
caressa les joues. Elle lui parlait tout bas :

— Ne pleure pas, mon petit Frédé. Je t'aime aussi, tu sais bien. Tu pourras toujours m'embrasser, et me toucher comme tu voudras... mais ne pleure plus, il va falloir rentrer, l'oncle Ferdinand nous chercherait. Cet après-midi, tu m'embrasseras encore, hein ?

Frédéric essaya de sourire et comme Juliette se levait, il l'arrêta :

— C'est vrai que tu l'aimes, ce Noël ?

— Je ne sais pas, j'ai dit ça sans y penser. Oh non, je n'y pensais pas, tu sais... Je ne sais pas ce qui m'a enragé la peau tout d'un coup.

Quand Frédéric vint reprendre sa place auprès de Juliette, le vétérinaire oublia de contrôler à sa montre le temps de son absence. Penché sur la table, il tapait du menton en bégayant :

— Quoi... quoi... vous en êtes sûr ?

Déodat, qui venait de lancer la nouvelle, se disposait à partir. Debout derrière sa chaise, il répondit placidement :

— Je vous le dis. L'Anaïs a ouvert la lettre devant moi : la petite arrive demain.

— Il n'y a rien d'étonnant, dit Honoré d'une voix paresseuse, on ne l'avait pas revue depuis qu'elle s'était en allée à Paris.

— Zèphe me disait une fois qu'elle n'avait presque jamais de congé, surtout depuis qu'elle était demoiselle de magasin.

— Demoiselle de magasin ? ricana l'Adélaïde, elle doit servir ses clients les quatre fers en l'air, oui !

— Qu'est-ce que tu en sais ? protesta Honoré.

— Il n'y a pas besoin d'être renseigné autrement pour savoir que les filles de chez Maloret
ont toujours été des peaux.

— Ce n'est pas une raison...

Lorsque le facteur eut franchi la porte, Ferdinand se mit à gémir. Pourquoi Valtier ne l'avait-
il pas prévenu ? Qu'est-ce qui se tramait contre
lui ? N'était-il pas surprenant que cette fille arri-
vât trois jours après que Zèphe avait intercepté
la lettre ?...

Honoré haussait les épaules. L'affolement du
vétérinaire l'agaçait. Quant à lui, l'arrivée de Marguerite Maloret le réjouissait au contraire, sans
qu'il pût savoir pourquoi. Simplement, il lui semblait que la partie qu'il allait jouer contre Zèphe
serait plus belle. Songeant aux occasions qu'il
avait laissé passer autrefois de se venger, il lui
semblait aussi qu'il eût épargné Maloret par économie, pour se ménager des combats plus chauds.
Et il songeait avec plaisir à tous ses enfants, qui
étaient quatre autour de la table, sans compter
Ernest qui faisait son service à Epinal.

IX

Dans la grange, Honoré et Juliette battaient le blé au fléau. D'abord le père n'avait pas voulu que sa fille le secondât dans un travail d'homme. Il disait que le grain était bien mûr, et qu'une caresse suffirait à le faire tomber de l'épi. Au besoin, comme le temps pressait, car le blé était près de manquer à la maison, il prendrait un ouvrier. Mais dans le moment de la moisson, il était difficile de trouver un ouvrier à Claquebue et, comme disait l'Adélaïde, on regarde à prendre des hommes qui demandent trente-cinq sous de la journée et leur manger; des feignants qui profitent d'être à la table des autres pour s'en mettre plein et tant, qu'ils sont lourds sur l'ouvrage. L'Adélaïde avait décidé qu'elle battrait avec Honoré. Mais, dure de la carcasse, il lui manquait le muscle et cette jeunesse qui, seule, remplace l'habitude; sans compter que les maternités lui avaient détendu la peau du ventre et que l'effort lui pesait dans les tripes. Après une demi-heure de travail, son fléau donnait mou, perdait la ca-

dence et, à chaque instant, elle manquait de se
le cogner sur la tête.

— Fous-moi le camp, lui avait dit Honoré, tu
me gênes de battre et c'est tout ce que tu fais.

Alors, Juliette avait insisté pour remplacer sa
mère.

— Je ne ferai pas plus que je pourrai. Quand je
me sentirai de fatigue, je vous promets de m'arrêter.

Honoré avait ri en regardant sa fille : une belle
grande garce, il était d'accord, mais jeunette quand
même, tendre comme du blanc de poulet. Il
l'avait laissée faire, pour voir, pour s'amuser un
peu et il riait en dedans de penser qu'elle aurait
vite assez. Mais elle, fière, n'en avait pas rabattu
du matin. Le temps de s'habituer la main, et son
fléau tombait toujours juste; la cadence ne déca-
lait pas. C'était un bon travail d'homme.

Dans la grange, il faisait presque la chaleur du
dehors. Juliette était vêtue d'une longue chemise
sans manches, qu'elle avait serrrée à la taille par
une ficelle. La sueur lui collait la toile tout au long
du dos jusqu'au retombé des mollets. Quand elle
levait son fléau, la poitrine tendait la chemise
toujours au même endroit, et les pointes saillaient
juste au milieu des deux rondelles de sueur, larges
comme des soucoupes. Le père et la fille abattaient
leurs fléaux en rythmant les coups alternés, avec
des « han » qu'ils donnaient de la gorge pour
n'avoir pas à ouvrir la bouche. Il s'envolait de la
paille battue une fine poussière qui leur entrait
dans le nez. Quand ils ouvraient la bouche, ils en

avalaient un bon coup, et la langue et le gosier leur devenaient mous et secs comme de l'amadou.

A intervalles réguliers, la mère apportait à boire et profitait d'un temps de repos pour exhaler son amertume.

— Eux, ils n'ont pas besoin de faire travailler leur fille, va. Je l'ai vue, moi, leur petite effrontée. Elle se promène avec des tabliers à fleurs, va. Et des bottines aussi. Et ça se tortille du fondement, comme si ça avait été élevé dans des châteaux.

— Tu nous causeras de ça une autre fois, répondait Honoré.

Il se rinçait le col d'un coup de vin, en reniflait un doigt pour se purger le creux du nez et, jetant le verre sur une botte de paille, relevait son fléau. L'Adélaïde s'en allait en grommelant, pleine de fureurs et de prophéties. Jamais elle ne s'était sentie dans une colère aussi juste. La veille, Honoré lui avait tout dit. Ils étaient au lit tous les deux, à se tourner et à se retourner sur leur matelas, à cause de la chaleur qui ressortait de la terre et pesait dans la chambre. Honoré, qui avait plein la tête de ses affaires, depuis deux jours, et tellement qu'il n'en pouvait plus de se le garder en dedans, avait tout repris au commencement. Sur l'oreiller, il lui avait dit. L'arrivée des Prussiens, le Bavarois sur la paillasse, et jusqu'à la dernière du coup de la lettre volée, il avait tout dit. Et quand il avait fini, il recommençait. Elle d'entendre, lui de raconter, ils en étaient venus à s'échauffer tous les deux, à propos de l'impolitesse du sergent. Honoré avait attrapé sa femme

7

à bras-le-corps, juste au vrai moment qu'ils se
sentaient fumer la peau de la cervelle, et l'avait
embourrée de si bon allant qu'ils en avaient gueulé
comme des ânes tous les deux à la fois, et puis,
suant, soufflant et rauquant, rêvassé l'un dans
l'autre, jusqu'à bout de veille.

Dans la cuisine, alors que l'Adélaïde rêvait à
sa nuit et à sa colère, Clotilde avança au coin de
la porte un visage craintif et hargneux. La mère
accrocha son écumoire à l'oreille de la marmite,
prit la fillette par le bras et la mit en bonne
lumière.

— Montre-moi ta langue... j'aurais dû m'en
douter... Moi qui me suis fait tant de souci. Au
premier jour qu'il pleuvra, tu auras une bonne
purge.

L'Adélaïde ne croyait pas qu'il fût opportun
d'administrer une purgation par les jours de grand
soleil : le corps est plein de choses dangereuses
qui tournent facilement en eaux amères et en
purulences. Un coup de chaleur sur une purge,
et voilà l'huile qui revient sur le cœur, ou encore
qui se mélange au sang. On en avait déjà bien
vu autant. L'homme à la mère Dominé n'était pas
parti autrement; un 14 juillet, qu'il avait voulu
évacuer à toute force, ses trois cuillerées d'huile
de ricin lui avaient tourné toute la journée sur
l'estomac, et le soir, il était dans les sueurs, bien
parti pour mourir sur le minuit comme c'était
arrivé. Un homme qui avait tout pour se con-
server.

Clotilde regardait sa mère avec effroi. Elle se

rappelait ce jour de l'année passée qu'Ernest lui pinçait le nez, tandis que sa mère lui introduisait la cuillère dans la bouche.

Des larmes lui vinrent dans les yeux, elle adressa une prière au ciel : « Mon Dieu, ce n'est pas vrai que j'aie besoin d'être purgée. Je vais facilement. Faites qu'il ne pleuve pas jamais, jamais... » Sa mère quitta la cuisine pour donner à boire aux batteurs. Clotilde interrompit sa prière, eut un petit rire sec, et courut dans la salle à manger, où elle s'enferma au verrou.

L'Adélaïde trouva le père et la fille assis sur un tas de gerbes, les mains pendantes entre les genoux.

— Je crache tout blanc, tellement que je l'ai sec, disait Honoré. Non, mais regarde un peu comme je crache, hein ?

— Moi aussi, disait Juliette, je crache peut-être encore plus blanc que vous.

En leur tendant les verres, l'Adélaïde les plaignait avec emportement.

— Regardez-moi dans quel état ils sont, tous les deux. La petite a sa chemise trempée ! mais est-ce qu'on devrait battre par des chaleurs pareilles ? Bien sûr, on a besoin de battre tout de suite, nous. On n'a pas la chance de pouvoir attendre comme j'en connais. Eux, ils l'ont, la chance. La chance d'avoir une petite saleté qui leur gagne des sous, on sait bien comment ! Avec ça, pour battre leur blé, ils peuvent attendre qu'il fasse frais dans les granges...

Honoré et Juliette l'écoutaient à peine et ava-

laient leur liquide en échangeant un sourire de
bonheur animal.

— Et quand ce sera fini de battre, il faudra
vanner, se casser les bras, s'échiner des reins pour
balancer le van. Et je te secoue, et je te remue,
tant pis pour les reins. Mais eux, ils n'auront pas
cette peine-là : ils ont acheté un tarare. Avec l'argent des fesses, bien entendu.

— C'est commode, un tarare, dit Honoré distraitement.

— Si c'est commode ? Ils n'ont qu'à tourner la
manivelle et le travail se fait tout seul. Oui, ils
s'achètent des tarares ! et ce n'est pas fini...

Honoré prit sa fille par le cou, l'attira contre
son épaule, et dit en riant :

— Leur voilà une belle jambe, avec leur tarare !
Ils ne se crèveront pas à vanner, non, mais ils se
crèveront à autre chose. Nous, on laisse attendre
sur pied la moitié de la moisson pour faire du
grain tout de suite. Et puis après ? On tire la
langue dans la grange, et les Maloret tirent la
langue dans le plein soleil à finir de moissonner.
Il n'y a qu'une chose qui me gênerait, c'est que
nos blés prennent la pluie sur la tête. A part ça,
n'importe comment, qu'on ait des tarares ou qu'on
n'en ait point, la vie de tous les jours, c'est quand
même de travailler. On travaille pour gagner sa
vie, oui, et puis on travaille pour travailler, parce
que c'est tout ce qu'on sait faire. Moi, je ne me
plains pas. J'aime de travailler et je suis servi
pour longtemps. Verse-nous le reste de la bouteille.
Il chauffe.

L'Adélaïde remplit les deux verres et dit après un moment de silence :

— Moi aussi, j'aime de travailler, mais il y a tout de même des choses qui vexent, quand on n'a rien à se reprocher du côté de la conscience.

Honoré, par jeu, choqua son verre contre celui de Juliette, vida son verre et répondit en hochant la tête :

— Oh, la conscience... peut-être bien. Avec ça, je veux bien que tous les Maloret sont des fumiers, et j'entends leur envoyer de mes nouvelles un jour ou l'autre. Ils en auront même sûrement moins de plaisir que de la lettre de Ferdinand. Ces cochons-là...

Juliette, ôtant sa tête de l'épaule de son père, interrompit d'une voix brève :

— Pourquoi, ces cochons-là ? C'est bientôt dit !

Haudouin regarda sa fille, surpris et déjà inquiet. Elle s'était levée et serrait la ficelle qui ajustait sa chemise à la taille, avec un mouvement de lutteur. L'Adélaïde, irritée de la voir regimber, fit observer :

— De mon temps, une fille qui aurait parlé à son père sur cet air-là, elle était partie pour se faire calotter.

— On n'insulte pas les gens pour une lettre qui s'est perdue, dit Juliette. Et quand même Zèphe aurait pris la lettre, ce n'est pas une raison d'en avoir contre toute la famille.

— Ils sont bien tous les mêmes, affirma la mère. Il n'y a qu'à les prendre l'un après l'autre...

Alors Honoré se leva et, penché sur sa fille, dit avec violence :

— Non ! pas l'un après l'autre, bon Dieu ! Il y a les Maloret tout d'un tas ! Tu m'as compris ?

Juliette perdit contenance et balbutia :

— J'ai compris.. mais vous ne savez pas, vous ne pouvez pas savoir...

Honoré vit la pâleur de son visage, le tremblement de ses lèvres.

— Allons, dit-il en prenant son fléau, et ses lèvres tremblaient aussi.

L'Adélaïde prit sa fille par la main et voulut l'entraîner hors de la grange.

— L'ouvrage presse, dit Juliette en se dégageant d'un mouvement brusque, laissez-moi.

Tandis que sa mère s'éloignait, elle ramassa son fléau et se remit au travail. Le battage continua, régulier, à la même cadence sûre et monotone. Mais le bruit alterné des fléaux sur la terre battue ne comblait pas le silence gêné qui séparait le père et la fille. Sans se regarder aux yeux, ils s'observaient à la dérobée, irrités et anxieux. De temps à autre, pour assurer le rythme du battage, le père poussait un « han » que Juliette reprenait en abattant son fléau. Une fois, elle répondit d'une voix plus faible, il sembla à Honoré qu'il venait d'entendre une plainte d'enfant. Il lâcha son outil et cria :

— Juliette !

Mais elle abattit son fléau et le releva encore.

— Juliette, dit-il doucement.

Elle leva sur lui des yeux brouillés de larmes.

— Je voulais vous dire... pour les Maloret.

Le père l'attira contre lui, pressant le visage en pleurs sur sa poitrine.

— Ne me dis rien.

— Je voulais vous dire...

Il la serra plus fort et sentit la bouche humide s'écraser sur sa poitrine. Juliette tenta encore de se débattre, puis, maîtrisée, elle se détendit; de longs sanglots lui secouèrent les épaules. Il la souleva dans ses bras, comme il faisait souvent pour jouer, et la porta sur le tas de gerbes où elle s'étendit à plat ventre, les mains sur les yeux. Honoré saisit son fléau et les dents serrées de tristesse travailla seul jusqu'à midi.

LES PROPOS DE LA JUMENT

Dans la maison d'Honoré, l'amour était comme le vin d'un clos familial; on le buvait chacun dans son verre, mais il procurait une ivresse que le frère pouvait reconnaître chez son frère, le père chez son fils, et qui se répandait en chansons du silence. Il y avait des matins où les parents se préparaient au travail de la journée avec un visage lourd et heureux; les enfants qui mangeaient leur soupe regardaient la joie de leur mère. « Allons, je vois que ça a bien marché cette nuit. » Il ne le disaient pas, ils n'osaient pas

le penser, mais ils le savaient, ils en étaient
contents. Ces matins-là, on riait facilement. Ou
bien c'était un des garçons qui rentrait, le soir,
se mettre à table, ébloui et taciturne. Personne
ne lui demandait rien, mais on le regardait à la
dérobée, pour prendre un peu du plaisir endormi
dans sa chair fatiguée. Honoré clignait de l'œil
vers sa femme. Il clignait quand il était sûr que
son garçon ne le voyait pas, il ne voulait pas
gêner celui qui apportait cette douceur dans la
maison. La mère haussait les épaules, sans rien
dire, comme si elle était agacée de voir son garçon rose encore les paupières paresseuses du plaisir qu'il s'était donné. Elle qui l'avait vu si petit.
Ce grand benêt. Voilà pourtant qu'il faisait le
malin près des filles. Avec quoi, mon Dieu ? je
vous demande voir. La mère levait les épaules
et maniait ses casseroles tout doucement, pour
n'éveiller personne, elle avait le sang tout battant, un peu à cause de son homme qui lui avait
cligné de l'œil; le père et le fils, ils étaient aussi
garnements l'un que l'autre. Penchée sur son
fourneau, elle riait en repensant à ce clin d'œil
d'Honoré; à la fin du repas, les deux plus petits,
en voyant leur mère délassée et ses yeux qui devenaient doux, allaient poser leurs têtes sur son
ventre jusqu'à s'y endormir; elle n'osait plus bouger et sa tendresse engourdissait toute la maison.

A Saint-Margelon, dans la maison de Ferdinand, cette solidarité dans le plaisir n'existait pas.
Chacun cherchait son chemin d'amour dans une
direction qu'il était seul à connaître. De toute la

famille, il n'y avait que le vétérinaire à se préoccuper des secrets des autres, mais c'était pour les persécuter. La surveillance qu'il exerçait aussi bien sur sa femme que sur ses enfants ne se relâchait jamais. « Tu es resté onze minutes dans les lieux », disait-il en regardant sa montre. Cet endroit-là, malgré les soupçons du père, demeurait la meilleure retraite, la plus sûre : personne n'y entrait sans éprouver, en même temps qu'un sentiment de honte, un avertissement voluptueux; à l'abri de l'indiscrétion du vétérinaire, chacun poursuivait des images lascives, des recettes de plaisir. Ces expériences conduites dans l'isolement, ces ardeurs mélancoliques, mûries dans des imaginations craintives, présentaient une morne ressemblance. Il semblait qu'une discipline de famille en eût imposé la forme, la fréquence, l'objet même. Tout simplement, l'on imaginait faire l'amour avec une personne du voisinage, et sans beaucoup de fantaisie. Ces voisins dont on supposait le concours étaient peu nombreux. En fait, ils n'étaient pas plus de deux. Face à la maison du vétérinaire habitaient un agent de police et sa femme. L'agent mesurait tout près de deux mètres et bouchait l'entrée d'un couloir spacieux avec ses épaules. Sa femme avait une poitrine qui l'empêchait de regarder par terre. C'était ce qu'il fallait, du massif. Rien qu'à y penser, on en sentait le poids dans sa tête. Ça se mouvait lentement, s'installait; c'était plus commode à imaginer que les femmes flexibles et les jeunes gens minces.

Le dimanche matin, Frédéric et Antoine se levaient de bonne heure et s'embusquaient, chacun derrière un œil-de-bœuf, pour voir la femme de l'agent en corset rose et les bras nus, ouvrir ses persiennes de l'autre côté de la rue. Ses bras énormes avaient la couleur livide, marbrée de rose vif, qu'on voit au ventre des cochons; des touffes de poil noir passaient par les manches courtes de sa chemise. Jetant un coup d'œil dans la rue, elle s'appuyait des deux mains sur le rebord de la fenêtre, et il se creusait près des aisselles des plis profonds, importants comme des raies culières. Ce qui enivrait le plus les deux garçons, c'était le corset rose. On ne pouvait pas voir ce qu'il y avait dedans, car il était ajusté sur une chemise à peine échancrée. Mais dans cette avancée, dans le rebondissement bardé de baleines et de toile rose, les deux frères imaginaient une coulée de voluptés mystérieuses, un agglutinement hors d'espèces géométriques, une réserve inépuisable de féminité, bouillonnant dans un remugle de sueur et de laiterie. Pendant des années, Frédéric et Antoine surveillèrent les apparitions de la femme de l'agent, sans se concerter, chacun à son œil-de-bœuf et ignorant la concupiscence de l'autre. Ils auraient pu l'ignorer toujours si le vétérinaire, survenant un matin à pas de loup, n'avait surpris Antoine derrière son œil-de-bœuf et découvert en même temps l'objet de sa curiosité. Guidé par l'intuition vertigineuse qu'il avait en cette sorte d'affaires, il avait galopé à l'autre œil-de-bœuf où Frédéric se

tenait en faction. Puis, jaillissant lui-même hors
de l'ouverture, il criait dans la rue, d'une voix
pressante :

— Retirez-vous, madame ! Allons, rentrez !
rentrez tout de suite !

La femme de l'agent n'y comprenait rien et
regardait avec curiosité ce visage ravagé de pudeur qui sortait par un œil de la maison.

— Voulez-vous bien rentrer ! s'emportait le
vétérinaire. Vous êtes une grisette, madame ! une
grisette !

Elle, pour mieux saisir le sens de cette apostrophe, se penchait davantage. Toute la poitrine
se porta d'un côté, et le corset rose eut un frémissement de vague. Le vétérinaire faillit s'étrangler dans son œil. Il y eut des représailles ter-
ribles. L'agent fut à deux doigts d'être révoqué,
il dut changer de logement et ne passa jamais
brigadier. Par précaution, les deux œils-de-bœuf
furent murés. Quant aux deux coupables, privés
de dessert pendant six mois et condamnés à copier quinze fois l'Oraison funèbre d'Henriette
d'Angleterre, il leur fallut encore subir la honte
que le domestique les conduisît au collège et vînt
les attendre à la sortie. Ils ne revirent jamais le
corset rose et, pour compenser la disparition de
ce spectacle suggestif, prirent l'habitude de passer tous les dimanches matin cinq minutes sup-
plémentaires dans les lieux.

Quand le vétérinaire, rongé de soupçons, pé-
nétrait dans les cabinets où flottaient les ombres
de l'agent de police et de son épouse, il y flairait

l'odeur du péché. Il aurait voulu pouvoir confis-
quer les sexes de ses garçons : plus tard, mariés
et établis, il les leur aurait prêtés de temps en
temps, une fois par mois et pendant cinq minutes. D'ailleurs ses soupçons ne se portaient pas
seulement sur Frédéric et Antoine, mais aussi
bien sur Lucienne et sur sa femme, et ils n'étaient
pas moins justifiés.

Une fois pour toutes, Lucienne avait fait la
part du feu. Il existait ainsi sous la calotte des
cieux un royaume hermétique et minuscule où
elle pouvait, sans l'ombre d'un remords, évoquer
la silhouette massive de l'agent de police. Sa
conscience ne l'y accompagnait pas. Ce qui se
passait dans cet endroit-là ne regardait ni le
confesseur, ni les demoiselles Hermeline; le cahier d'examen de conscience n'en recevait pas le
moindre écho. Quand Lucienne y pensait hors
de la maison, son seul remords véritable était
que l'agent de police fût d'une condition infé-
rieure. Elle avait tenté de lui substituer le colonel des hussards, le commandant, le notaire, le
procureur de la République, mais sans parvenir
à fixer leur image dans « les lieux ». L'agent
était le seul homme dont elle ressentît les pres-
tiges familiers et mystérieux. D'ailleurs Lucienne
ne se livrait pas à une grande débauche d'imagination. Son ignorance des réalités anatomiques
était à un point qui faisait grand honneur à la
bonne tenue du pensionnat des demoiselles Hermeline. L'agent de police ne jouait point d'autre
rôle que celui d'un témoin favorable, inexplica-

blement favorable, et le péché de Lucienne était
si simplement instinctif qu'il sentait plutôt le
purgatoire que l'enfer; le plus grave danger était
qu'elle le considérât sans inquiétude, avec un détachement aussi complet, car il était à prévoir
que des jeux plus tourmentés pourraient aller un
jour dans la même besace aux oublis.

Pour Mme Haudouin, il n'y avait point d'espoir qu'elle oubliât jamais l'agent de police. Les
caresses du vétérinaire ne lui procuraient aucune
joie. Dans les premiers temps de leur mariage,
Ferdinand lui avait fait illusion. Il perdait alors
sa virginité et s'employait avec une ardeur d'assez bon augure. La précipitation qu'il y apportait, par pudibonderie, frustrait régulièrement
l'épouse, mais les choses pouvaient très bien s'arranger. Il n'y avait pas de quoi jeter le manche
après la cognée. Sans doute, Hélène était déjà un
peu déçue : chez les demoiselles Hermeline, où
elle avait fréquenté, les jeunes filles apprenaient
par des racontars que l'amour se consomme sur
des canapés de style, dans des pièces du genre
boudoir; d'autre part, ses parents, citadins depuis
deux générations, avaient une aisance assez fami-
lière, un peu canaille, dans leurs propos et dans
leurs attitudes; en présence de leur fille, ils se
pinçaient, s'excitaient par des sous-entendus, des
appels, et Hélène en avait conclu qu'il n'y a point
d'amour, même conjugal, sans accord préalable.

D'abord il lui fallut renoncer aux canapés et
à tout autre accessoire qui pût donner l'illusion
d'un caprice enrubanné surgissant dans un tête-

à-tête gracieux. Le vétérinaire n'entendait pas ces
façons-là. Il fallait faire l'amour au lit, et à
l'heure où il était raisonnable d'être au lit. Avant
de se coucher, Ferdinand urinait dans un pot.
C'était la seule circonstance où il se sentît parfaitement à l'aise de porter la main à son sexe
en présence de sa femme. Il se sentait encouragé,
installé dans cette attitude par tous les Haudouin
qui en avaient usé ainsi. C'était une opération
honnête, sans mystère, et ce bruit d'eau vive auquel il était habitué depuis son enfance lui était
une chanson de quiétude bourgeoise. Hélène mit
du temps à s'y accoutumer. Il aurait bien pu
prendre ses précautions avant (comme un officier de cavalerie, pensait-elle). Mais après tout,
l'important n'était pas là. Ferdinand, s'il fut
excusable de se montrer malhabile dans les dé-
buts de leur mariage, ne fit par la suite aucun
effort pour corriger son inexpérience et refusa
constamment les soins de sa femme. A la fin,
Hélène se fâcha, car les errements du vétérinaire
lui faisaient mal et il n'arrivait, la plupart du
temps, à se mettre en place qu'à l'instant d'être
heureux. Elle lui représenta l'avantage qu'ils
trouveraient l'un et l'autre à s'aider mutuelle-
ment de leurs mains; il ne s'agissait, quant à
elle, que d'un geste précis, très bref, et par là
même qu'il était bref, ne préludant par aucun
raffinement luxurieux à leurs légitimes étreintes.
Le vétérinaire ne voulut même pas en disputer,
il signifia rudement à sa femme qu'il faisait ce
qu'il estimait devoir être fait, mais qu'il ne vou-

lait entendre parler de rien et qu'au surplus, si
leurs rapprochements intimes devaient être un
prétexte à des propos révoltants, il préférait s'en
abstenir. L'épouse n'en parla plus, mais tenta
de soutenir ses arguments par des vérifications de
fait. Ce fut en vain. Ferdinand ne pouvait tolérer qu'elle portât la main sur sa virilité, car dans
l'acte de chair pur et simple tel qu'il l'entendait,
ce qui rassurait un peu sa pudeur était qu'il se
passât entre parties honteuses, à l'écart des ré-
gions où il situait la conscience morale; et les
doigts d'une main lui semblaient précisément
appartenir à cette conscience.

Mme Haudouin était donc revenue peu à peu
à ses habitudes de jeune fille, y associant l'image
de l'agent de police qui offrait par sa carrure, sa
physionomie bovine et bienveillante, un contraste
reposant avec le vétérinaire. L'apparition du lieutenant Galais dans sa vie ne devait rien changer
à l'ordre établi. Hélène se refusait à imaginer le
hussard dans un rôle qu'elle avait abandonné,
en imagination, à un homme de peine, et ses
amours furent des amours de jeune fille.

Mme Haudouin, malgré la situation politique
du vétérinaire, était demeurée très pieuse et
communiait plusieurs fois par an. Elle se con-
fessait toujours avec un scrupule extrême, tantôt à un vieux prêtre qui l'expédiait presque sans
l'entendre avec des paroles rassurantes, tantôt à
un jeune qui faisait de son cas un examen minu-
tieux et s'efforçait d'y trouver un remède. Une
fois qu'elle passait deux jours dans la maison

d'Honoré, Mme Haudouin s'en alla avec ses enfants au curé de Claquebue. Il l'exhorta à la résignation et, avec des paroles pleines de tact, lui fit entendre qu'elle n'aurait pu choisir un parti plus sage et plus chrétien que celui d'invoquer l'agent de police; il ne voulait même pas reconnaître là un péché d'intention, à peine une mauvaise pensée : le revers d'une admirable modestie d'épouse.

X

Honoré lut à haute voix : « Mes chers parents. Je vous dirai que je sors de l'infirmerie après-demain. Je m'étais démis l'os dans l'escalier du trésorier en portant les gants de l'adjudant. Je vais bien à présent, mais je n'ai pas pu être de la revue du 14 Juillet, et c'est ennuyeux dans un sens, mais je vais bien. Je n'ai pas voulu vous l'écrire pour ne pas vous inquiéter. Les gants étaient restés dans le bureau du capitaine, j'ai donc cinq jours de permission, et je serai content de me trouver parmi vous mercredi prochain. Je n'irai pas aux manœuvres, ils vont peut-être me changer de compagnie et je regretterai ma compagnie, parce que mon sergent était gentil pour votre fils. J'ai eu de la chance d'avoir une permission et je vous expliquerai. D'autre part, je me réjouis de vous trouver en bonne santé, et comme je suis bien remis de mon épaule, je pourrai vous aider à la moisson. Votre fils qui pense bien à vous : Ernest Haudouin. »

— Ça me fait plaisir qu'il arrive, dit le facteur. Dommage que ton frère Ferdinand soit
parti un moment trop tôt, il aurait profité de la
nouvelle.

— Ferdinand ? mais il n'est pas venu aujour-
d'hui, il n'y a pas de raison...

— Alors, c'est qu'il va arriver tout à l'heure.
J'ai vu son cabriolet arrêté devant chez Zèphe.

Le visage d'Honoré s'empourpra de colère.
Salaud de vétérinaire. Le nom de Dieu de fri-
coteur. Quand le facteur se fut éloigné, Honoré
cria :

— Donne-moi mon chapeau !

— Mais non, reste là, dit l'Adélaïde, il vaut
bien mieux laisser arriver Ferdinand...

— Mon chapeau, que je te dis !

— Tu seras bien avancé quand vous vous serez
disputés par-devant les autres. Ferdinand n'a sûrement pas mauvaise intention.

— Par la peau du cul que je vas te le sortir,
le vétérinaire !

Honoré n'avait pas marché cent mètres qu'il
en rabattait déjà. Il réfléchissait qu'un éclat, au
contraire d'arranger les choses, risquait de buter
le vétérinaire engagé dans une voie dangereuse.
Chez Maloret, la porte de la cuisine était ouverte, il n'eut pas à frapper. Ferdinand, seul avec
les deux femmes, parlait à Marguerite, de cette
voix toussoteuse qu'il prenait pour mener une
conversation difficile. En voyant entrer son frère,
il eut un air contrarié et craintif.

— Je passais par là, dit Honoré, et j'ai vu ton

cabriolet. Alors, Anaïs, je vois que ta Marguerite t'est revenue ?

— Nous la voilà pour trois semaines, oui, et ce n'est pas assez, vois-tu. Trois semaines vont vite quand on a sa fille, et le temps nous dure, après.

— C'est devenu une jolie fille à Paris, dit Honoré.

Il l'examinait, la détaillait, la comparait à sa mère, avec un sans-gêne qui consternait Ferdinand. Marguerite était moins grande que l'Anaïs, mais plus mince de vingt-deux ans. Moins blonde aussi, la petite n'avait pas les traits réguliers, le visage tendre et résigné de sa mère, mais des yeux hardis, un grand rire gourmand et une manière de jeter sa poitrine dans le regard des hommes. Elle était vêtue d'une robe bleue, et, par-dessus, du tablier à fleurs que l'Adélaïde regardait comme un luxe provocant.

Honoré faisait tous les frais de la conversation avec Marguerite, se montrait galant avec les femmes, riait, faisait rire, se claquait ses cuisses. Le vétérinaire en était tout coi sur sa chaise. L'Anaïs se tenait sur la réserve, plus par prudence que par timidité; quand elle s'était laissée aller à rire, elle jetait un coup d'œil furtif par la fenêtre pour voir si ses hommes n'arrivaient pas. Marguerite ne boudait pas aux propos d'Honoré. Ensemble ils parlaient de Paris; Honoré y était allé en 85 aux frais de la commune, pour l'enterrement de Victor Hugo; Philibert Messelon, déjà empêché par l'âge, avait tenu à ce que Claquebue fût représenté aux obsèques.

— Il y avait bien du monde à cet enterrement,
dit Honoré, mais je n'ai pas vu grand-chose, pour
dire que j'aie vu. Et les gens n'étaient guère cau-
sants. Ça ne fait rien, j'ai passé là-bas deux
bonnes journées tout de même.

Charmé par le regard vif de la petite, et cette
douceur de pleine poitrine qu'avait l'Anaïs, il
oubliait en se levant le sujet de sa visite. Toutefois, comme Ferdinand faisait mine de vouloir
demeurer, il le saisit solidement par le bras.

— Allons-nous-en, la femme nous attend pour
la soupe.

— Restez encore un moment, proposa l'Anaïs.
Zèphe ne va pas tarder, il moissonne au Champ-
Dieu avec les garçons.

— Il n'y a rien qui presse de le voir, dit Honoré avec hauteur. Je saurai bien le trouver quand
je voudrai.

Dehors, il prit par la bride le cheval du vétérinaire dans le dessein de faire ensemble la route
à pied jusque chez lui.

— Tu vas peut-être me dire ce que tu es venu
foutre chez eux, comme ça, derrière mon dos,
sans m'avertir.

— C'est bien simple, tu vas comprendre.

— Je ne veux pas de ça du tout. Ne t'avise pas
de recommencer.

— Ecoute. Ce matin, j'ai reçu une lettre... une
lettre de qui tu sais...

— Une lettre de qui ?

— Voyons, une lettre de Valtier, dit le vétérinaire en baissant la voix.

— Eh bien, dis-le, que c'est de Valtier. Ton cheval n'ira pas le répéter, non ?

— Je l'ai reçue ce matin. Il me dit qu'il a envoyé la jeune fille chez ses parents, parce qu'il s'en va en voyage pour un mois.

— Il a pensé que ses électeurs n'oseraient pas la...

— Tu sais, je crois qu'on exagère les choses. Il s'intéresse à la jeune fille, voilà tout.

— Je t'écoute. Et il t'a demandé d'arranger les choses avec Zèphe, pour la mairie ?

Le vétérinaire protesta qu'il était venu simplement pour s'assurer que Marguerite ne s'ennuyait pas dans sa famille, et à la prière de Valtier. Il affirmait n'avoir pas d'autre mission, mais son trouble était visible.

— Je ne peux pas toujours être sur ton dos, reprit Honoré, mais ne t'avise pas de parler à Zèphe de la lettre volée. Cette lettre-là m'appartient, à moi et à personne d'autre.

Après un silence, il reprit avec enjouement :

— Elle est plaisante, leur Marguerite, belle garce. Ça fait plaisir à penser.

Ferdinand eut un geste de réprobation discrète.

— C'est une jeune fille qui a de l'avenir, dit-il doucement.

— Je ne sais pas si elle a de l'avenir, mais elle a une embardée du train qui n'est pas dégoûtante, et des tétons, nom de chien !

— Honoré ! voyons, Honoré...

— Et crois-tu que c'est frais ? un museau rigoleur... Tiens, pendant qu'on était à causer, je

lui ai vu la jambe jusqu'au mollet ! Ah ! Jésus
Fils ! Comme c'était !

Honoré se passa la langue sur les lèvres, non
pas tant par concupiscence que pour scandaliser
son frère. Ferdinand était déjà écarlate, il protesta :

— Tu ne devrais pas dire des choses pareilles,
non, tu ne devrais pas... et à quoi ça sert ?

— Comme tu dis : à quoi ça sert ? mais quand
même, on peut toujours se représenter.

Honoré imaginait des détails. Le vétérinaire se
congestionnait, et sa conscience lui faisait une
scène épouvantable. Pris à son propre jeu, Honoré s'exaltait :

— Je m'y vois comme si j'y étais. Repense-
moi ça, hein, se pousser du ventre dans de la
femelle à Maloret... j'aurai pourtant manqué ce
train-là, moi. On va, on pousse sa charrue, on
trime, les jours se défont et on n'a pensé à
rien...

Il soupira et dit encore d'une voix basse, avec
rancune :

— Mais non, à rien du tout qu'on n'a pensé.

Il y eut cent mètres de silence. Ferdinand re-
mettait de l'ordre dans sa conscience, se tâtait
le pouls derrière le dos. Honoré marchait plus
pesamment, plein d'une rêverie décevante. Il songeait à une aventure manquée, sans savoir au
juste quand il l'avait manquée.

— A propos, dit Honoré, tu ne sais pas qu'Ernest arrive mercredi ? il a cinq jours de permission. Ce n'est pas beaucoup, mais quand même...

— Je pense bien qu'Ernest viendra nous voir
à Saint-Margelon au moins une fois.

— Ah non ! protesta Honoré. Cinq jours, ce
ne sera déjà pas trop !

XI

Les souliers étaient presque pareils, en gros
cuir dur, les tiges gondolées, les semelles ferrées
jusqu'aux talons. Mais les pieds du facteur étaient
plus longs et plus larges que ceux du fantassin.
Déodat en fit l'observation à Ernest avec un peu
d'orgueil.

— Vois-tu, petit, je croirais que j'ai le pied
plus fort que toi.

Ils s'arrêtèrent au milieu de la route, et, loya-
lement, pied droit contre droit, mesurèrent leurs
chaussures.

— Je vois au moins trois pointures de différence, affirma le facteur.

Ils reprirent le pas cadencé en direction de
Claquebue. Le fantassin était un peu humilié à
cause des pieds. Il dit avec un détachement perfide :

— Ça doit être pour ça que vous marchez
comme un gendarme à pied.

Déodat se méprit sur le sens de la comparaison; d'abord, il se sentit flatté :

— On ne me l'avait jamais dit... Un gendarme à pied, il fait du chemin aussi.

— Question d'aller, il va, bien sûr. Mais c'est sa façon de marcher qui n'est guère plaisante.

Ernest parla d'autre chose, sûr d'avoir jeté le trouble dans l'âme du facteur. Déodat l'écoutait à peine, les yeux fixés sur ses pieds et sur les pieds du fantassin.

— Et à ton idée, comment est-ce qu'il marche, le gendarme à pied ?

— Il jette son pied en claquant la route. C'est bien connu. Au lieu que moi... tenez, regardez-moi marcher...

Ernest prit quelques pas d'avance, et par-dessus son épaule :

— Je tombe sur la pointe et le talon pose après, et puis je me pousse de la pointe pour aller en avant. Le gendarme, lui, c'est toute la semelle qui porte à la fois. Il faut comprendre. Au régiment, on en voit de toutes sortes. Moi j'ai vu des auxiliaires qui avaient les pieds plats...

— Mais bon Dieu, quoi, je n'ai pas les pieds plats !

— Ne s'agit pas. C'est seulement pour vous dire qu'il y a pied et pied.

Ils marchèrent en silence. Déodat remâchait un doute. Peut-être qu'il ne savait pas marcher, tout de même. Un moment, il regretta de n'avoir pas été au service. Les gradés en savent long sur les pieds (ils en voient tellement), ils se seraient occupés des siens. Le fantassin regardait devant lui, au bout de la route, les plus hauts arbres de Cla-

quebue et la pointe du clocher apparaître au-
dessus de la Montée-Rouge.

Mais le facteur le poussait du coude :

— Je me suis laissé dire qu'au régiment, il y
en a plus d'un qui blesse des pieds ?

— C'est la vérité qu'il y en a plus d'un.

— Eh bien, moi, je n'ai jamais blessé. Je sue
ce qu'il faut, mais pas plus, et pour dire que j'ai
le mal des pieds, non de vrai, mon garçon. Voilà.

En arrivant aux premières maisons, ils ren-
contrèrent Honoré venu au-devant de son fils.
Haudouin était ému. Il embrassa son garçon, le
regarda un moment dans les yeux, et recula pour
mieux l'admirer. Le facteur fit observer :

— Il arrive en permission.

Les trois hommes se remirent en marche. Honoré n'allait pas au pas, et les deux autres en
étaient presque gênés. Après un temps de silence,
Ernest dit à son père :

— La femme du général Meuble est morte
hier matin. Nous, on l'a su hier soir. Elle avait
cinquante-trois ans.

— Ce n'est pas vieux, dit Honoré.

— Ce n'est pas vieux, dit Déodat. Allons, je
vous laisse aller... moi, j'ai des lettres pour plus
d'une maison.

Seul avec son père, Ernest demanda des nouvelles de la famille. Honoré les lui donnait brièvement, avec une espèce d'impatience qui étonna
le garçon. A une croisée de chemin, ils dispu-
tèrent de la direction à prendre. Ernest prétendait
faire un crochet pour passer chez les Vinard.

— Ta Germaine n'est pas chez elle, dit Honoré. Tous les Vinard sont à la moisson.

— Moi, je sais bien qu'elle est chez elle, je lui ai écrit que j'arrivais.

— Tu lui écris souvent ? demanda le père en regardant son fils d'un air inquiet.

— Je lui écris.

— Elle te répond ?

— Oui.

Honoré rongeait son frein. Ce gamin-là qui écrivait, avec ses épaulettes.

— Quand tu causes à une fille pour le sérieux, j'ai quand même le droit de dire un mot, oui ?

— Je voulais justement vous en parler.

— C'est bon. Mais tu la verras plus tard, ta Germaine. Viens d'abord dire bonjour à ta mère. C'est le moindre du convenable.

Ernest ne pouvait plus se dérober. Il suivit son père de mauvaise grâce.

— Je vous ai écrit que je m'étais démis l'épaule ?

— Oui, dit Haudouin gêné de n'en avoir pas parlé d'abord, et comment ça va ?

— Maintenant ce n'est plus rien, mais j'ai souffert un peu dans les premiers jours.

Il raconta l'accident par le détail. L'adjudant, responsable de la chute, avait obtenu à Ernest ce congé de cinq jours.

— Le caporal infirmier m'a dit que le major voulait pas. Un cultivateur, qu'il disait, ils sont tous pareils, ces cochons-là. Quand on les envoie chez eux, ils s'esquintent à travailler dans les champs pour vous revenir un peu plus malades.

— D'un côté, il avait raison. Mais sois tranquille, tu n'es pas venu ici pour travailler.

— Vous pensez bien que je ne vais pas vous regarder mener la moisson maintenant que je ne me sens plus de rien.

— Pas de ça, dit Haudouin avec bonne humeur. J'entends que tu profites de tes cinq jours. A ton âge, on aime de s'amuser et ce n'est pas moi qui t'empêcherai.

Haudouin parla des séductions de l'uniforme et vanta la fraîcheur des sous-bois. Son fils lui dit posément :

— Ce n'est pas de travailler qui me gênera d'aller dire le bonjour à Germaine. Elle a sa besogne aussi, vous comprenez.

Humilié par cette résistance, Haudouin dit avec colère :

— La fille à Zèphe est arrivée pour trois semaines ; une belle grande putain comme ça de chaque côté ! et qui se plaint dans les yeux de n'avoir pas ce qui lui faut ! Mais pourquoi qu'ils t'ont donné des épaulettes, je me demande...

Ernest était troublé. Il regardait les prés de la rivière, les bois serrés autour des grands étangs de métal et la plaine d'entre les bois et la rivière, verte et jaune, où les arbres se gonflaient comme des seins. Il ne les avait jamais vus ainsi, même depuis Epinal. Honoré s'arrêta et geignit dans le soleil :

— On voudrait avoir vingt ans... oui, qu'on voudrait ! pour se rattraper rien qu'une fois... Moi, je te montre la fille des Maloret pour que

tu la voies, pour que tu n'ailles pas passer à côté
sans voir qu'elle est belle. Si ça ne te fait pas
chaud sur la peau, alors tes vingt ans ne te servent
à rien !

Le soldat regardait son père avec étonnement.
Lorsqu'il lui arrivait de songer aux amours de son
père, Ernest évoquait une habitude de ménage,
simplement respectable, située une fois pour toutes
dans un coin de la maison. Et tout d'un coup, il
voyait son père tout plein d'un rêve amoureux
qu'il promenait sur les chemins, qu'il déployait
hors de la maison, et avec tant de jeunesse que
le visage de la plaine en était comme changé.

— Elle doit être belle quand même, soupira le
garçon. Avant de s'en aller à Paris, déjà...

— Mais non, tu n'as rien vu. Ce n'est pas comparable, maintenant.

Honoré donna le bras à son fils, lui détailla les
charmes de Marguerite avec emportement.

— Et puis, qu'est-ce que je dirai de plus ? pour
nous, tu sais bien que toutes les femmes de Maloret sont belles.

Honoré parut oublier Marguerite, il s'entretint
avec son fils de la famille, des récoltes, de la vie
de garnison. Ils parlaient maintenant sans contrainte, sans arrière-pensée.

Le soldat était heureux, il tenait la joie qu'il
avait attendue de son arrivée à Claquebue. Honoré
se laissait aller à la gaieté de son fils. Il riait un
coup vers les bois, un coup vers la rivière, comme
pour dire :

— C'est mon garçon. C'est l'aîné de mes garçons avec son uniforme. Je me le suis fait voilà vingt ans, et aujourd'hui il est fort comme un garçon de vingt ans. Fort, et adroit dans ses mains comme dans sa tête. Il vous mènerait un attelage à six rien qu'en sifflant sur le bout de sa langue. C'est pourtant moi qui lui ai tout appris, et à présent, il m'en remontrerait. Voilà les garçons.

Lorsqu'ils rencontraient un homme du pays, le père racontait ce qui se passait à Epinal, dans la caserne et dans la chambrée, comme s'il y était allé, lui qui n'y était jamais allé, comme si c'était lui qui en revenait; et le soldat parlait du blé, du souci qu'on avait eu dans l'année avec le blé, à cause de l'hiver qui ne s'était pas fait. Ils se calotaient leur blé et leur caserne, avec l'air de jouer, de s'amuser à se les voler. Et en les quittant, l'homme — Berthier, ou Corenpot, ou Dur, ou Rousselier — tirait sur sa moustache en pensant :

« Voilà Haudouin qui rentre avec l'aîné de ses garçons. »

Eux s'en allaient de leur côté, contents d'être ensemble sur la plaine et sur le chemin de chez eux. On leur criait (ceux qui étaient loin, qu'on n'avait pas le temps d'attendre) :

— Ça fait que te voilà avec ton garçon !

Et Haudouin criait, n'importe qui pouvait l'entendre, il n'avait pas à s'en cacher (plus souvent) :

— Tu vois, c'est le garçon qui arrive d'Epinal !

Et en riant, il disait à Ernest :

— C'est Berthier (ou Corenpot, ou Dur, ou Rousselier).

La fille de Zèphe Maloret passa dans un sentier, à cinquante mètres de la route. Vers les deux hommes, elle tourna la tête en laissant sa poitrine de profil.

— Tu te promènes ? dit Haudouin.

— Je rentre chez nous, dit Marguerite en souriant. Et vous, avec Ernest ?

— Il arrive d'Epinal en permission. Et je me pousse d'aller avant l'heure de midi, parce que sa mère l'attend, comme tu le penses.

— C'est tout de même vrai qu'elle est belle, dit Ernest après qu'ils l'eurent perdue de vue.

A la maison, le soldat ne répondit pas aux effusions familiales avec l'empressement qu'on attendait après une si longue absence. Dès après le repas, il se leva de table et prit son képi sur la tête de Gustave.

— Je serai de retour dans une heure, dit-il. Je vous retrouverai aux champs.

— Ne t'occupe donc pas de nous, protesta Honoré. Tu sais ce que je t'ai dit.

Quand son fils fut sorti, il haussa les épaules :

— Il s'en va chez Germaine Vinard. Ça pressait, je te demande un peu...

— Ils se causaient déjà avant qu'il s'en aille au régiment, fit observer la mère.

— Il n'y a rien à dire sur elle, déclara Juliette d'une voix agressive.

— Qui est-ce qui te dit le contraire ? riposta Haudouin.

— Je pensais que, des fois, son grand-père aurait pu avoir une dispute avec le nôtre, il y a

quarante ans, à propos d'une partie de quilles.
Il n'en faut pas plus pour empêcher un mariage.

Juliette eut un rire amer et Haudouin lui jeta
un regard plein de reproches. Elle rit plus haut,
alors il rougit, et penché sur la table, éclata :

— Mais bon Dieu, marie-toi donc avec ton
Jean-foutre ! moi je te donne mon consentement.
Tu l'as, c'est promis et parole donnée. Il n'y a
plus à s'en dédire. Allons, marie-toi ! marie-toi
vite !

Juliette demeura interdite et eut un regard de
détresse, mais Haudouin, encore plein de colère,
la défiait :

— Marie-toi donc, tu es libre. Allez, marie-
toi...

Aussitôt il regretta son insistance. Juliette relevait le défi :

— Je vous remercie. Je me marierai le plus tôt
possible, aussitôt qu'il sera prêt.

— Avec qui ? rageait l'Adélaïde. On me le dira
peut-être avant le jour des noces ?

Honoré fixait sa fille, espérant encore que le
nom ne passerait pas, et que l'affaire n'aurait
point d'autre suite. Juliette répondit en détachant
les syllabes :

— Avec Noël Maloret.

Alexis quitta la cuisine en jurant. L'Adélaïde,
les bras cassés, regardait sa fille comme si elle eût
douté encore de son bon sens. Elle ne fit point de
reproche, mais elle ôta son tablier et dit en ga-
gnant la porte :

— Je vais les trouver, moi, les Maloret.

Haudouin n'avait pas bougé. Au bout d'une
minute, il appela : « Délaïde ! » Elle avait déjà
traversé la cour, il la vit par la fenêtre, qui s'éloignait d'un pas sec dans le soleil de midi. Il sortit
à son tour, et derrière lui, Gustave et Noiraud.
Juliette demeurait seule dans la cuisine avec Clotilde. Elle soupira, et Clotilde, levant la tête, lui
dit à voix basse :

— Ils t'en veulent aussi, à toi ?

— Mais non, mouton, ils n'en veulent à personne... Ils sont ennuyés à cause de la lettre, et
moi aussi je suis ennuyée. S'il n'y avait pas eu
cette affaire de lettre, les choses iraient toutes
seules.

Juliette sentit sur ses mains couler des larmes
chaudes et vit les épaules de Clotilde secouées de
sanglots. Elle l'interrogea doucement, la serra
dans ses bras. L'enfant se laissa bercer un moment,
sans répondre, puis elle se leva et tira sa sœur
par la main. Juliette se laissa guider, comme s'il
se fût agi d'un jeu. Clotilde la fit entrer dans la
salle à manger, ferma la porte au verrou derrière
elles, et la conduisit devant la cheminée. Juliette
commençait à être intriguée. L'enfant se dressa
sur la pointe des pieds, souleva le globe de verre
de la pendule et glissa ses doigts sous le socle
qui supportait le sujet en bronze doré repré-
sentant l'Agriculture et l'Industrie en toilettes
de bal.

— Je te la donne, dit-elle en tendant une lettre.

Avant même de reconnaître l'écriture de l'oncle
Ferdinand, Juliette eut la certitude qu'il s'agissait

de la lettre volée. L'enveloppe était ouverte, elle déplia la lettre et lut : « Mon cher Honoré. — Le cheval noir a été pris de coliques au commencement de la semaine... »

Juliette hésitait, la lettre pincée entre deux doigts. Elle rougit et dit tout bas à Clotilde :

— Remets-la sous la pendule et n'en parle à personne.

En quittant le salle à manger, Clotilde donna du coude à sa sœur :

— Alors, hein ? La grand-mère avec le Prussien.

Lorsque Juliette passa devant son père occupé d'atteler ses bœufs, il murmura en lui jetant un regard de colère et de tendresse : « Sale tête de bois. » Juliette s'arrêta.

— J'ai toujours votre consentement, dit-elle, mais j'ai réfléchi. Je ne veux pas avoir l'air de me marier pour racheter la lettre. On verra quand vous l'aurez reprise...

A trois heures, Ernest rejoignit son père à la moisson. Il venait de quitter Germaine et il l'avait trouvée plus belle que Marguerite Maloret. C'était une fille trapue, courte sur pattes, mais qui avait du mou dans les rondeurs et qui sentait fort du caraco; elle chaussait un bon 42, elle tiendrait debout par tous les vents et lui ferait de l'usage.

— Va-t'en d'ici ! cria Haudouin. Il n'y a point de place pour toi. Va me remettre ton uniforme.

— Point de place pour moi ? Mais regardez-moi ces gerbes, si c'est mou. Il vous faudra bien six voitures, du volume qu'elles font. Sans compter

qu'elles se vident et qu'il reviendra la moitié de
la moisson sous le râteau. Ce n'est pas du travail
pour Alexis.

Ernest se mit à botteler et Alexis apportait les
javelles sur les liens, tandis que le père, servi par
l'Adélaïde et par Juliette, chargeait les gerbes sur
la voiture. Le travail allait vite, et Haudouin ne
se défendait pas d'admirer son garçon : un dur
sur la besogne, son garçon; il posait la garance et
les épaulettes et, en arrivant sur le champ, il s'y
mettait plus fort que personne.

— Regarde-moi bien, disait Ernest à Alexis.
Pour faire une belle gerbe, ce n'est pas d'être fort
qui compte. Mais quand tu l'as tassée comme il
faut, c'est de ne pas lui laisser de jeu au moment
de serrer. Si tu hésites, si tu tires sur le lien au lieu
de le tordre tout de suite, la paille se regonfle dans
la place que tu lui laisses, et tu n'as rien fait. Un
coup de genou sec, et tu tournes.

Comme les deux garçons se trouvaient à la
hauteur de l'attelage, la fille de Zèphe passa dans
un chemin qui menait aux bois du Raicart. Vêtue
de mousseline rose, elle faisait danser sur son
épaule une ombrelle de la couleur de sa robe.
L'Adélaïde, laissant tomber sa fourche, ragea
entre ses dents :

— Traînée... une ombrelle, maintenant...

Cambré sur sa moisson, Haudouin regardait
avec plaisir cette glissade de fanfreluche vers
l'ombre du bois. Il se tourna vers son garçon pour
voir ce qu'il en pensait. Mais Ernest n'avait même
pas levé les yeux. Courbé sur ses gerbes, il bot-

telait sans arrêt. Haudouin haussa les épaules,
plein de rancune. Dur sur la besogne, son garçon,
oui ; il se mettait au travail comme à la valse.
Mais quand une fille en rose traversait le soleil à
son nez, il ne la voyait pas. Dans le fond, il était
bien comme son oncle Ferdinand...

— Peut-être qu'elle a la lettre dans son corsage,
plaisanta Juliette.

Ernest fit la sourde oreille et se pencha sur
une autre gerbe.

— Vas-tu me la regarder, tout de même ! éclata
Haudouin. Tu n'en vois pas des pareilles à Epinal,
si malin que tu te donnes l'air !

Ernest regarda la fille déjà tout près du bois, et
dit en hochant la tête :

— Ce n'est pas mal tourné, bien sûr. Mais à
quoi que ça peut servir ? à montrer ses cuisses
dans des beuglants de garnison...

— Ecoutez-le... il demande à quoi ça peut servir ! Je vous dis que c'est le vétérinaire tout ficelé !

— Puisqu'il est en bois, dit l'Adélaïde, laisse-le
tranquille.

LES PROPOS DE LA JUMENT

Le vétérinaire redoutait pour ses enfants la
compagnie de leurs cousins de Claquebue et même
de leur oncle Honoré. Ce grand déploiement

d'amour et d'obscénité parmi les gamins du village, et dont il n'avait recueilli autrefois qu'un
butin maigre et honteux, le remplissait d'appré-
hension. Les dimanches où il transportait sa
famille chez son frère, il aurait voulu boucher
les oreilles de tout son monde, mettre un bœuf
sur la langue d'Honoré. Il imaginait Alexis cou-
lant dans l'oreille de son cousin Antoine des sug-
gestions ignobles, sa nièce Juliette dépouillant
Frédéric de sa virginité (avec ce mouvement
balancé qu'elle avait de la croupe quand elle
portait un seau d'eau; il se représentait la chose
et séchait d'une colère rentrée contre Juliette,
contre son fils, et contre Honoré : est-ce que les
parents devraient tolérer des croupes pareilles à
leur fille ?), ou encore les deux plus petits donnant
à Lucienne le guignol de leurs sales exhibitions.
Les périls qui menaçaient des enfants bien élevés
étaient innombrables sur cette plaine tendre comme
une femme en attente; et au bord de la plaine,
dans ses grands bois qui bordaient tout un côté
de l'horizon : denses et sans fond, recélant des
ténèbres humides, il y tiédissait des rêves lascifs
dont la brise apportait le murmure sur les champs.
Quelle saloperie ! Voilà où il conduisait ses enfants le dimanche, des enfants honnêtes, surveillés,
et dont les envies mauvaises s'anémiaient toute la
semaine dans le silence morne des cabinets. Il leur
ouvrait ce champ d'horizon. Il les mettait tout un
jour dans cette grande joie impudique, parmi ces
gens qui vivaient avec leurs bêtes dans une atmosphère de rut, de cuissage et de chiennerie. Fer-

dinand n'inventait rien. Il avait vu avec ses yeux,
et mieux qu'avec ses yeux (après tout, il n'était
pas en bois. Il le regrettait, mais il n'était pas en
bois), il avait vu toute la famille de son frère,
les plus petits en avant, rangés autour d'Etendard,
le taureau, occupé à saillir une vache dans la
cour de la maison. Lui, il était arrivé sans être
attendu, mais personne n'avait seulement détourné
les yeux vers lui. Etendard sautait sur la vache,
lui raclant les flancs entre ses sabots antérieurs,
piaffant de l'arrière et poussant de la culotte, le
collier rentré dans ses formidables épaules, les
yeux jaillis et le mufle bavant. La famille regardait en silence, émue par cette chaleur de bêtes,
suspendue à cette imminence, et quand Honoré
avait saisi la flèche du taureau — non pas du
simple geste auxiliaire qu'aurait eu le vétérinaire,
mais avec une gravité d'officiant, une sollicitude
amie, — et qui l'avait guidée vers la vulve chaude,
un murmure d'admiration était venu à toutes les
lèvres. Ferdinand avait souvent assisté ailleurs à
de tels spectacles, mais en homme du métier,
attentif au seul côté professionnel. Cette fois, la
surprise, l'émotion contagieuse des assistants lui
avaient donné un choc, une sorte d'enthousiasme.
Honteux d'une faiblesse aussi répugnante, il en
accusait l'ambiance de Claquebue et le sans-gêne
de la famille d'Honoré. Si Lucienne avait été là,
songeait-il, c'était le même prix. Il en frémissait
d'horreur. Quel souvenir pour une fille qui fréquentait les cours des demoiselles Hermeline
(pauvres demoiselles, si distinguées, elles ne se

doutaient guère qu'il pût exister de pareils atten-
tats et que l'oncle de leur meilleure élève en
examen de conscience y donnât la main avec
autant de ferveur). Heureusement, Etendard ne
s'employait pas le dimanche, il restait solidement
attaché dans l'étable. Mais les enfants d'Honoré
n'étaient pas attachés et Ferdinand se demandait
avec angoisse ce qu'ils pouvaient bien inventer
pour la perdition de leurs cousins.

La pudeur du vétérinaire s'alarmait mal à
propos. Ses enfants ne pouvaient pas trouver d'en-
seignements funestes à Claquebue; à peine ris-
quaient-ils de prendre chez l'oncle Honoré quelques habitudes de langage un peu hardies à la
convenance de leur père. En effet, le dimanche
était jour de trêve dans la maison d'Honoré
comme sur toute la campagne, une grande syn-
cope des habitudes de la vie quotidienne. La plaine
des labours et des prés perdait pour un jour une
certaine unité de vie que les hommes au travail,
les appels aux bêtes, le murmure de l'effort, l'arroi
des attelages lui prêtaient dans la semaine. Quand
Honoré poussait la charrue dans son champ, il
n'avait qu'à lever la tête pour voir, labourant, les
autres hommes du village, qui multipliaient son
image jusqu'au loin, et il éprouvait un sentiment
de sécurité à être ainsi associé dans le grand effort
de la terre. Le dimanche, la vie se disloquait;
les habitants regardaient la plaine de l'intérieur
des maisons et n'y voyaient plus que leurs propriétés, leurs prés clos. Le jour du Seigneur était
le jour du propriétaire, et ceux qui n'avaient rien

n'en menaient pas large; un jour de comptabilité
où l'on était toujours un peu effrayé des dépenses
qu'on avait faites; jour d'avarice et de retraite
où l'on n'avait envie de donner ni à l'amour, ni à
l'amitié. Il y avait aussi les habits du dimanche
qui ne mettaient pas à l'aise pour faire l'amour
ou pour en parler. Chacun mourait un peu du
lourd désespoir dominical qui menaçait la campagne vide.

Les fidèles circulaient entre les tombes, parlaient des morts qui ne l'étaient jamais tout à fait,
et l'heure de la messe venue, s'en allaient à l'enterrement de leurs péchés. Le curé de Claquebue
montait en chaire, et dénonçait l'inconstance per-
verse de la mode, le danger qu'il y avait pour
ses ouailles à taquiner le démon là où il se dissimulait : la curiosité et le plaisir nuisaient au
travail, à la richesse. Il citait des exemples dans
le pays, donnait les noms. Les époux Journier
s'étaient flattés, à leurs repas de noces, qu'ils abu-
seraient luxurieusement de la permission de Dieu,
et ils étaient devenus si pauvres qu'il n'osaient
même plus paraître à la messe. Ça devait arriver.
Dieu n'a pas révélé le nombre raisonnable des
étreintes conjugales mais c'est justement là où il
attend sa créature. Tout ce qu'on prend en supplément se paie cher sur la terre comme au ciel,
et surtout sur la terre. Le mieux qu'on ait à faire,
le plus commode, en calculant bien, est encore
de s'abstenir tant qu'on peut. Des journées bien
pleines de travail, disait le curé, et par-dessus, une
bonne prière pour faire ronfler, voilà le moyen

d'augmenter son bien, et du même coup, ses chances de paradis. En l'écoutant, les fidèles pensaient à leurs propriétés, les imaginaient écornées, rongées par la luxure, et établissaient des correspondances redoutables entre les soirs de plaisir, la chance des labours et la colère divine. La crainte, le remords, donnaient à leur piété un goût d'amère mélancolie. Pendant toute la journée du dimanche, Dieu se retirait des prés et des champs pour s'installer dans le troupeau des fidèles. Au sortir de l'église, parmi les hommes qui s'égrenaient le long des chemins, plus d'un sentait, sous ses tristes habits du dimanche, la fatigue des jours de travail peser dans ses membres; et cette grande absence sur la plaine lui serrer le cœur et la chair.

Dans la famille d'Honoré, tout le monde éprouvait ce dépaysement du dimanche, et Honoré lui-même, qui n'allait à la messe que deux fois l'an, à Noël et à la Toussaint. Il se flattait de ne croire à Dieu ni diable, accusait le curé de Claquebue d'être un méchant homme, mais se sentait comptable envers lui de ses moments de plaisir et souffrait en secret de ne pas assister aux offices. Il lui semblait qu'en son absence, le curé l'engageât avec le ciel et, dans une certaine mesure, disposât de son sexe. Le dimanche matin, seul à la maison, il lui arrivait parfois de tailler dans un fruit, ou dans une pomme de terre, des figures priapiques; inconsciemment, il les façonnait à la réalité menacée, et sans s'avouer qu'il se livrait ainsi à ces pratiques de sorcellerie d'un usage aussi courant à la ville qu'à la campagne. Son

impression d'un péril était d'ailleurs bien loin
d'avoir cette précision grossière qui vient trop facilement à ma plume; elle demeurait assez confuse
pour ne pas laisser prise à une tentative d'examen
raisonnable. Honoré croyait l'avoir exprimée en
disant qu'il s'ennuyait. Mais il se risquait bien
rarement à disposer contre cette menace occulte
du dimanche, et d'ailleurs, l'atmosphère de la
maison n'y invitait pas.

Les jours simples, Adélaïde avait peu de religion; elle ne souffrait pas d'entendre Honoré faire
des plaisanteries sur les curés et leurs vœux de
chasteté. Mais le dimanche, elle était envahie par
la crainte de toutes les calamités qui peuvent
fondre sur une famille. D'assister à la messe, aug-
mentée de ses cinq enfants, elle était toute la
journée pénétrée de son importance devant Dieu,
de sa vulnérabilité, et renonçait à Satan jusqu'au
lendemain.

Pour Alexis, Gustave et Clotilde, le dimanche
ne présentait qu'un intérêt négatif, celui de ne
pas aller à l'école. Autrement, c'était un jour de
vide et de perfection, une mauvaise copie des
autres jours, triste comme les premiers jours de la
bible quand on n'était pas encore abrité du bon
Dieu qui vous observait du coin d'un nuage, ou
en posant son œil dans un triangle. Ils s'amusaient quand même, mais il leur semblait être
en récréation sous la surveillance d'un maître à
qui rien n'eût échappé. Il n'était donc pas question
de se livrer à des jeux défendus.

Les enfants du vétérinaire, en arrivant à Cla-

quebue, ressentaient vivement qu'ils s'échappaient
des latrines paternelles. Les grands espaces vides
de la campagne ne leur donnaient pas l'impression
que la vie y fût en suspens; ils y voyaient une
grande surface de liberté et en éprouvaient une
ivresse légère qui choquait d'abord leurs cousins.
Frédéric et Antoine, rien qu'à regarder les bois
et la rivière, croyaient un peu aux nymphes et aux
dryades. L'idée complaisante qu'il courait par les
bois des divinités gourmandes de virginités de
collégiens, les reposait des mystères sordides du
corset rose et, lorsqu'ils étaient chez leur oncle
Honoré, ils ne songeaient pas sans dégoût à la
femme de l'agent de police. Les deux frères ne
devaient jamais découvrir de nymphes. Ils n'en
avaient même jamais caressé l'espoir et pourtant
l'après-midi, en allant aux champignons dans la
forêt, ou aux violettes, ou au muguet, ou aux
fraises, ou aux mûres, ils partaient toujours dans
cet état d'excitation du militaire qui sort de la
caserne avec une permission de minuit. Alexis
trouvait que c'était idiot et s'en amusait avec
indulgence; ce qui le gênait davantage, c'était la
sollicitude indiscrète des deux frères à l'endroit
des filles de Claquebue. A la messe et à la sortie
de la messe, ils n'en finissaient pas de les regarder.
Alexis en était honteux, parce qu'il lui semblait
parfaitement invraisemblable qu'une fille pût
avoir du goût pour des garçons aussi ridicules,
qui n'étaient pas habillés comme les gamins du
pays, et qui répondaient en français quand on leur
parlaient patois. Leurs propos mêmes n'avaient

presque pas de sens et laissaient paraître combien
ces collégiens étaient peu sensibles à la qualité
d'atmosphère du dimanche. Alexis n'avait point
d'hostilité, il ne les méprisait pas non plus d'être
puceaux, mais ils avaient une façon de parler des
filles, ou de lui demander de les présenter (présenter !) qui lui causait une vive souffrance. Alors,
oubliant qu'il avait l'avant-veille troussé une fille
dans les prés de la rivière, il prenait la mine
vertueuse et offensée d'un sacristain égaré en mauvaise compagnie.

Lucienne goûtait à Claquebue une détente
agréable. A la maison, ou chez les demoiselles
Hermeline, l'exploration des mystères réservés
était un braconnage difficile. Il fallait dissimuler
sa curiosité aux parents, aux maîtresses, réunir
patiemment des observations, hésiter entre des
hypothèses, revenir sur certaines idées, interpréter des conversations, et sans se rendre coupable
de persévérance dans le péché. A Claquebue, au
contraire, il lui semblait que le livre des mystères
fût ouvert à chacun, elle en entendait bruire les
feuillets au vent de la plaine et se sentait à chaque
instant sur le point de faire une découverte. Elle
ne découvrit jamais rien.

Le vétérinaire, qui passait la plus grande partie
de ses dimanches dans la compagnie d'Honoré où
il avait plus d'une raison d'être scandalisé, ne
soupçonnait pas la réserve pudique de ses neveux
en face de leurs cousins de la ville et, toujours
porté aux pires suppositions, imaginait des saletés
qui lui donnaient la fièvre. Il était entretenu dans

cette méfiance par certains sourires de complicité qu'il surprenait entre Juliette et Frédéric. Les choses n'étaient d'ailleurs pas aussi graves qu'il le craignait : Frédéric, qui fut toujours d'une extrême prévoyance, avait en son âge tendre pris l'habitude de poser la main sur la poitrine de Juliette. La fillette était alors parfaitement plate et le geste n'alarmait personne. Quand Juliette eut quatorze ans, Frédéric commença d'être récompensé de sa persévérance et, trois ou quatre ans plus tard, elle-même y prit plaisir. Son cousin avait un joli visage qu'elle aimait embrasser, mais elle n'accorda jamais rien d'important. Malgré quelques privautés, il y avait de l'un à l'autre autant de distance qu'entre leurs deux familles.

XII

Le vétérinaire arrêta son landau devant la famille d'Honoré, et informa d'une voix attristée :

— Philibert Messelon est mort. Nous venons de l'apprendre en passant.

Honoré ne dit pas un mot, mais dans son indignation que le vieux eût avancé sa mort d'une semaine il sauta sur le siège à côté de Ferdinand, prit les guides, le fouet, fit un virage sur deux roues, et cogna du manche sur le cheval noir. Juliette, qui était montée sur le marchepied pour saluer sa tante Hélène, fut emportée au galop sans pouvoir descendre, ni s'asseoir dans la voiture.

— Vieux salaud ! rageait Honoré, je voudrais bien savoir ce qui l'a pris.

— Mais parce qu'il était malade, tout simplement...

— On va voir, on va voir.

Un mugissement de douleur sortait par toutes les ouvertures de la maison de Philibert. Les douze Messelon et les voisines de bonne volonté

criaient que le meilleur homme de Claquebue
était mort, le meilleur époux, le meilleur père,
le meilleur voisin, le plus habile à mener la charrue, les semailles, les moissons, le bétail et la
commune. Lorsque la veuve de Philibert eut dis-
tribué des mouchoirs à ses fils, à ses brus, à ses
petits-enfants, la douleur de la famille fit un
vacarme de pistons et de cors de chasse. Dans la
cour, le tumulte était d'autre sorte; accourus au
bruit de la mort de Philibert, les plus enragés
d'entre les cléricaux de Claquebue s'y entretenaient des destinées de la commune. Les Maloret, les Dur, les Rossigneux, les Bonbol, les Rousselier, après un regard et un coup d'eau bénite
sur le cadavre, s'exaltaient en parlant du conseil
municipal, de la mairie, du général Boulanger, et
des bouleversements heureux qui allaient surve-
nir. Zèphe lançait la nouvelle que la barbe du
saint Joseph en pierre, dressé devant l'église, avait
poussé de cinq centimètres dans la nuit, et il y
voyait le signe que la mairie allait passer au parti
de l'ordre et de la décence.

En arrivant chez les Messelon, Honoré entendit la rumeur infâme des calotins. Sans perdre la
tête il arrêta la voiture au ras de la fenêtre, sauta
du siège dans la cuisine, courut au placard
prendre l'entonnoir qui servait à couler le boudin et, l'embouchant comme il eût fait d'un
porte-voix, hurla par deux fois :

— Nom de Dieu, de nom de Dieu de bordel
de merde !

Surpris, les cléricaux crurent entendre la grande

voix de la République et se mirent à craindre.
Zèphe Maloret fut le premier à se ressaisir. Décidé à la lutte, il monta sur le fumier, mais Haudouin prit l'avantage en criant le premier :

— Vive la France !

— Vive l'Alsace-Lorraine ! riposta Maloret.

Et Haudouin se mordit les lèvres de n'y avoir
pas pensé.

— Vive l'Armée !

— Vive l'Armée !

— C'est moi qui l'ai dit le premier !

— Non, c'est moi !

Alors, Haudouin tendit bien habilement un
piège à son adversaire.

— Vive la Patrie ! dit-il.

— Vive la Patrie ! répéta Maloret.

— Vive le Drapeau !

— Vive le Drapeau !

— A bas l'Allemagne !

— A bas l'Allemagne !

— A bas l'Angleterre !

— A bas l'Angleterre !

— A bas la calotte !

— A bas la calotte ! répéta Zèphe Maloret em-
porté par son élan.

Un rire à cent cinquante voix ébranla toute la
maison, et une tuile tomba du toit sur la tête de
la famille Dur qui se mit à saigner du nez. Dans
son cornet à boudin, Honoré riait comme plusieurs personnes, lorsqu'un long cri d'angoisse et
de terreur partit de la chambre mortuaire :

— Philibert a bougé ! Il a cligné de l'œil !

Haudouin laissa tomber son entonnoir au milieu de la cuisine et courut dans la chambre en exultant.

— Je me doutais du coup ! J'aurais parié qu'il n'était pas mort ! J'en étais sûr !

Mais tout aussitôt, il perdit l'avantage qu'il venait de prendre sur Zèphe. Un mort qui ressuscite déçoit toujours un peu son monde. Non seulement les cléricaux, mais les Messelon eux-mêmes se refusaient à admettre que le vieux fût en vie, et pour des raisons de famille qui étaient presque toutes excellentes.

— Il est mort, affirmait l'aîné des Messelon, mon mouchoir est trempé.

— Il est mort, oui ! criaient les autres Messelon et tous les cléricaux.

— Bien sûr qu'il est mort, ajoutait Maloret en descendant de son fumier. D'abord, il a la majorité contre lui.

— Il a cligné un œil, que je vous dis ! On l'a vu cligner un œil ! rugissait Haudouin.

— On n'est pas là pour chercher la petite bête, ripostait l'aîné des Messelon. Il est mort et puis c'est tout.

— Parfaitement qu'il est mort !

Honoré ne pouvait plus se faire entendre et regrettait d'avoir lâché son entonnoir. Juliette et son cousin Antoine étaient descendus de voiture pour crier avec lui, mais c'étaient des voix de mineurs, presque sans portée. Heureusement, Alexis et son frère le fantassin, et ensemble les meilleurs républicains de Claquebue, alertés par

le cornet à boudin, venaient rétablir l'équilibre.
Rassuré de ce côté-là, Honoré parvint à se frayer
un passage jusqu'au chevet de Philibert; mais le
vétérinaire y fut en même temps que lui et, après
avoir tâté le cadavre, déclara :

— Il est froid, il est raide, il est mort. Voyez
plutôt : je lui fais des chatouilles dans le nez avec
mon cure-dent et il ne sourit même pas.

Les Messelon furent secoués par une tempête
de joie qui rebondit dans la cuisine et dans la
cour. Honoré, profitant de cette effervescence, fit
signe aux Berthier, aux Corenpot, et à d'autres
républicains éprouvés, qui se pressèrent autour
de lui. Alors, il se pencha sur le mort, lui prit
la main et lui dit à l'oreille :

— Vous m'avez joué un tour, Philibert, mais
n'en parlons plus. Au lieu de vingt-cinq sous par
jour, ce sera trente-cinq sous.

Le mort ne bougea pas.

— Quarante-cinq sous, dit Haudouin.

Il crut sentir une pression de la main de Philibert, mais si légère qu'il en douta.

— Cinquante-cinq sous...

Il ne sentit rien et dit avec colère :

— Pour la dernière fois, Philibert, je vous
offre trois francs cinq sous. Il n'y a personne du
pays qui gagne autant.

Alors, les républicains de confiance observè-
rent un sourire sur les lèvres d'Honoré, cependant qu'il chuchotait encore, mais sans impatience.

Dans la cour, Zèphe Maloret tenait toute la

commune en haleine avec la barbe de saint Joseph qui avait, premier miracle, poussé de cinq centimètres dans la nuit.

— Elle mesurait quinze hier soir, et ce matin, elle mesurait vingt. Tout le monde peut y aller voir. Je passais tout à l'heure avec ma chienne qui portait d'au moins six semaines, même que j'en étais bien ennuyé, à cause qu'elle s'était fait couvrir par un corniaud. En voyant la barbe qui avait poussé, j'ai eu l'idée d'y frotter ma chienne à l'endroit que vous savez, et c'est ce qui me l'a dégonflée d'un seul coup.

Les cléricaux acclamaient saint Joseph, et en même temps Maloret qu'ils promenaient à la mairie. Il y avait même des républicains qui commençaient de faire leur examen de conscience politique, et Honoré, comme si le courage lui eût manqué, se contentait de faire observer, d'une voix sans éclat, que saint Joseph était le patron des cocus. Passant auprès de Juliette, il lui fit signe de le rejoindre dans le jardin, et là, lui dit :

— Pendant que j'amuserai le vétérinaire, saute sur le siège du landau et va-t'en rejoindre Guste Berthier sur la route. Il sait la suite.

— Mais la tante Hélène est restée dans la voiture avec Lucienne.

— Tant pis, emmène-les. Tu les feras descendre au cimetière et tu resteras avec elles en attendant Berthier.

Juliette, pour ne pas quitter le jardin en compagnie de son père, fit quelques pas dans une allée. Passant devant une planche de haricots, elle entendit un rire étouffé et vit son cousin Frédéric, assis sur un tas d'herbes sèches, qui tenait Marguerite Maloret par le cou.

— Il est gentil, ton petit cousin, dit la fille à Zèphe, il a la peau douce.

L'œil en feu et les joues écarlates, Juliette considérait ce couple rieur et narquois. Elle ne répondit pas à Marguerite, mais happant Frédéric par le bras, elle le fit se lever, lui donna deux soufflets et le poussa devant elle. Frédéric se débattit, voulut lui échapper. Elle le ceintura et lui mordit, en s'y attardant un peu, la nuque qu'il avait tendre.

— Je suis bien libre, protestait le cousin. D'abord, elle est mieux que toi.

— Une roulure, sifflait Juliette. Elle me paiera ça.

— Elle a plus de nichons que toi.

— Est-ce que tu veux encore une paire de claques, dis ?

— Et puis, elle ne demandait pas mieux...

— Allons, file.

Ils arrivaient dans la cour, toute bourdonnante des mérites de saint Joseph. Juliette fit monter son cousin dans le landau et, prenant elle-même la place du cocher, poussa l'attelage sur la route.

— Je vous conduis au cimetière, dit-elle à la tante Hélène, j'ai pensé que vous aviez envie de prier sur nos tombes.

Elle arrêta le cheval auprès de Guste Berthier qui prit les rênes en main, et ils s'entretinrent à voix basse jusqu'au cimetière où les Haudouin descendirent.

— Je vais jusqu'à la mairie, dit Guste Berthier, je vous prendrai en repassant.

Pendant que la tante Hélène priait sur les tombes de ses beaux-parents et que les cousins mesuraient la barbe de saint Joseph, Juliette passait en revue les Maloret défunts qui avaient trois tombes alignées au bord de l'allée, à quelques pas des Haudouin.

— Vieux cochon, dit Juliette au grand-père Maloret, vous voilà en enfer, hein ? C'est bien fait. Vous savez ce que ça coûte de mener la honte avec ses filles, maintenant. Vous regrettez, mais il est trop tard.

Le vieux en était tout confus, avec ses six pieds de terre sur le ventre. Juliette passa à l'autre tombe, celle de la Tine Maloret, une sœur du grand-père.

— Etes bien pareille que la fille à Zèphe, mais bougez pas. Elle finira comme vous. En enfer, oui, et c'est vous qui lui aurez montré le chemin.

— On en a dit bien plus long qu'il n'y en avait, soupira la Tine. Tu sais comme le monde cause...

— Alors, ce n'est pas vrai que vous avez fait la vie avec votre père, et après, avec un huissier ? Allons, tout de même !

Il restait un garçon de Zèphe qui avait décédé dans sa cinquième année. On ne pouvait pas lui reprocher grand-chose à ce gamin. Il avait une toute petite tombe, sans autre garniture qu'une

croix, et un cœur en émail blanc, portant
l'inscription : *Il est au ciel*. Juliette murmura
simplement :

— Au ciel ? je voudrais voir ça.

Puis elle pria Dieu de vouloir bien maintenir
tous les défunts de la famille Maloret au plus
chaud de l'enfer. Quant aux vivants, elle s'en
arrangerait.

La tante Hélène remontait en voiture lorsque
le curé de Claquebue sortit du presbytère pour
se rendre chez Messelon. Elle lui offrit de prendre place dans le landau, et le curé, qui craignait d'être en retard pour sa messe, accepta son
invitation.

— J'ai posé un paquet sous la banquette,
dit Berthier, je vous demanderai d'y faire attention.

C'était un paquet volumineux, soigneusement
emballé. On n'y avait épargné ni les journaux, ni
la ficelle.

— Je le prends sur mes genoux, dit le curé,
soyez tranquille.

Chemin faisant, il s'informait auprès de
Mme Haudouin de la santé du vétérinaire et des
études des enfants. Lucienne l'informa qu'elle
venait d'être première en examen de conscience,
mais il l'en félicita sans chaleur. Il réprouvait à
part lui le zèle de Mlle Bertrande, n'aimant pas
qu'elle appliquât aux choses de l'âme les méthodes de la botanique. Comme la voiture approchait de chez Philibert, les voyageurs entendirent
une grande clameur.

— Saint Joseph et Boulanger ! criaient les cléricaux.

Le curé commençait d'être inquiet. Son arrivée
apaisa le tapage, et la famille Dur l'instruisit aussitôt des grands miracles de saint Joseph. Le curé
parut peu enthousiaste. Il n'était pas révolutionnaire pour un sou et avait horreur des miracles.
Pourtant, il ne voulut pas infliger, en présence
des républicains, un démenti formel à la famille
Dur.

— Saint Joseph peut beaucoup, dit-il, mais il
a la réputation d'un saint très réservé. D'autre
part, on n'est jamais assez prudent, et, avant de
rien affirmer à son sujet, je vous conseille d'attendre que sa barbe lui descende jusqu'à la ceinture...

Les Messelon, qui s'étaient avancés à sa
rencontre, soupiraient en se tamponnant les
yeux :

— De toute façon, monsieur le curé, ce n'est
pas lui qui nous rendra le défunt.

— Il faudrait un bien grand saint, mes enfants,
un bien grand saint.

Le curé descendit de voiture et entra dans la
maison sans lâcher le paquet dont il avait la
garde. Dans la chambre mortuaire, Berthier le lui
prit des mains, et ôtant le papier qui l'envelop-
pait, fit apparaître le buste en plâtre de la République. Le curé ne put dissimuler un mouvement
de dépit. S'étant approché du lit, Berthier inclina
le buste en plâtre sur le visage du défunt pour
un froid baiser. Un murmure d'étonnement et

de réprobation courut parmi les spectateurs, mais Honoré, embouchant son bon cornet à boudin, qu'il avait retrouvé dans la cuisine, cria d'une voix éclatante :

— La République n'oublie jamais ses vieux amis ! Vous allez voir comment c'est qu'elle va nous refoutre le Philibert d'aplomb !

En effet, au troisième baiser de la République, le vieux battit des paupières et se dressa sur son oreiller. Un chant grave et magnifique jaillit de toutes les poitrines républicaines. C'était la *Marseillaise*. Des femmes éclataient en sanglots, et la famille Rousselier, qui avait compté jusqu'alors parmi les plus fermes soutiens de la réaction, reprenait au refrain.

Après les actions de grâces, Philibert fut pressé de questions.

— Comment ça fait quand on est mort ?

— Qu'est-ce que tu te pensais, d'être mort ?

Le vieux en était un peu étourdi. Il attendit que le bruit eût diminué et répondit d'une voix fluette :

— Je me suis trouvé en paradis vers les huit heures du matin et rajeuni de cinquante ans, comme vous pensez. C'est un endroit plaisant où il y a de la fraîcheur et de la distraction. Le vin y est presque pour rien, comme aussi les autres choses de la gueule. Le bon Dieu s'est montré bien honnête, et pas fier comme il y en a qui voudraient le faire croire. « Puisque vous arrivez, Philibert, qu'il m'a dit, je m'en vais faire un tour de paradis avec vous. » Comme ça, vous savez, gentiment, pour me montrer ce qu'il fallait voir. C'est bon, nous voilà partis en causant tous les deux, moi pas plus gêné que si je causais à Dur, ou à Corenpot, tellement qu'il sait mettre les gens à leur aise. Pour dire juste, il n'y avait pas grand monde dans le paradis, et c'est peut-être ce qui m'a le plus surpris. De chez nous, je suis sûr qu'ils n'étaient pas plus d'une vingtaine. Il y avait des Berthier, des Haudouin, des Corenpot, des Coutant, et d'autres aussi, mais personne de ceux que je m'attendais à rencontrer. « C'est pourtant drôle que je fais au bon Dieu, mais je ne vois pas le père Dur. — Il est en enfer, mon enfant. — Je ne vois pas la mère Rossigneux. — En enfer. — Ni les trois filles Bœuf. — En enfer... » et ainsi de suite tant que je disais. C'est finalement que j'ai su le pourquoi de l'affaire, et qu'il n'entre au paradis que des personnes aux opinions avancées. Vous me direz que c'est dommage pour plus d'un, et j'en ai eu de la peine aussi, mais la chose se comprend bien : on ne peut tout de même pas espérer d'être récompensé au ciel quand on a, pendant toute sa vie, manqué de respect à la République qui est notre mère à tous que nous sommes...

— Comédie ! Foutaise ! s'écria le curé. C'est une manœuvre !

Le curé prétendait contester le miracle. Mais Honoré donna du cornet à boudin. Dans une robuste clameur, la République militante acclama la République triomphante, et quatorze familles, désabusées, renièrent aussitôt leurs convictions réactionnaires.

Tandis qu'une affluence nombreuse présentait au vieux ses compliments de résurrection, le vétérinaire, éperdu, les jambes molles et la gorge sèche, souffrait une horrible angoisse. Aux cris de « Vive la République ! », il approuvait d'un mouvement de tête, tout en implorant du regard le pardon de Zèphe Maloret. Il crut pouvoir introduire dans le tumulte le nom du général Boulanger, mais la langue lui fourcha et il ne put que chevroter :

— Vive saint Joseph...

Ce que voyant et entendant, Honoré l'emporta sous son bras et le déposa dans son landau. Mais Ferdinand n'avait pas fini de gravir son calvaire. Dans la voiture, pleine à craquer, qui ramenait les deux familles Haudouin à la maison, Juliette querellait son frère Ernest, lui faisant honte de ce qu'il n'eût pas achevé la déroute des Maloret par le succès d'une galante entreprise :

— Tu repars ce soir, et tu n'auras rien fait pour leur reprendre la lettre ! Une lettre que Marguerite cachait sûrement dans son corsage !

— Voyons, Juliette, protesta l'oncle Ferdinand, comment peux-tu tenir un pareil langage en présence des enfants...

— Les enfants ? ricana Juliette, mais demandez donc à Frédéric où je l'ai trouvé tout à l'heure ? Dans le jardin des Messelon, je l'ai trouvé, et couché par terre, et les bras autour du cou de la fille aux Maloret !

En hâte, le vétérinaire dégrafa son faux col et murmura faiblement :

— Toutes les *Bucoliques* à copier... entièrement... et privé de tout...

Puis la douleur et l'indignation lui rendirent de la voix. Il s'écria :

— Petit malheureux ! la maîtresse de tu sais bien qui ! Il a embrassé la maîtresse de tu sais bien qui ! Il l'a prise par le cou ! Et moi qui me donne tant de mal, moi qui fais tant de sacrifices, moi qui me saigne aux quatre veines ! moi...

Honoré, qui conduisait la voiture, arrêta le cheval pour prendre la défense de Frédéric.

— C'est du bruit pour presque rien. S'il n'a fait que l'embrasser...

— Mais comment le savoir, s'il n'a fait que l'embrasser ? Frédéric, tu vas me donner ta parole d'honneur que... enfin, ta parole d'honneur.

Frédéric donna sa parole, jura sur les têtes de ses frère et sœur, et sur la médaille de première communion qui pendait au cou de Lucienne. Le vétérinaire fut un peu rassuré.

— Tu comprends, dit-il à Honoré, combien cette affaire peut être ennuyeuse. Justement, M. Valtier doit venir à Claquebue jeudi. A ce propos, j'ai quelque chose à te demander. Valtier m'écrit qu'il voudrait voir sa protégée.

— Ça ne me gêne pas.

— Bien sûr, mais il ne peut pas la voir chez ses parents; les gens s'étonneraient peut-être, et d'autre part, il n'aurait pas la liberté de lui par-

ler comme il l'entend. C'est pourquoi il me demande de la rencontrer chez toi.

— Non, répondit Honoré, ma maison n'est
pas...

— La chose ne surprendra personne. Je l'amè-
nerai dans mon cabriolet, jeudi à trois heures,
et Juliette ira chercher Marguerite chez elle,
comme elle irait chercher une amie.

— Je ne demande pas mieux, dit Juliette avec
douceur, il faut bien se rendre service.

Par signes, elle pressait son père d'accepter,
mais Honoré se débattait encore.

— Ils n'ont qu'à aller dans les bois faire leurs
saletés.

— Mais s'il pleut ? objectait le vétérinaire.

— Ils prendront des parapluies, c'est leur affaire... Ah, tu fais un joli métier, maintenant.

— Honoré, tu me crucifies... Tu sais bien que
Valtier peut être utile aux enfants, à Frédéric
surtout...

Honoré, pour son plaisir, se fit prier longtemps et, sur les instances de sa fille, accepta
d'abriter les amours du député.

Juliette considérait avec une joie ironique son
joli cousin qui mâchait sa rancune contre l'heureux Valtier. Elle dit à l'oncle Ferdinand :

— Vous ne punirez pas ce pauvre petit Frédéric. Il a déjà assez de chagrin...

— Il me copiera les *Bucoliques,* déclara le vétérinaire. J'exige que l'on ait de la conduite, et
c'est un point sur lequel je serai toujours in-
traitable.

XIII

La mère, voyant qu'il était six heures et demie, alla réveiller Gustave et Clotilde. Tout en les faisant sauter à bas de leurs lits, elle leur reprochait leur paresse : comme s'ils ne pouvaient pas se lever tout seuls. Elle qui avait déjà tant d'ouvrage, il lui fallait encore s'occuper de ces gamins-là. Pendant qu'elle disait, Gustave affectait de siffler avec insolence, et c'était une attitude convenue.

— M'man, il siffle, disait Clotilde.

— Attends seulement que je l'attrape, tu vas voir si je vais te le calotter.

C'était le seul moment de la journée où Adélaïde prît le temps de jouer avec ses enfants. Elle courait après Gustave, lui barrait la porte en donnant la main à Clotilde. Quant il était pris, on faisait semblant de le fesser ou de lui tirer les oreilles. Dans le temps, la mère les emmenait à la cuisine en les portant tous les deux, un sur chaque bras. A présent, elle disait qu'elle ne pouvait plus. Parce qu'ils avaient grandi, elle ne pou-

vait plus. Elle n'aurait pas demandé mieux que
de les porter. Même, elle se plaignait de les trouver si grands (c'est qu'ils étaient grands pour
leur âge). Elle voyait qu'avec ceux-là, c'était
comme avec les autres. Elle les avait portés tant
qu'elle avait pu, et puis ils étaient devenus trop
lourds. Mais comme ils étaient les derniers,
qu'elle n'en aurait peut-être plus maintenant, à
son âge, elle en portait encore un, celui qui avait
les yeux tristes, ou chacun à son tour. Et, des
fois, elle les portait tous les deux.

— Vous allez déjeuner, et vous vous en irez
garder les vaches. Maintenant qu'Alexis travaille
avec son père, c'est vous qui menez les bêtes tous
les jours, ma foi. On vous les donne parce que
vous êtes raisonnables. Si vous étiez des mauvais sujets comme il y en a, on ne vous les don-
nerait pas.

Après qu'ils eurent déjeuné, l'Adélaïde détacha les vaches et surveilla le départ du troupeau.
Le chien courait d'une vache à l'autre, maintenant l'ordre et la direction, et sa présence rassurait un peu la mère. Elle n'était jamais tranquille
de les savoir, si petits, sur les prés et près de la
rivière.

— Ne causez pas au Tintin Maloret. S'il vous
dit quelque chose, restez près de Prosper Messelon.

— Oui, m'man.

Ils étaient loin, elle cria encore à Gustave :

— Et pense que tu es le plus grand !

Elle rentra dans sa cuisine et décida qu'elle

allait mettre à profit un moment de tranquillité
pour nettoyer la salle à manger. Elle se mit au
travail avec rancune en songeant que, le lendemain, Marguerite Maloret se rencontrerait là
avec le député Valtier. Après avoir frotté les
meubles, elle ôta le globe de la pendule et fit
reluire le bronze doré avec un chiffon. Comme
elle se plaignait sur les pieds de l'Agriculture et
de l'Industrie, elle vit sur le socle de marbre des
traces de poussières qu'elle effaça aussitôt. Il était
surprenant que la poussière se fût introduite sous
le globe de verre; sans doute, après l'avoir sou-
levé, n'avait-on pas pris garde à le remettre dans
sa rainure. Par précaution, l'Adélaïde poussa le
chiffon entre la pendule et son support. En le
retirant, elle amena la lettre du vétérinaire. Sa
première pensée fut qu'il s'agissait d'un billet
doux dissimulé par Juliette, ou même par Alexis.
Elle en eut un frémissement de joyeuse curiosité et lut à mi-voix : « Mon cher Honoré. — Le
cheval noir a été pris de coliques au commencement de la semaine... »

Elle lisait difficilement, n'ayant guère l'habitude d'un tel exercice, et le sens des phrases ne
lui apparaissait que lentement. Il lui fallut plus
de vingt minutes pour arriver à la signature. Elle
ne ressentit pas cette allégresse qu'aurait dû lui
procurer un revirement aussi heureux de la situation entre les Haudouin et les Maloret.

— Après tout, Honoré a raison, soupira-t-elle,
cette affaire-là le regarde. Moi je ne veux rien
savoir.

Elle glissa la lettre sous la pendule, donna encore un coup de chiffon à l'Agriculture et à l'Industrie, puis replaça le globe de verre en prenant soin de faire entrer la section dans la rainure.

La fille de Zèphe, robe bleue et tablier à fleurs, sortit du bois une heure avant midi, et Honoré, qui travaillait sur la plaine avec sa fille et son garçon, devint attentif. D'un pas dansant, elle traversa le Champ-Brûlé en diagonale et, sautant le fossé, toucha la route en face de la maison des Haudouin. Honoré dit à Juliette :

— Elle va chez nous, qu'il me semble.

— A cause de son rendez-vous avec le député, je suppose.

— Rentre donc à la maison. J'ai peur que ta mère ne la reçoive de travers. Quand on a accepté de recevoir les gens, il faut être convenable avec eux. Tâche d'être aimable...

— C'est mon intérêt, dit Juliette, s'il faut que je devienne sa belle-sœur un jour...

— Va toujours. On en causera une autre fois.

Les craintes d'Honoré n'étaient pas vaines. Lorsque l'Adélaïde, occupée au jardin, vit venir la fille de Zèphe, elle se promit un plaisir cruel. Sans se presser, elle acheva de remplir sa corbeille de haricots et gagna la cour. Marguerite vint à sa rencontre et la salua avec modestie :

— Je suis venue vous donner le bonjour, Adélaïde. Je vois que vous allez toujours bien.

L'Adélaïde s'arrêta, feignant une admiration

exagérée, tandis qu'elle regardait la robe et le tablier à fleurs.

— Tu es bien belle, ma petite. Je vois que tu as su choisir un bon métier, à Paris.

Marguerite sourit, sans aucune gêne apparente, tourna sur elle-même pour se faire mieux voir, et reprit :

— Je suis venue pour l'affaire que vous savez.

L'Adélaïde était au courant, mais elle voulut jouir de la confusion de Marguerite :

— Pour l'affaire ? Tiens donc, quelle affaire ? Raconte-moi voir ça...

— Je dois rencontrer M. Valtier chez vous demain après-midi... Mais je n'aurais peut-être pas dû vous le dire puisque Honoré vous l'avait caché...

— Ah, c'est pour le député ? Oui, ça me revient maintenant : on a tant de soucis que ces bêtises-là nous sortent facilement de l'idée. Tu n'auras qu'à venir attendre ton député dans la salle à manger, et si l'envie le prend de s'amuser un coup, le gamin vous mettra une botte de paille à l'écurie. On ne veut pas t'empêcher de gagner ta vie, tu le penses bien.

La fille de Zèphe rougit, fit un effort pour se contenir, puis la colère l'emporta :

— C'est trop gentil de votre part, Adélaïde, mais je ne vous demande pas de nous prêter votre lit !

Aussitôt, l'entretien s'anima. Lorsque Juliette survint, sa mère prédisait à Marguerite qu'elle n'aurait pas toujours le derrière en joie, car la pourriture ne tarderait guère à s'y mettre. D'autre part, la fille de Zèphe feignait de croire que son derrière fût plus propre que la bouche de l'Adélaïde. Juliette se mit entre les deux femmes, embrassa Marguerite et dit paisiblement :

— Il est temps que j'arrive. Vous alliez vous disputer.

— C'est un peu de ma faute, convint Marguerite qui s'était déjà ressaisie. Je me suis peut-être mal expliquée.

L'Adélaïde puisa, dans un certain regard de sa fille, la force d'une volonté diplomatique.

— Ce n'est pas un endroit pour causer non plus, avec le soleil qu'il fait...

— C'est vrai, dit Juliette, entre donc un moment, Marguerite.

— Je vous laisse toutes les deux, dit la mère en s'éloignant. Vous entrerez dans la salle à manger. Le feu va sous la lessiveuse depuis le matin et il fait presque aussi chaud dans la cuisine que dans la cour.

La fille de Zèphe examinait avec une curiosité déférente la salle à manger où les Maloret n'avaient jamais pénétré. Tout en expliquant à Juliette l'objet de sa visite, elle admirait le buffet, la table ronde, les chaises cannelées et la pendule dorée, sans songer à leur opposer les meubles d'acajou que Valtier lui avait achetés. Montrant les deux portraits accrochés au-dessus de la cheminée, elle demanda :

— C'est des grands hommes ?

— Oui, dit Juliette. A droite, c'est Jules Grévy
et à gauche, c'est Gambetta.

— Et la jument verte ?

— Elle était là entre les deux. Maintenant, elle
est à Saint-Margelon, chez mon oncle Ferdinand.
Si tu veux voir la photographie...

Juliette prit dans le meuble un album cartonné
qu'elle feuilleta sur la table. Aux premières
pages, Marguerite avisa un franc-tireur coiffé
d'un képi en galette, et crânement appuyé, sur
le canon de son fusil.

— C'est ton père ?

— Oui, dit Juliette.

— Il est bien, Honoré, fais voir encore... il n'a
presque pas changé.

— Il y a pourtant plus de quinze ans, mais
c'est vrai qu'il n'a presque pas changé.

Marguerite regrettait de n'être pas venue une
heure plus tôt, elle aurait voulu s'attarder à toutes
les pages de l'album. Elle fit le tour de la pièce
pour en saisir tous les aspects et dit en s'arrêtant devant la cheminée :

— Tu sais, la pendule est arrêtée...

Juliette regarda le bronze doré, et le cœur lui
battit un peu en songeant que la lettre était là.
Marguerite promenait ses doigts sur le globe,
n'osant pas avouer son désir de remonter le mouvement.

— Alors, dit Juliette, M. Valtier sera là demain après-midi à une heure et demie ?

— Mais non, à trois heures, et sûrement pas

plus tôt. Il doit partir de Saint-Margelon avec ton oncle après le déjeuner.

— A une heure et demie, affirma Juliette en rougissant. Mon oncle nous l'a écrit hier. Si tu veux, j'irai te chercher vers une heure.

Marguerite sourit et prit Juliette par la taille.

— Ce sera la première fois que tu seras venue me chercher, hein ? Quand on allait en classe, je t'attendais sur la route au bout du chemin de chez nous et, quand tu étais passée, tu posais une pierre au pied du premier pommier. Mais tu ne m'attendais jamais, toi...

Sa voix était douce, et Juliette se laissait aller contre le tablier à fleurs, regardant avec une tendre surprise les yeux rieurs de la fille de Zèphe.

— Des fois, on revenait de classe toutes seules, chuchota Marguerite, on passait par le sentier d'entre les haies, tu te rappelles...

Sa joue effleura la joue de Juliette, elle arrondit les bras pour la prendre par le cou, d'un mouvement prompt. Juliette, les joues en feu, eut la tentation de s'abandonner, mais elle repoussa Marguerite et, ses bras bruns tendus, la maintint à distance.

— Il va être midi. Ne te mets pas en retard.

Marguerite, battant des cils, essayait de pousser au bord de ses paupières des larmes qui venaient mal. Elle murmura :

— Alors, tu viendras me chercher, c'est convenu... tu auras au moins l'occasion de voir Noël. Tu l'aimes, hein ?

Juliette laissa retomber ses bras et fit mine de s'éloigner.

— Allons, tu peux bien me le dire, insista Marguerite. Tu l'aimes...

— Et Valtier, tu l'aimes ?

La fille de Zèphe se mit à rire.

— Oh moi, ce n'est pas pareil. Tu sais ce que je suis et ta mère ne me l'a pas envoyé dire, tout à l'heure...

Soulevant ses jupes, elle découvrait ses bas de fil et la fine dentelle de sa culotte, rit un peu plus haut et ajouta :

— Mais je n'en plains pas, tu peux me croire.

Juliette et sa mère regardaient Marguerite disparaître au tournant de la route quand Honoré entra dans la cour. Alexis aidait Gustave et Clotilde à pousser les vaches dans l'écurie. L'air préoccupé, Juliette rendit compte à son père de la visite de Marguerite.

— Je n'ai jamais vu de fille aussi effrontée, commentait l'Adélaïde. Il fallait l'entendre comme elle me parlait, avec une manière de nous mener tous ! C'est qu'ils se croient tout permis, depuis que la lettre de Ferdinand leur est tombée entre les mains...

— Elle ne doit pas être au courant, dit Honoré. Je serais bien surpris que Zèphe lui ait tout dit, prudent comme il est.

— Il faut croire qu'elle le sait... tu n'as qu'à demander à Juliette comment elle me traitait.

— Bien sûr, qu'elle sait, approuva Juliette. La preuve en est que tout à l'heure elle m'a dé-

mandé ce que je pensais faire à propos de Noël
et avec des airs de me commander... Enfin, il n'y
a rien à dire. Ils ont la lettre, ils s'en servent.

Haudouin mordait furieusement sa moustache
en grommelant de sourdes menaces. Clotilde et
ses deux frères s'étaient approchés et suivaient
passionnément la conversation.

— Ils profitent de ce qu'Ernest n'est plus là,
dit perfidement Alexis, et qu'il n'y a plus personne pour leur répondre.

Son père abaissa sur lui un regard dangereux
qui le fit reculer, mais Clotilde informait avec
aisance :

— Papa, tout à l'heure, le Tintin Maloret a
essayé de me toucher sous la robe.

L'Adélaïde poussa un cri d'effroi. On fit cercle
autour de la petite qui répéta :

— Il a essayé de me toucher.

— C'est vrai, Gustave ? rugit le père. Mais
cause donc !

— Je ne sais pas, moi, balbutia Gustave qui
paraissait ennuyé. Je n'ai pas bien vu. Ça se peut,
mais je n'ai pas bien vu...

Il sentit que sa réponse causait une déception
et se hâta d'ajouter :

— Je n'en serais guère étonné tout de même.
Le Tintin est comme ça... Il n'en est pas à se
gêner de se déculotter devant les filles, et alors
ça, je peux dire que je l'ai vu.

Cette dernière accusation valait pour tous les
galopins de la prairie, et aussi bien pour Gustave, mais elle fut accueillie par un murmure

d'horreur. L'Adélaïde prit la fillette dans ses bras et lui promit qu'elle ne retournerait pas aux prés. Clotilde, qui n'avait pas prévu cette éventualité, voulut revenir sur sa déclaration, mais la mère l'emporta dans la cuisine en couvrant le bruit de sa voix.

Haudouin demeurait immobile, pétrissant ses mains dures, et promenait sur la plaine brûlée par le soleil un regard de fauve. Juliette s'approcha et lui dit à mi-voix :

— J'ai dit à Marguerite que j'irais la chercher demain à une heure pour qu'elle soit là à une heure et demie.

LES PROPOS DE LA JUMENT

A Claquebue, les familles étaient quatre-vingt-quinze. Il y avait les Dur, les Corenpot, les Rousselier, les Haudouin, les Maloret, les Messelon... Mais je suis bien obligée d'en passer. La haine ou l'amitié, d'une famille à l'autre, se donnaient divers prétextes : d'intérêts, d'opinions politiques, religieuses. En réalité, ces sentiments reflétaient surtout certaines dispositions sensuelles. Le curé de Claquebue le savait bien. Dans sa politique des âmes, il se souciait beaucoup de l'humeur amoureuse des familles, lesquelles il rangeait en trois catégories et comme je dis : les

unes qui avaient une manière pas catholique de
songer ou de se livrer aux plaisirs de l'amour;
ces familles-là étaient perdues pour l'Eglise, et
leurs meilleurs individus, même s'ils étaient d'une
grande piété, représentaient encore un danger
pour la religion. Les autres, à l'opposé, s'adon-
naient aux joies mauvaises de la chair avec la
modestie qu'inspire la crainte de Dieu; c'étaient
des familles tourmentées qu'il maintenait à peu
d'efforts dans le vrai chemin; leurs individus,
portés par le bon courant, pouvaient se laisser
aller presque sans péril aux plus noirs péchés :
ces fautes-là n'étaient jamais que des écarts. Enfin, entre ces deux pôles, et à des degrés divers,
les familles hésitantes, tirées à hue et à dia, qui
s'abandonnaient, se reprenaient, retombaient; elles
étaient le plus grand nombre et avaient besoin
de toute sa sollicitude.

Le curé était seul à apercevoir que les familles de Claquebue avaient leurs physionomies
sexuelles particulières, qu'il groupait en trois catégories pour la commodité de sa tâche. Les familles n'en avaient qu'une connaissance instinc-
tive, de même que les individus. Pourtant, quand
Honoré Haudouin disait des Maloret qu'ils
étaient tous des cochons, il ne les qualifiait pas
au hasard, il dénonçait, sans le savoir précisément, une disposition sensuelle qui n'était pas
celle de sa famille et qui le choquait.

Les membres d'une même famille — et par
famille, il faut entendre maison — pouvaient
n'avoir pas les mêmes goûts en amour, le père

préférer les blondes ou les grasses, les fils les
brunes et les maigres; chaque maison, comme si
elle eût été une seule chair, ressentait certaines
attirances ou certaines aversions, en face d'une
autre maison. A cet égard, le cas de Haudouin
et des Maloret n'avait donc rien d'exceptionnel.
Il n'en manquait pas d'autres pour attester, avec
moins d'éclat il est vrai, la perspicacité du curé
de Claquebue. Dans le milieu du village, la maison des Dur était voisine de celle des Berthier.
Les Dur (des enragés de la soutane, les Dur)
avaient un garçon et deux filles. Le fils Dur avait
défloré une fille de Berthier et en gardait un
souvenir voluptueux. L'aînée des deux filles manifestait une aversion sincère pour les Berthier
mâles, et la cadette, âgée de quatorze ans, accor-
dait des rendez-vous au vieux Berthier, septua-
génaire tordu par les rhumatismes, qui n'en-
treprenait rien de profond. D'apparence, les
membres de la famille Dur étaient prévenus assez
différemment à l'égard des Berthier. N'empêche.
Quand le père Dur, fulminant contre les Berthier, maudissait cette racaille révolutionnaire, il
était assuré d'être entendu par tous ses enfants;
aucun d'eux ne se méprenait sur le sens de cette
apostrophe qui réveillait une méfiance, une rancune de famille. Tous, ils se sentaient menacés
dans un patrimoine sexuel, une communauté de
petites cochonneries, une manière bien à eux de
s'entretenir tout bas avec leurs désirs, de les filer
dans l'ombre comme la pudeur voulait. Ils se
sentaient menacés par une certaine façon cynique

des Berthier, qui n'était pas seulement dans leurs
propos ou dans leurs regards, mais dans leurs
silences mêmes. Chez ces gens-là, les hommes
avaient toujours l'air de porter leurs calibistris
en bandoulière, comme des fusils de chasse, et
l'on ne pouvait pas s'empêcher de penser que
leurs femmes étaient nues sous les habits. Les
Dur en étaient humiliés; il leur semblait que
la famille Berthier eût le soupçon de tout ce
qu'ils se pardonnaient de médiocres saletés.

Racaille révolutionnaire, disait le père Dur.
Mais il s'agissait bien de politique. Il s'agissait
bien d'aller ou de ne pas aller à l'église. Les premiers Berthier qui avaient renâclé à la messe, de
même que les premiers Messelon qui s'étaient
proclamés républicains, avaient voulu manifester
d'abord qu'ils se séparaient de certaines habitudes
de faire l'amour ou de l'imaginer. Quand Berthier s'emportait contre les Dur, et leurs allures
de cafards, il avait toujours une injure de choix
qui intéressait la région du siège, et l'intonation
qu'il mettait dans le mot « réactionnaires » signifiait surtout son mépris pour des amours qu'il
soupçonnait d'être ridicules. D'ailleurs, tous les
républicains (je vous parle d'il y a quarante-cinq
ans, quand les opinions politiques étaient encore,
à Claquebue, une question d'épiderme), tous les
républicains soupçonnaient leurs adversaires non
pas d'être impuissants, puisqu'ils se reprodui-
saient, mais de fonctionner à un régime diminué, avare. De leur côté, les réactionnaires les
considéraient comme des dévorants, des fréné-

tiques de la bagatelle, des imprévoyants de l'au-
delà, et ils éprouvaient un sentiment de jalousie,
comparable à celui d'une femme honnête pour
une fille qui prodigue son ventre.

Racaille révolutionnaire (le père Dur). Cafards
de réactionnaires (Berthier). Mon œil. Mon œil
de jument. Comme s'il était possible, entre deux
familles, de se regarder, chien et chat, pendant
soixante ans de vie, sans autre raison allante que
de politique ou de confessionnal. Des Berthier,
des Dur, des Corenpot, des Rousselier, qui suent
seize heures par jour sur la terre, qui n'attendent
rien que de la peine de leur corps, n'ont pas le
temps de regarder l'Eternel ou la politique étrangère avec une loupe. A Claquebue, les convictions sincères, religieuses ou politiques, naissaient
dans le bas du ventre; celles qui poussaient dans
la cervelle n'étaient que des calculs, des ruses pro-
visoires qui n'engageaient ni la haine, ni l'amitié; on en changeait à l'occasion, comme le vieil
Haudouin savait le faire. Les gens sautaient sur
le radicalisme, sur le cléricalisme, le royalisme
ou le général Boulanger, comme ils sautaient sur
le prétexte d'une borne mitoyenne, pour affirmer que, dans leurs familles, on s'entendait à
faire l'amour d'une certaine façon. Les Messelon se montraient enragés pour l'Alsace-Lorraine,
la chasse aux tyrans et aux curés, parce que
c'était pour eux une manière de faire l'amour;
pour le vieux Philibert, c'était même la seule, et
il en usait jusqu'à fin de souffle.

Au temps que j'étais à Claquebue, j'ai connu

Etendard, un taureau du vieil Haudouin (dont
tous les taureaux de la famille devaient par la
suite s'appeler Etendard), un taureau primé au
concours. De la place d'honneur où j'étais accrochée entre Jules Grévy et Gambetta, je l'ai ad-
miré bien souvent, et parfois dans le vif de ses
fonctions. Tout ce qu'il voyait bouger, tout ce
qui était d'une couleur un peu violente le rendait furieux, et il fallait alors le tenir serré pour
l'empêcher de foncer. Etendard entrait dans sa
huitième année quand le grand-père Haudouin
se décida à l'engraisser pour la boucherie, et Ferdinand vint tout exprès de Saint-Margelon pour
le castrer. Huit jours plus tard, je voyais passer
l'animal devant les fenêtres de la salle à manger. Pauvre Etendard... il n'y avait plus qu'un
bœuf de mardi-gras. Les gamins passaient sous
son nez, le chien courait dans ses jambes, et on
eût déployé devant lui toute une pièce d'étoffe
rouge qu'il n'en aurait pas ruminé moins paisiblement. Etendard n'avait plus d'opinions politiques.

Je n'ai parlé des Dur, des Berthier, et d'Etendard que pour me faire entendre plus commo-
dément à propos des Haudouin et des Maloret.
Avant 70, il n'y avait jamais eu entre eux un
sujet de querelle. Ils ne s'étaient jamais disputé
ni un champ, ni une femme. A l'occasion, lorsqu'ils se rencontraient, ils n'échangeaient que des
paroles courtoises, sinon amicales. La haine était
surtout dans l'intérieur des maisons, où chacun
se sentait plus près de ses habitudes d'amour,

plus près de ses habitudes familiales. Il y avait des soirs, tous les Haudouin réunis dans la cuisine, où le nom des Maloret, incidemment prononcé, faisait naître la sensation d'un péril rôdeur venu de la maison ennemie; la chair était comme en attente d'une étreinte sournoise, déplaisante, mais que l'on espérait un peu. Cette sensation, toujours brève et fuyante, faisait surgir des images inquiétantes et confuses. La famille Haudouin se représentait certaines attitudes, non pas de Zèphe, ou de Noël, ou de l'Anaïs, mais de la famille Maloret, et c'était une vision hors de toute réalité habituelle. Quand le vieil Haudouin disait des Maloret qu'ils étaient des drôles de corps, il n'aurait pu préciser les raisons de sa méfiance, mais ses paroles touchaient toute la maison.

Ce qui avait contribué à éloigner Honoré de la messe, et qui gênait sa femme et ses enfants, c'était la présence des Maloret à l'église. Ils s'en allaient à la Sainte Table comme des dévorants, toujours les premiers levés de leurs bancs, en bloc, en famille. Les premiers, ils arrivaient, toujours pour avoir le dessus, et, en revenant à leurs places, ils avaient l'air d'avoir accaparé le bon Dieu, de le tenir coincé dans leurs estomacs, de le compromettre pour se ménager des indulgences d'alcôve. Cela paraissait très clair pour les Haudouin, et Honoré traduisait assez cette impression des siens, lorsqu'il racontait, en veine de plaisanterie, comment Zèphe Maloret avait défloré sa fille :

— Le jour que je te parle, il rentrait des vêpres avec sa Marguerite, et de l'avoir vue au banc des filles, avec ce commencement de corsage qu'elle avait de l'année passée, ça lui avait donné des idées, au Zèphe. Arrivé chez lui, il dit à sa femme :

« — Anaïs, va-t'en donc porter un poulet à M. le curé, que ça lui fera plaisir, à cet homme. Moi, de ce temps-là, je vas montrer à la petite des affaires qui pourront lui servir plus tard, quand elle comprendra mieux.

« L'Anaïs dehors, mon Zèphe pousse la Margot vers le fond de la cuisine, et le voilà à se déculotter, et la mignonne à sangloter.

« — Papa, n'avez peut-être pas pensé que j'étais des enfants de Marie ?

« Le Zèphe n'était déjà plus bien fier et il se grattait la tête en retenant sa culotte d'une main. Tu sais comme il est du côté de la religion, c'est l'homme qui ne badine jamais; et c'était délicat, ce coup que sa fille était des enfants de Marie.

« — Je prends tout sur moi, qu'il dit en lui mettant le cul nu. Fais ta prière et prie pour moi.

« La petite avait récité déjà tout un chapelet de prières, et lui commençait de s'impatienter.

« — As-tu fini, tout de même ?

« — Encore un petit *ave*, mon papa...

« Un *ave* se passe, qu'elle traînait du plus qu'elle pouvait en reniflant ses larmes.

« — Viendras-tu, ce coup-là ?

« — Encore un petit *pater,* mon papa.

« — C'est bon, que dit Zèphe en l'empoignant : Au nom du père... »

Les détails étaient inventés, mais correspondaient parfaitement à l'idée qu'on se faisait dans la famille Haudouin de cette hardiesse tortueuse des Maloret qui lui semblaient ne se livrer jamais aux plus regrettables dépravations qu'avec le consentement de Dieu. Le vétérinaire lui-même, qui ne faisait pas partie de la maison, et bien qu'il n'écoutât pas sans rougir, ni protester, une histoire aussi scabreuse, y trouvait quelque chose de satisfaisant.

Jusqu'en 70, les deux familles n'avaient donc que des avertissements obscurs, intermittents, sur la qualité particulière de la haine qui les séparait. Le premier, Zèphe en eut la révélation précise lorsqu'il rencontra la patrouille allemande. Ce détachement aux angles nets, qui venait sur lui au pas cadencé des demi-bottes, l'impressionna par sa puissance masculine. Songeant aux rumeurs de pillage et de viol qui couraient dans le pays, il se représenta la maison des Haudouin où deux francs-tireurs venaient de s'introduire furtivement; elle lui apparut faible, vulnérable comme une femme tourmentée par un mensonge honnête, et il vit une occasion pour un mâle. L'envie lui vint, soudain et violente, de jeter ces hommes sur la maison, de leur remettre son désir d'humilier les Haudouin en plein ventre. Zèphe ne voulait pas la mort d'Honoré,

et s'il avait eu le temps d'y réfléchir, il ne l'eût
pas dénoncé. Mais quand le chef du détachement
l'interrogea, la réponse lui vint sans qu'il pût la
retenir. Honoré fut vivement affligé du malheur
où sa mère avait été réduite, et plus encore d'en
avoir été le témoin. Toutefois, le fait en lui-
même ne prenait pas à ses yeux les proportions
d'une catastrophe, et il était bien loin de penser
que sa mère fût déshonorée, compte tenu du plaisir qu'elle avait pris avec le Bavarois. Il aurait
même simplement relégué le souvenir de cette
affaire, en la rangeant parmi les hasards de la
guerre, si la dénonciation de Zèphe n'en avait
été l'origine. Car Honoré ne s'y trompait pas.
Si absurde que cela pût paraître à la réflexion,
il sentait que la trahison avait été liée à une
intention de violence sexuelle, et qu'elle n'avait
même pas eu d'autre fin. Sans pouvoir s'en expliquer, il était persuadé que la famille Maloret
s'était donné le plaisir de forcer sa mère par
délégation.

Mme Haudouin, la victime, avait été seule à
se confesser. Zèphe n'avait pas jugé à propos
de s'accuser, songeant qu'en toute cette affaire,
il s'était borné à dire la vérité au Bavarois, ce
qui était à son avantage, car il n'y a point
de pieux mensonge, même par omission. Le
curé de Claquebue, suffisamment informé par
la mère d'Honoré, n'ignorait pas la haine qui
couvait entre les deux familles et qui menaçait de se résoudre par un conflit et peut-être
par un scandale. Après mûre réflexion, il n'avait

trouvé aucun prétexte d'intervenir ou de prévenir, et il en était bien fâché. Il se bornait à faire
des vœux pour le triomphe de la famille Maloret, qui appartenait à la catégorie de tout repos,
et il appelait sur elle la bénédiction de bon Dieu.

XIV

A midi et demi, l'Anaïs et sa fille débarrassaient déjà la table. Tintin regardait avec envie
son père et son frère, nus jusqu'à la ceinture,
qui se faisaient la barbe de chaque côté de la
fenêtre. Dans un coin de la cuisine, l'Anaïs avait
étendu deux chemises propres sur le lit. Zèphe
posa son blaireau sur le rebord de la croisée et
dit en regardant sa fille :

— On aurait bien besoin d'acheter un cheval.

Marguerite, à mi-voix, entretenait sa mère de
la salle à manger des Haudouin. Zèphe insista :

— Si j'avais de l'argent de libre, sûrement que
j'achèterais un cheval.

Marguerite feignit de croire que le propos ne
la concernait pas. Zèphe précisa sa pensée en
l'associant à une proposition déjà débattue en
famille :

— C'est comme la place de facteur, il faudra
lui dire ce qui est. Déodat est en âge de prendre
sa retraite et Noël ferait le service aussi bien
qu'un autre.

— Mais puisque je vous ai promis d'en parler,
dit Marguerite avec un peu d'impatience.

— Il ne suffit pas d'en parler, il faut décider
la chose. C'est comme pour le cheval...

— Vous ne pensez tout de même pas qu'il
va vous acheter un cheval ?

Le père, choqué par le tour trop précis qu'elle
donnait à cette suggestion, ne répondit pas et
repassa son rasoir sur le plat de sa main. L'idée
que sa fille allait disposer tout un après-midi du
député lui donnait la fièvre. Il reprit après un
silence de décence :

— Il y a des choses qu'il faut que tu com-
prennes quand même. Depuis que tu es là, on
a des frais, c'est forcé.

— Je vous paie largement...

— Il n'est pas question de payer. Mais on a
des frais. Le travail va moins fort, les habitudes
sont changées, on est obligé de manger autrement : tout coûte. Il faut regarder aussi qu'on
t'a élevée... Sans que ça paraisse, les choses
vont vite. Moi, je te parle d'un cheval comme
je te parlerais d'une vache ou de n'importe quoi,
mais un cheval, tu en profiterais aussi bien que
nous...

Il promena le rasoir sur sa joue gauche. Noël,
de l'autre côté de la fenêtre, en était à la joue
droite. L'Anaïs regardait sa fille avec mélancolie. Elle aurait voulu défendre contre la rapacité
du père des amours qu'elle imaginait tendres et
magnifiques, mais le seul bruit des rasoirs courant sur la peau des mâles l'emplissait de crainte.

Avant de passer à la joue droite, Zèphe dit encore :

— Pour un bureau de tabac, informe-toi
quand même. Après tout, je le mérite autant que
bien d'autres. J'ai trois enfants et je peux encore
en avoir. J'ai perdu mon père, moi, et un garçon presque tout élevé. Enfin, il faut savoir
expliquer. Si on ne demande rien, on n'a rien.
Et puis, il y a peut-être autre chose qu'un bureau de tabac, c'est justement à toi de te ren-
seigner.

La mère avança d'un pas vers la fenêtre, et
s'entremit d'une voix timide :

— Au lieu de tant lui demander tout de
suite, tu ne crois pas qu'il vaudrait mieux d'attendre qu'ils soient mariés...

Noël, le rasoir en l'air, se tourna vers sa sœur
en ricanant :

— Mariés ? L'année qu'on moissonnera à la
Chandeleur !

Zèphe le regarda en fronçant les sourcils.
Aussi bien que Noël, il savait à quoi s'en tenir
sur l'intérêt que Valtier portait à Marguerite,
mais il ne voulait pas l'entendre dire. D'ailleurs,
il imposait en toutes circonstances cette même
discrétion, sachant d'expérience que les situations
les plus douteuses ne gênent pas pourvu qu'on
en parle avec précaution. Zèphe connaissait le
prix de la politesse et pouvait, toute sa vie,
feindre d'ignorer que son voisin eût commis un
crime. Chez lui, on parlait toujours de Valtier
comme s'il était le fiancé de Marguerite. La for-

mule, d'un usage commode, ne trompait que l'Anaïs; encore la mère ne croyait-elle pas qu'il s'agît de fiançailles, mais d'une liaison sentimentale, avantageuse pour sa fille, et que les différences sociales empêchaient seules d'être officiellement consacrée.

Les deux hommes passèrent leurs chemises propres et, en attendant l'arrivée de Juliette, s'assirent de chaque côté de la fenêtre, gênés de se sentir aussi propres un jour de semaine.

— On croirait qu'ils sont chez le photographe, fit observer Marguerite.

L'Anaïs, qui n'avait jamais été photographiée, et qui rêvait depuis la veille de l'album des Haudouin, se le fit décrire encore une fois.

— Est-ce qu'Alexis est dedans ? demanda Tintin.

— Bien sûr qu'il y est, répondit sa sœur, ils y sont tous, même les vieux qui sont morts.

— Je voudrais bien le voir leur album, dit l'Anaïs.

Zèphe n'était pas moins curieux que l'Anaïs, il interrogeait sa fille, essayait d'imaginer les groupes d'après ses souvenirs, commentait.

— Jules, c'était un malin et un dur. Son garçon Honoré ne lui ressemble guère.

— Honoré, je l'ai vu plusieurs fois dans l'album. Il y a une photographie où il est en franc-tireur.

Zèphe se leva pour faire passer un souvenir gênant.

— Vous n'avez pas été franc-tireur, vous, lui dit Tintin avec une nuance de regret.

— Moi, franc-tireur ? ricana Maloret, ma foi non. Des crapules qui passaient leur temps à marauder et à se soûler, voilà ce que c'étaient, les francs-tireurs. Tellement qu'ils en on fait, le monde aimait mieux voir arriver les Prussiens. A Chassenay, il paraît qu'ils ont passé trois jours à mener la vie dans l'église avec des garces de Saint-Margelon. Et orgueilleux de la chose d'avoir un fusil, donc ! Honoré se trouvait à son affaire de courir la plaine avec des bandits comme ceux-là. S'il n'a pas été fusillé, il l'a bien mérité cent fois...

— Tout de même, protesta l'Anaïs, Honoré n'est pas le mauvais garçon.

— Je dis qu'il l'a mérité ! et il a mérité pire, et qui lui pend au nez, et qui lui arrivera...

Zèphe eut un rire silencieux et ajouta en baissant la voix :

— Mais oui que ça lui arrivera... on va peut-être pouvoir en causer avec sa Juliette, dites ?

Il rit encore de son petit rire dangereux. Marguerite en eut les joues chaudes, elle rit à son tour, et regardant le père :

— Vous dites, mais c'est pour dire. Vous ne serez pas si fier tout à l'heure...

Noël se leva et fit un pas vers son père; on croyait qu'il allait parler, il reprit sa place et demeura muet. Il y eut dans la cuisine un moment de silence. Tous les Maloret avaient chaud jus-

qu'aux oreilles. D'une voix brève, le père ordonna
à Tintin :

— Va-t'en, tu n'as rien à faire ici.

Le gamin voulut gagner du temps, un regard
de Zèphe lui fit prendre la porte. La mère
sortit presque aussitôt après lui, un panier
au bras. Assise sur un coin de la table,
Marguerite écouta décroître le bruit de ses pas,
puis elle murmura en portant les mains à son
corsage :

— Elle est devenue bien belle et jolie fille. Hier
matin, dans leur salle à manger, je l'ai tenue
contre moi, vous savez, tout contre moi...

Quittant le chemin des pommiers, l'Anaïs s'engageait sur la route. Juliette Haudouin, qui arrivait à la hauteur de chez Messelon, l'appela, d'une
voix qui portait loin. L'Anaïs rougit et pressa le
pas. Au deuxième appel, elle tourna la tête, mais
sans s'arrêter.

— Je suis que je vais en commission ! cria-t-elle
en balançant son panier à bout de bras.

— Marguerite ?

— Elle t'attend chez nous !

Dans la cour des Maloret, Juliette vit les persiennes de la cuisine fermées. Elle les ouvrit d'un
geste brusque et vit les deux hommes, assis de
chaque côté de la fenêtre, qui lui tournaient le
dos. Ils se levèrent en même temps, ennuyés d'être
surpris dans cette attitude d'attente.

— Je vois que vous vous êtes faits beaux, dit
Juliette en riant.

Elle les regardait avec une affectation de curio-

sité amusée. Zèphe ne parut pas y prendre garde
et proposa d'un air affable :

— Entre donc un moment. Marguerite n'a pas
fini de s'habiller. Ne reste pas à l'attendre au
soleil.

Noël approuva son père d'un signe de la tête.

— Je n'ai pas peur du soleil, dit Juliette, mais
puisque vous vous êtes faits si beaux pour me
recevoir, je ne veux pas rester dehors.

Abandonnant la fenêtre, elle se dirigea vers la
porte qu'elle poussa d'un geste nonchalant. Quand
elle fut dans la cuisine, les persiennes étaient déjà
refermées, et son cœur battit un peu.

— Par ces chaleurs, dit Zèphe, on est obligé de
se garder au frais.

Les deux hommes se tenaient debout près de
la fenêtre, dans l'ombre, elle ne distinguait que les
taches claires de leurs chemises.

— Assieds-toi, dit Noël en poussant une chaise
devant lui, tu ne vas pas rester debout...

Juliette refusa, d'un mot aimable. La voix de
Noël l'avait surprise par un accent de douceur,
accordé au mystère de la pénombre. Elle se sentit
troublée par la présence de ces deux hommes
aux gestes lents, par cette tranquillité d'eau pro-
fonde qui régnait dans la cuisine noire et fraîche.
Oubliant son orgueil de plein soleil, elle s'aban-
donnait à une promesse audacieuse. Noël, dans
un lent murmure, parlait de la chaleur qui accablait la plaine. Les chemises claires demeuraient
immobiles. Juliette craignit l'heure qui passait,
la timidité des deux hommes, elle fut prise de

panique à la pensée qu'ils allaient peut-être laisser échapper une proie à demi vaincue. N'osant pas les provoquer par des paroles qui l'eussent sans doute éveillée de sa torpeur heureuse, elle désira pourtant leur faire comprendre son trouble. Après Noël, Zèphe parlait des moissons engrangées, et Juliette écoutait le bruit de leurs voix alternées qui emplissaient la cuisine d'un ronronnement égal. Silencieuse, elle fit trois pas vers le fond de la pièce où elle distinguait le rabat du drap blanc sur la couverture du lit. Elle fit une halte. Les deux hommes demeuraient à leurs places. Elle glissa trois autres pas, atteignit l'extrémité de la longue table et murmura :

— Il fait bon chez vous.

Lorsqu'elle fut au pied du lit, les chemises claires bougèrent à l'autre bout de la cuisine. Elles se déplaçaient avec lenteur et faisaient aussi des haltes. Tout en marchant, les deux hommes continuaient de parler, du même débit monotone et doux. Juliette, tassée dans le coin au pied du lit, les voyait s'avancer, chacun d'un côté de la table. Sans impatience, mais complice et heureuse, elle laissait passer entre ses lèvres une plainte légère qui semblait une invite. Pourtant, lorsque les deux hommes furent au bout de la table, elle appela :

— Marguerite !

Zèphe eut un ricanement et murmura :

— Oui, oui, appelle Marguerite, appelle.

Juliette dit encore :

— Marguerite...

Ils étaient près d'elle. Noël lui prit la tête entre
ses deux mains; elle le repoussa, mais Zèphe lui
serra l'épaule si brutalement qu'elle sentit sa chair
meurtrie par les ongles. Il lui pressait la poitrine
de son autre main et répétait d'une voix sourde :

— Tiens, appelle donc Marguerite...

Tendre et rageur, Noël la tirait par les cheveux
et lui murmurait à l'oreille des mots violents. Elle
sentait courir sur son corps des mains dures qui
la palpaient, s'attardaient, s'exaspéraient. Zèphe,
d'un geste pressé, releva la jupe et la jambe de
pantalon; dans l'ombre, la chair blanche apparut
aux deux hommes qui se penchèrent, tête contre
tête avec des rires d'angoisse et d'impatience. Sans
lâcher les cheveux de Juliette, Noël porta la main
entre les jambes du pantalon et tira la jeune fille
vers le chevet du lit, tandis que le père la poussait,
lui maintenant les bras à la taille et haletant :

— Tout de même, hein, tout de même...

— Laissez-moi, gémit Juliette. Je ne voulais
pas... je vous jure que je ne voulais pas...

Elle songea à Honoré, à la maison qui l'attendait, une honte brûlante l'envahit. Elle eut un
sursaut robuste; Noël reçut un coup au visage
qui le fit hésiter, mais, rageur, il se ressaisit, et
d'un seul élan la jeta sur le lit. Juliette, fermant
les yeux, la gorge soulevée par un sanglot de
honte et de plaisir, attendait la défaite, lorsqu'on
entendit frapper à la porte. Les Maloret lâchèrent
leur proie, et s'écartèrent du lit, le cœur serré par
la peur. Juliette sauta sur ses pieds et cria :

— Entrez ! Entrez !

Alors, Déodat poussa la porte et dit :
— Le bonjour vous va, c'est le facteur.

Et il rit, parce que c'était bien le facteur. Il n'entrait pas par hasard, il était venu chez les Maloret parce que c'était son métier de facteur. Le matin, il était parti pour Valbuisson et il était revenu posément, d'un bon pas de facteur, avec des lettres plein son sac. Entre chez Dur et chez Corenpot, il avait pissé un coup dans la haie, sans en avoir seulement bien envie, et ces minutes-là s'inscrivaient à un compte précieux (une supposition qu'il soit arrivé trop tôt). Mais lui ne le savait pas, il ne savait rien de rien, ce n'était pas son métier. Les bons facteurs ne savent jamais, ils pissent dans les haies, voilà tout. Après il était entré chez Berthier, chez Rusillon, et il avait pris le chemin des pommiers, comme il devait. Les bons facteurs entrent dans les cuisines, ils disent : « C'est le facteur » et les filles sont délivrées de malice. C'est parce qu'ils font bien leur métier.

Zèphe et son garçon étaient enragés de la peur qu'il leur avait faite, mais lui les regardait tranquillement avec ses yeux de porcelaine.

— Je suis en retard, dit-il, mais le train avait plus de retard que d'habitude. J'ai une lettre pour Marguerite.

Juliette, tout en ajustant son chignon, regardait sa grosse tête ronde qu'il portait sur ses épaules, comme tout le monde; dans le moment, il la penchait à gauche pour mieux voir dans son sac, soi-disant pour mieux voir, mais en réalité et tout simplement parce qu'il était bon.

— Déodat, mon ami de vrai, êtes un bien beau facteur !

— Je fais mon métier, dit Déodat tout doucement. Marguerite n'est pas là ?

Zèphe avançait la main pour prendre la lettre.

— Elle finit de s'habiller, dit Juliette. Je voudrais que vous restiez dans la cour avec moi pour l'attendre. Vous lui donnerez sa lettre.

— A ton idée, petite, et à vous revoir, vous deux. Le bonjour à l'Anaïs.

Juliette claqua la porte sur les Maloret, puis s'étira dans le soleil.

— Déodat, je vous aime bien.

— Il faut faire attention, petite, murmura le facteur.

— Vous savez, ce n'est pas de ma faute.

— Il faut faire attention, voilà tout. Un jour que tu avais cinq ans — je dis bien, cinq ans — tu t'étais sauvée, tu pleurais entre les bois sur la route de Valbuisson, et moi je t'avais ramenée par la main, en faisant ma tournée. Si elle était encore d'ici, la femme se rappellerait aussi bien que moi. Elle t'avait donné une poire. Du poirier donc qui était au coin de la maison, tu sais bien, les poires Curé. La femme les aimait.

Marguerite sortit de la maison et embrassa Juliette.

— J'ai une lettre pour toi, dit le facteur.

Après l'avoir lue, Marguerite la glissa dans son corsage, et tous trois descendirent le chemin des pommiers. Quand le facteur les eut quittées, Marguerite dit à Juliette :

— Tu n'as pas eu de chance qu'il arrive juste au moment... tu comptais déjà que ça y était, hein ?

— Tu sais bien que je ne voulais pas, et la preuve en est que vous aviez pris vos précautions.

— On ne veut jamais, et puis on est bien contente de ce qui arrive, quand ce n'est pas de notre faute.

— Parle pour toi, si tu veux, dit Juliette avec colère.

— Mais non, ce serait plutôt pour toi, justement... Moi, je ne suis pas si compliquée. Je sais que tu t'es mis en tête de me faire coucher avec ton père, eh bien, j'y vais, parce que ça me fait plaisir. Sans compter qu'Honoré sera content aussi, et je le comprends...

Juliette rougit, et Marguerite ajouta, pleine de rancune :

— Avec une femme comme la sienne, l'amour ne doit pas être gai tous les jours.

— Si tu crois que tous les hommes sont comme chez toi, tu te trompes. Mon père se fiche bien de ce que tu me dis...

— D'abord, c'est à voir. Et puis, pourquoi es-tu venue me chercher à une heure, alors ? puisque Valtier ne devait arriver qu'à trois heures.

— Non, pas à trois heures. A une heure. J'ai fait ce que mon oncle Ferdinand m'a dit de faire.

Marguerite tira de son corsage la lettre que le facteur lui avait donnée.

— Je viens de recevoir un mot de Valtier. Voilà ce qu'il me dit : « Ma chère petite fureur. —

Ton gros député ne pourra pas être à Claquebue jeudi après-midi à trois heures, comme il était convenu... » Tu vois ? et il me dit de le rejoindre à Paris où on l'appelle plus tôt qu'il n'avait pensé. Mais il dit bien : trois heures.

— Alors, tu pars demain ? demanda Juliette gênée.

— Non, pas demain. On ne voyage pas un vendredi. Je partirai samedi matin, et bien contente. Il n'est pas drôle, tu sais, le pays natal. Une jolie fille n'y a pas souvent ce qu'elle mérite, surtout dans le moment de la moisson. Tu ne dois guère t'amuser, toi ?

Juliette haussa les épaules.

— J'y pense, dit-elle, puisque ton député ne vient pas, ce n'est plus la peine que tu te déranges.

— Maintenant que nous voilà presque arrivées, je ne veux pas m'en retourner sans donner le bonjour à Honoré.

Comme elles entraient dans la cour de la maison, Haudouin les salua depuis la fenêtre de la salle à manger, et Marguerite fit observer à Juliette :

— Je vois que ton père a mis une chemise propre, lui aussi.

XV

Très à l'aise de savoir ses joues rasées de frais, Honoré se pencha par la fenêtre et fit à Marguerite un large sourire d'accueil.

— Le député a écrit qu'il ne viendrait pas, déclara Juliette d'une voix tremblante de colère, mais Marguerite a voulu venir quand même, à croire qu'elle est encore plus enragée que le Zèphe, et ce n'est pas rien !

Haudouin, frappé par l'éclat de son regard, fut pris d'une inquiétude soudaine, et interrogea :

— Zèphe ?

— Demandez donc à sa fille, elle vous le dira peut-être.

Juliette s'en alla dans la grange où sa mère savonnait une lessive en espérant des événements.

— Qu'est-ce qu'il y a eu ? demanda Haudouin. Nom de Dieu, si je savais...

— Mais rien du tout, répondit Marguerite, soyez tranquille de ce côté-là. Noël lui aura pincé le bras pendant que j'avais le dos tourné. Vous

voyez que ce n'est pas bien grave... Dites-moi donc
d'entrer, il fait chaud dehors.

Sans attendre la réponse d'Honoré, elle le rejoignit dans la salle à manger, poussa le verrou de
la porte et ferma la fenêtre.

— Je ne ferme pas les persiennes, dit-elle, j'aime
bien voir ce que je fais.

Honoré oubliait déjà les questions qui se pressaient sur ses lèvres une minute plus tôt. Il était
devenu faible comme une bête. Marguerite ôta sa
robe, son jupon et son cache-corset, sans qu'il
trouvât rien à lui dire. Elle apparut à peine vêtue
d'un corset d'où émergeait la fine chemise à trou-
trou nouée d'un ruban bleu, et d'un pantalon
très court dont la broderie laissait voir les bas
presque jusqu'au-dessus du genou. Honoré tournait autour d'elle; il tendit les mains pour la
saisir; elle lui échappa et courut à la cheminée.

— Je vais remonter la pendule, j'aime bien savoir l'heure.

Il la suivit, le regard attaché à la ligne cambrée
du corset.

— Je n'aurais pas cru que tu étais si forte de
par là, murmura-t-il.

Marguerite souleva le globe de verre et chercha la clef derrière le dos de l'Agriculture.

— Elle est peut-être perdue, dit Haudouin,
laisse donc.

— On l'aura plutôt mise là-dessous.

Elle glissa la main sous la pendule et tira une
enveloppe.

— Voilà le facteur, dit-elle en riant, car elle

pensait au vrai facteur, celui qui faisait tranquillement son métier.

Honoré prit la lettre, impatienté par ce contretemps. Il la parcourut, tandis que Marguerite, qui avait découvert la clef, remontait le mouvement :

« Mon cher Honoré : le cheval noir a été pris de coliques au commencement de la semaine... »

Il comprit dès la première ligne et mit la lettre dans sa poche. D'abord stupéfait, puis amusé par les circonstances de la découverte, il regardait Marguerite avec plus de liberté d'esprit. En voyant un bout de chemise qui passait par une fente du pantalon comme une queue d'épagneul, il dissimula un sourire. Il était devenu assez maître de lui pour s'accuser de sa faiblesse d'une minute. Il songeait à la colère de sa fille, aux paroles qu'elle avait prononcées. Peut-être les Maloret s'étaient-ils montrés plus audacieux que la fille de Zèphe n'avait voulu l'avouer. En tout cas, il y avait eu quelque chose, l'attitude de Juliette le disait assez. Honoré se reprocha sa légèreté qui avait failli le jeter dans les bras de cette gamine en corset.

— Avec les Maloret, on devrait toujours avoir sa colère sur soi.

Il regarda les bras nus, le corset moulé à la taille, le pantalon bouffant sur les fesses, et haussa les épaules :

« S'ils ont manqué à Juliette, qu'ils n'aillent pas se figurer qu'un affront pareil se paie sur une petite roulure comme celle-là. Ce serait trop com-

mode. Une garce si garce que sa famille en a
honte, et qui ne compte pas pour une Maloret.

— Je la mets sur deux heures, fit Marguerite.

— Comme tu veux, répondit Honoré à voix
haute, et il poursuivit en lui-même : « Dire que
j'ai été assez bête pour m'y laisser prendre
d'abord. Ernest avait plus de coup d'œil que moi,
il voyait bien que tout ça n'avait pas de sens... »

Marguerite remit le globe de verre en place
et se tourna vers Haudouin :

— Bonnes nouvelles ?

— Une vieille lettre qui traînait...

Marguerite sourit, et se pressant contre lui, le
buste renversé, posa ses bras nus sur ses épaules.
Il se laissa surprendre par une odeur forte d'ais-
selle et de muguet, ses narines battirent, il pensa :
« Comme j'irais au 17 de la rue des Oiseaux... »
Il sentit sur son cou la tendre rondeur des deux
bras, et fut tout près de se laisser aller. Alors, par-
dessus l'épaule de la fille, il regarda vers la fenêtre
et il vit loin sur la plaine. Il vit la plaine et le
travail qu'il avait mené dans la plaine, à côté de
l'Adélaïde et des enfants. Il pensa à sa fille, celle
qui venait tout de suite après son aîné, et qui
l'aidait si bien, à la vengeance comme au fléau,
dure sur la besogne qu'elle était. A sa femme il
pensait aussi, qui n'était pas belle, et déjà vieille,
d'avoir travaillé dans les lessives et dans les
champs, qui n'avait jamais été belle (à bien regarder), mais qui lui avait fait les enfants qu'il
avait, entre deux lessives, ne se couchant que
pour la peine de les mettre au monde. Et

regardant son travail et la peine de ses femmes, Haudouin n'était pas fier des bras blancs qui se nouaient sur son col. Il en était confus devant la plaine. Mais la garce était fraîche, elle faisait sentir son ventre, ses cuisses, se collait contre lui. Haudouin fit un lourd effort, comme quand on veut s'empêcher de mourir. Il dit à la petite putain :

— Puisque ton bonhomme ne viendra pas, il faut te rhabiller.

Doucement, il l'écarta et s'en fut vers la porte. Comme il repoussait le verrou, l'autre courut derrière lui, l'embrassa, noua ses jambes sur ses jambes et geignit en femelle. Mais lui, fort comme un saint, de savoir qu'il avait une femme travailleuse, pas regardante de sa peine, et une fille dure sur la besogne autant comme sa mère, il portait la garce sur son dos jusqu'au milieu du couloir. Il l'aurait portée jusqu'en plein soleil, si elle n'avait fini par le lâcher pour aller remettre son cache-corset, son jupon et sa robe, et puis partir.

Dans la grange, l'Adélaïde frottait sur sa planche à laver, et Juliette, remuant à fourchée la paille qui encombrait l'aire, lui disait les choses qui s'étaient passées chez Zèphe. Parfois la mère se dressait, bâillant d'indignation, puis replongeait dans son cuveau et frottait avec tant de colère qu'elle se brûlait la peau des mains.

— Regardez-moi, disait Juliette en levant son jupon, ils m'ont pourtant déchiré ma culotte, une si bonne toile que la tante vétérinaire m'avait donnée.

— Ils sauront ce que ça coûte, ragea l'Adélaïde.

Puis, descendant d'un ton, elle fit observer :

— Ce n'est pas une culotte à user en semaine non plus, tu n'avais pas besoin de la mettre aujourd'hui...

Elle parlait de la culotte sans y attacher d'importance, mais Juliette se senti si gênée qu'elle demeura muette, la fourche ballante, à chercher une explication.

Là, Honoré entra, bien fier de sa forte et belle sagesse, et dit toute son affaire, terminant que si elles voulaient voir s'enfuir la rusée, elles n'eussent qu'à guetter par l'entrebâillement. Et en effet, la fille traversa la cour au pas vif, mais pas tant qu'un grand rire de l'Adélaïde ne lui vînt aux oreilles, dont elle ne dit rien pourtant.

— C'est une toute belle, quand même, murmura Haudouin.

— Une grande malhonnête, riposta l'Adélaïde, une troussez-moi qui n'a pas plus de façons qu'une chienne en humeur. Et toi, tu n'as pas besoin de tant faire le redressé; si Juliette ne t'avait pas averti tout à l'heure, tu n'en serais pas sorti si tôt.

Elle le regardait avec des yeux courroucés, et Haudouin disait que c'était un peu fort. Voilà qu'elle l'engueulait, maintenant.

— Bien sûr, je dis, il a fallu que Juliette te remette dans le chemin. Tu n'aurais pas compris tout seul que le Zèphe n'a pas plus souci de ce qui peut arriver à la Marguerite que si elle était la fille à Dur ou à Corenpot. Tu ne comprenais

pas ou tu faisais semblant, pour profiter dessus...
Mais oui, tais-toi donc. Comme si tu n'étais pas
le même et le pareil que bien des... Tu n'en dor-
mais pas de penser à la fille à Zèphe, et tu laissais
la tienne s'en aller chez lui, au hasard de Dieu
et des facteurs, ma foi...

— Mais bon Dieu ! si tu n'allais pas tant de la
gueule, je pourrais peut-être me faire dire ce qui
s'est passé chez elle ?

L'Adélaïde raconta tout et un peu plus, en tout
cas sans rien passer, revenant sur les détails. Elle
était si en train qu'elle faillit pousser les choses
jusqu'à fin de pente, et alors intervint Juliette.

— C'est à ce moment-là que Déodat est arrivé,
m'man.

— Oui, mais c'était par hasard.

— N'importe, trancha Haudouin, il est arrivé
quand il fallait. Ce que j'en dis n'est pas pour
chercher excuse aux Maloret. On verra ce qu'on
verra.

— On verra quoi ? tu en dis tant..

— Qu'est-ce que vous ferez ?

— Je ferai ce que je ferai.

— La semaine des quatre jeudis.

— Quand les poules auront des dents.

— Eux, ils ont toujours ça, en attendant, de lui
avoir déchiré sa culotte.

— Une culotte toute neuve.

— Que sa tante Hélène lui avait donnée.

— Et les bleus qu'ils m'ont faits sur les cuisses.

— C'est qu'ils l'ont empoignée à la peau.

— Tous les deux, ils étaient.

— Le Zèphe et son garçon.

— A la peau des cuisses et où ils ont voulu.

— Je n'ai pas à le dire.

— Tu peux le dire.

— On n'ose pas tout.

— Tu n'y es pour rien.

— Je m'en tairai quand même.

— Tu vois ce qu'ils lui ont fait.

— J'avais beau me défendre.

— A ta fille.

— Ils étaient deux après moi.

— A ta fille, et tu n'en remues pas plus.

— Je passe là-dessus qu'ils m'ont fait mal.

— Tu dis ça à ton père !

— Ce n'est pas pour me plaindre.

— Il en serait plutôt content, ton père.

— Noël me tirait les cheveux.

— Tu l'amuses.

— Et ailleurs aussi.

— Mais ton père attendait tranquillement sa troussez-moi.

— Le Zèphe m'empoignait de partout.

— Tranquillement qu'il l'attendait, ton père.

— Avec les deux mains, tant du haut que du bas.

— Mais ton père a bon caractère.

— Après tout, Déodat n'est peut-être pas arrivé.

— Tu le fais rire.

— Il a bien pu rester en route.

— Pendant que les Maloret s'en donnaient.

— Il n'avait point de lettre pour eux.

— Et l'Anaïs était dans un coin.

— Qui guettait.

— Et Marguerite.

— Et le Tintin aussi.

— Il n'y manquait plus que ton père pour s'en amuser avec eux.

— Ils profitaient de ce que le facteur n'arrivait pas.

— Puisqu'il n'avait point de lettre.

— Il n'avait pas à venir chez Maloret.

— Et tu restais seule avec eux.

— Les cinq qu'ils étaient.

— Tant qu'ils ont voulu.

— Bien forcée.

— Voilà comment on nous rend nos filles.

— J'ai fait ce que j'ai pu, mais qu'est-ce que vous voulez.

— Quand le père ne défend pas ses filles, il arrive n'importe quoi.

— J'aurai pu me marier comme une autre.

— Tu n'avais pas mérité ça.

— J'aurais pu avoir des enfants.

— Des enfants ! La voilà enceinte des Maloret, et moi qui n'y pensais bien pas ! et ton grand niquedouille de père...

— A la fin vous me direz ce qui s'est passé !

— Mais puisque je te dis qu'elle est enceinte, qu'est-ce que tu veux de plus ?

Haudouin regarda ses femmes et vit bien dans les yeux de Juliette que le facteur était arrivé tout de même. Il s'en alla dans la cour et là, considérant l'affaire dans le soleil, il convint que le facteur aurait très bien pu ne pas arriver. L'intervention

lui parut si miraculeuse, si invraisemblable dans
sa réalité, qu'il voulut bien admettre, jusqu'à nou-
vel ordre, que sa fille était enceinte de la famille
Maloret. En rentrant dans la grange, il dit aux
deux femmes :

— C'est entendu, la petite est enceinte, mais
après tout, les Maloret ont préparé leur coup
comme j'avais préparé le mien. Ce n'est pas
plus propre de ma part. Une supposition que
toi, Juliette, tu ne m'aies parlé de rien, et au
contraire, tout le contraire, qu'est-ce qui
arrivait ?

— Mais vous, au moins, vous n'auriez pas
obligé Marguerite.

— Non, je ne crois pas. Mais quand même, ce
n'est pas une façon de faire que d'attendre le
monde derrière ses persiennes. C'est vous qui
m'aviez mis l'idée dans la tête, et c'est bien une
idée de femmes. J'en suis honteux à présent.

Il cracha dans le cuveau de l'Adélaïde, mais à
blanc, simplement pour affirmer qu'il se séparait
des méthodes de sa femme.

— Vous faites les généreux, dit Juliette, mais
moi je suis peut-être enceinte, et les Maloret ont
la lettre.

— C'est vrai, soupira Honoré, ils ont la lettre.
Oh, je ne l'oublie pas non plus...

Et, tout en disant, il tâtait l'enveloppe dans sa
poche.

Soudainement, l'Adélaïde abandonna son cuveau, sortit en essuyant ses mains dans son tablier
et courut à la salle à manger. En entendant le

tic-tac de la pendule, ses soupçons se précisèrent.
Elle souleva le globe...

— Tu as donc remonté la pendule ? dit-elle à
Honoré quand elle fut revenue dans la grange.

— Moi ? mais non.

— Alors, c'est la fille à Zèphe qui l'aurait...

— Ah oui, peut-être bien... en partant, il m'a
semblé qu'elle était après la pendule. Pourquoi ?

— Rien...

Juliette était déjà sortie et filait vers le groupe
de l'Agriculture et de l'Industrie.

Honoré, qui pensait à des vengeances hardies,
avait besoin pour le porter de toute la colère de
ses femmes. Il avait plaisir à écouter la mère et la
fille, blanches de mauvaise rage, crier dans la
grange.

— Ils la tiennent bien, la lettre !

— Et vous verrez qu'ils la garderont !

— Ils nous feront dévorer tous les affronts !

— Le Zèphe n'attend plus que d'être maire
pour l'afficher dans le pays !

— Pour moins que des garces qu'on passera,
nous autres !

— A cause d'une lettre !

Haudouin, lui aussi, finissait par serrer les
poings, et ses yeux luisaient de fureur.

— La lettre, ils me la rendront. Je saurai bien
me la faire rendre.

LES PROPOS DE LA JUMENT

La célébrité posthume de Murdoire m'a valu de courir, d'exposition en exposition, les capitales de l'Europe. Je vois comment les gens des grandes villes font l'amour, comment ils s'y préparent, et j'en ai pitié tout le temps. Ça les travaille tantôt dans la cervelle, tantôt dans le cœur noble, le plus souvent entre la jarretière et la ceinture, et ce n'est qu'une poussière de désirs, une succession d'agonies, une poursuite sans fin. Ils ont de petites envies qu'ils accrochent un peu partout, dans la rue, dans les plis d'une robe qui passe, dans leurs maisons, au spectacle, dans les ateliers, dans les bureaux, dans les livres, dans les encriers. L'amoureux fervent, l'épouse vertueuse, croient rester fidèles à une grande passion, furieuse ou tranquille, dont l'objet a changé d'aspect, ou tout simplement changé, à la cadence quotidienne d'un million et demi de fois (en arrondissant par excès). Un homme jure qu'il est épris d'une femme, qu'il n'en connaît pas de plus séduisante, à peu près comme il dirait : « C'est encore au restaurant de l'Escargot qu'on mange le mieux pour le moins cher. » Il fait tout ce qu'il peut pour se rendre à son restaurant et y être à l'heure. Mais s'il s'est trompé de direction, s'il rencontre sur son chemin un restaurant de meilleure apparence, tant pis :

il ne mangera pas à l'Escargot. S'il y mange, il aura eu mille regrets en route : le restaurant trop cher, celui qui est déjà plein, celui qu'il ne connaît pas. Dans les grandes villes, il n'y a pas de concupiscence, mais rien qu'une envie confuse de faire l'amour, de ne pas rester sur sa fringale d'amour. Pendant trois semaines où j'ai figuré à certaine rétrospective des œuvres de Murdoire, j'ai eu en face de moi une toile bien connue sous le nom de « Cavalier seul ». Un homme passe entre deux rangées de femmes mélangées, belles et laides, jeunes et vieilles, maigres et plantureuses. L'homme tient la tête droite, sans rien voir, le visage crispé de regrets, de petites angoisses, mais le nez renifleur, les mains prêtes à étreindre. Dans ses yeux mornes, imbéciles et désespérés, l'art de Murdoire fait luire une petite flamme, une plainte lubrique et résignée, la plainte du juif errant qui dépense éternellement ses cinq sous. Dans les villes, j'ai vu, tous les hommes se promènent entre deux rangées de femmes, les époux, les célibataires, les amants, les jeunes, les vieux, les costauds, les béquillards, les malades, les podagres, les idiots, les casse-cœurs, et les beaux esprits, et jusqu'au bout, jusqu'à la fin de mourir, ils se promènent. Un peu plus sages, les femmes attendent qu'ils soient décidés; alors même, tandis qu'elles susurrent, les dents serrées et les doigts de pied en éventail, elles ne laissent pas de surveiller le défilé, et parfois de faire signe qu'elles sont libres. Dans les villes.

A Claquebue, ce n'était pas pareil. Sans doute,

les Dur, les Berthier ou les Corenpot jouaient-
ils, eux aussi, au cavalier seul. Mais il y avait les
familles, ou mieux, les maisons, qui se nourris-
saient sur place, à la façon des arbres, en fouillant
la terre. Leurs désirs n'étaient pas des envies dan-
santes, des démangeaisons furtives; ils étaient ins-
tallés, lovés, lentement ruminés, entretenus par
une mémoire sans défaillance. Le père, les enfants,
la mère, pouvaient jouer au cavalier seul, et tous
en même temps, la maison faisait bonne garde et
le désir restait bandé.

Le mot de concupiscence charnelle, pareil à un
lourd crapaud élastique, n'a de plein sens que si
on l'applique aux familles poussées à même le
sol. Les lourds repliements d'appétits sensuels, les
énormes convoitises tapies des années durant, ne
sont possibles qu'à la campagne, où les maisons
sont encore des êtres qui s'observent, se haïssent,
gémissent au même souffle d'air et se frôlent et
se bousculent dans le travail de leurs bras occupés
à remuer la terre.

A Claquebue, ces désirs de familles ne se réali-
saient pas toujours, mais ils y tendaient constamment. Il y eut, entre autres, l'exemple des
Corenpot et des Rousselier qui se haïssaient depuis
trois mille ans. Un soir d'hiver, Corenpot et ses
deux fils aînés avaient fait irruption chez les Rousselier et violé différentes personnes de la famille.
Depuis ce jour, les relations s'étaient sensiblement
améliorées entre les deux maisons, comme si tout
eût été dit une bonne fois, épuisé.

Aussi bien chez les Haudouin que chez les

Maloret, il était rare, en tout cas accidentel, qu'un individu prît conscience de cette réserve de violences sensuelles accumulées dans sa maison. Chacun des membres de la famille Haudouin cherchait son plaisir amoureux sans être le moins du monde obsédé par l'existence des Maloret; à cet égard, le cas de Juliette et de Noël était purement fortuit. L'une et l'autre des deux familles, personnes simples possédant une pesanteur sexuelle, une réalité presque invariable, une volonté unique, ne ressemblaient à aucun de leurs individus, tous d'humeur instable, en contradiction constante avec eux-mêmes; elles leur empruntaient certaines énergies, pour les brasser, les combiner, les accumuler, et à l'occasion les leur restituer sous une forme dynamique.

Le curé de Claquebue connaissait tous les avantages de ces réservoirs de famille, auxquels il assignait une fonction régulatrice. Il savait, et il y aidait de toute son influence, que les « cavaliers seuls » pouvaient trouver là un dérivatif à une inquiétude toujours dangereuse pour la religion. Mais il n'ignorait pas non plus que les réservoirs éclataient parfois à grand scandale. Ces explosions étaient assez fréquentes, et si elles ne se produisaient pas toutes avec la même violence qu'entre les Corenpot et les Rousselier, le péril n'en était pas moins à considérer. Vaincue par les Corenpot, la famille Rousselier, qui faisait partie autrefois de la catégorie de tout repos, s'était laissée corrompre par l'influence abominable des vainqueurs, pour la plupart des renie-

Dieu, et ne venait plus à la messe que par habitude. Il y avait eu par contre, en d'autres cas, des retours édifiants. Il importait donc au curé de Claquebue d'être renseigné sur les dispositions sexuelles de toutes les familles, s'il voulait, dans une certaine mesure, en canaliser les effets pour le plus grand bien du troupeau. Il fut amené ainsi à étudier des problèmes ardus. Partant d'une attraction sexuelle entre deux familles, fallait-il attribuer à celles-ci des sexes opposés ? et comment reconnaître la maison mâle de la maison femelle ?

Je n'ai pas connaissance des travaux du curé de Claquebue, et ce n'est plus le temps de s'en informer auprès de lui : après une vie exemplaire de vigilance et d'autorité, il paraît que le pauvre homme est tombé en enfance, qu'il se promène par les chemins de Claquebue en disant des vilains mots d'argot et en prêchant la fraternité. Dieu lui aide à bien mourir, et à nous aussi. Donc, sans rien savoir de ses travaux, j'ai tenté à mon tour de résoudre le problème du sexe des familles, et je ne me flatte pas d'y avoir réussi. Tout naturellement, je devais m'occuper du cas Haudouin-Maloret.

Il y avait une erreur qu'un esprit simple comme le mien ne pouvait éviter, et qui était de considérer la famille comme la somme des individus qui la composent; la maison qui comptait la plus forte proportion d'hommes était ainsi la maison mâle. Raisonnement qu'il me sembla pouvoir améliorer en tenant compte du tempérament de chaque individu. Sans entrer dans le détail de mon examen, je veux en donner un aperçu : Honoré et ses garçons montraient dans leurs entreprises auprès des femmes plus de hardiesse que les hommes de chez Maloret; leur colères étaient également plus promptes, leurs propos plus verts. Zèphe et ses garçons cherchaient leurs plaisirs avec une âpreté qui ne s'embarrassait guère de scrupules, mais la plus belle fille du monde ne valait pas à leurs yeux un arpent de terrain. Prudents, patients, ils aiguisaient secrètement leurs désirs jusqu'à ce que l'occasion mûrît; d'autre part, ils avaient beaucoup plus d'autorité sur leurs femmes que n'en avaient les Haudouin sur les leurs. Toutes ces qualités, dont plusieurs sont réputées mâles, me laissaient perplexe. Leurs habitudes érotiques, leurs préférences n'étaient guère plus concluantes. Les traditions incestueuses des Maloret portaient-elles témoignage de l'ardeur virile des chefs de famille ? ou, au contraire, d'une impuissance à se satisfaire au-dehors, qui l'obligeait à se résorber en famille ?

Je finis par me convaincre qu'il fallait s'armer de simplicité. Une famille est un être massif et enfantin, on en a vite fait le tour. J'avais déjà observé combien il est facile de rendre compte des séries « qui distribuent les harmonies ». On dit d'une ville qu'elle est accueillante, animée, qu'on y mange bien, avec un *et cætera* de trois lignes; d'une province, plus simplement : les Normands sont hauts en couleur, rusés, grands buveurs de cidre; d'une nation : les Gaulois avaient

les cheveux blonds. J'ajustai mes lunettes de recul
suffisant et je me pris à considérer les Haudouin
et les Maloret un peu comme j'aurais fait des
Gaulois.

La famille Haudouin mesurait un mètre
soixante-dix, elle avait les cheveux châtain foncé,
les yeux gris, les traits du visage très accusés, les
membres secs, mais musclés, le pied cambré. Mélancolique, elle éclatait parfois d'un grand rire
qui durait une semaine. Elle aimait le travail, les
ragoûts, les grands coups de vin, les conversations
bruyantes. Elle se laissait prendre facilement aux
tentations de la chair, mais son cœur était tendre
et généreux.

La famille Maloret chaussait 42, elle était trapue, de visage pâle et de cheveux noirs. Elle aimait
l'argent, mais travaillait à contrecœur. Sobre, elle
méprisait les bons repas et les bons vins. Elle avait
un sourire pour le jour de tout le monde et un
sourire pour sa nuit. Ignorant les grands mouvements de colère, elle était toujours dans une rage
froide qu'elle maintenait constamment à un degré
de pression utile. Sa haine de la famille Haudouin
la tenait éveillée une heure par nuit, les dents
serrées, la chair en attente.

En somme, les deux familles avaient un physique, des goûts, des habitudes nettement diffé-
renciés, mais point de sexe apparent, rien, pas
même un compromis. Je me crus donc autorisée
à conclure qu'elles n'avaient point de sexe. C'était
une grande hardiesse, mais qui expliquait bien
cette patiente accumulation d'une envie sensuelle,

dans l'une et l'autre maison. N'ayant point de
sexe pour l'accomplir, la famille thésaurisait son
désir. Aussi bien n'y avait-il pour elle aucune
nécessité vitale à posséder un sexe; sauf accident,
la famille était un être permanent, qui ne se repro-
duisait pas, puisque cette fonction était impartie
aux individus qui la composaient.

Il était agréable de penser qu'à Claquebue
l'amour sensuel n'était pas seulement un piège
tendu pour la conservation de l'espèce, mais qu'il
existait absolument, gratuitement, sans avoir besoin d'un prétexte. C'est l'orgueil de mon existence de jument, de pauvre cavale empêchée dans
mes deux dimensions, d'avoir fait une découverte
aussi précieuse. Le village apparaissait comme une
sorte de champ magnétique où les êtres, selon
qu'ils étaient perméables à ces forces mystérieuses,
les absorbaient plus ou moins rapidement; ceux
qui avaient un sexe se débarrassaient à mesure
qu'ils se chargeaient; ceux qui n'en avaient pas
accumulaient des réserves. Quand la famille attei-
gnait à un degré de saturation érotique, elle utilisait ses mâles ou ses femmes pour réaliser son
désir. La famille Haudouin, après avoir hésité à
plusieurs reprises entre le masculin et le féminin,
s'était finalement déterminée.

Je crois avoir tout expliqué des amours de la
famille Haudouin, du moins l'essentiel. Sans doute
n'ai-je pas tout dit, mais le souci de la décence
et de l'honnêteté, m'en a, seul, empêchée. Car je
n'ai pas formé d'autres vœux, en écrivant ce mo-
deste témoignage, que de servir la cause du bien.

Les romanciers sont des gens à la tête légère, ils racontent des histoires, et la morale y va comme elle peut. Je le dis sans orgueil : il est bien heureux qu'une jument verte se soit trouvée là pour tirer de ce roman un robuste et honnête enseignement, à savoir qu'il n'y a point d'amour durable, partant point de bonheur, en dehors de la famille.

XVI

Au sortir de la messe, les Dur (ou les Berthier ou les Corenpot) allaient voir les Dur qui étaient morts pour se concilier leur bienveillance et pour se mettre en appétit. En s'éloignant, ils remontaient leurs épaules dans leurs effets du dimanche, contents de vivre et pressés de manger pour combler le mauvais creux que la peur leur avait mis au ventre. Et ils étaient un peu en colère contre les Dur qui étaient morts. Puisqu'ils étaient morts, ils n'avaient pas besoin de s'appeler Dur (ou Berthier ou Corenpot). Quand on leur rendait visite, on ne s'y reconnaissait plus. Dur par en dessus, Dur par en dessous, c'était la même famille, et des fois, on n'était pas tellement sûr d'être en dessus. Alors, ce n'était pas agréable : on se sentait engagé plus avant que par les sermons du curé. Le curé faisait peur aussi, il annonçait les vaches maigres et la triste fortune pour les mauvais sujets, ceux qui s'en donnaient trop fort, de tâter leurs femmes, ou qui oubliaient leurs devoirs envers le prochain et envers l'Eglise. Mais quand

il parlait de la mort, ses sermons n'effrayaient
pas; il n'en avait qu'aux âmes, et ça, on voulait
bien. Dans un sens, c'était plutôt agréable. A l'entendre, on ne se voyait jamais au bout de la fin,
on continuait d'aller.

Avec les Dur d'en dessous, ce n'était plus ça.
Ils étaient quatre ou cinq alignés par tous les
temps, hiver ou été, et il s'en trouvait toujours un
pour dire : « Je n'ai personne à ma droite » ou
« Je n'ai personne à ma gauche »; ou encore il y
en avait un tout seul au milieu du cimetière, ou
dans un coin, et qui ronchonnait : « Je suis tout
seul. Je suis tout seul... » Alors, les Dur d'en dessus n'étaient pas contents, surtout les vieux. Ils
n'osaient rien dire ni penser de travers pour ne
pas les irriter davantage. Ils murmuraient en hochant la tête, l'air doux, pas trop pressé quand
même :

— C'est chacun son tour, bien sûr. On prendra
sa place quand il faudra, en famille. Il ne faut
pas croire non plus qu'on ait toujours le bon
temps, nous autres...

Mais, dès qu'ils prenaient de la distance, ils
commençaient à taper du menton sur leurs cols,
en se disant qu'ils n'avaient point de hâte à s'en
aller coucher près des autres, qu'ils se sentaient
vifs et en bonne envie d'être vifs. Ils se promet-
taient de s'accrocher à toutes griffes sur la plaine,
les pourris en penseraient ce qu'ils voudraient, et
d'abord de bien manger, jusqu'à plein la bedon-
daine, et boire aussi. Tant qu'on trinque aux Dur
d'en dessous, c'est qu'on est Dur du bon côté.

Gardons-nous en bel appétit, et *oremus* pour les
absents.

Ce matin d'après la messe, l'Adélaïde se tenait
auprès des tombes des Haudouin, et ensemble,
autour, ses quatre enfants, sa belle-sœur vétérinaire, et les trois enfants de sa belle-sœur. Dans
le cimetière, les Dur, les Berthier, les Corenpot,
les Messelon, les Rousselier, et tous les chrétiens
de la paroisse venaient réciter leurs compliments
aux parents d'en dessous. Penchés sur leurs
tombes, ils ôtaient un brin d'herbe, un pied de
chicorée, avec les doigts ratissaient la terre, comme
pour apaiser les défunts, leur passer la main dans
les cheveux. C'étaient de petites attentions qui ne
coûtaient rien et qui donnaient patience aux
morts. Mais, ce dimanche-là, on n'en pouvait pas
venir à bout. Les morts n'avaient jamais été aussi
grincheux. D'abord, on avait cru que c'était à
cause de la chaleur, on leur avait dit que c'était
un moment à passer, qu'il allait pleuvoir bientôt.
Eux du dessous, ils avaient ronchonné un peu
plus fort, et puis, de s'exciter, ils avaient fini
par mener le grand vacarme, engueulant les vifs,
se bourriaudant de mort à mort, jurant par le
Malu et par la Croix, impatients, dangereux,
mauvais comme des bêtes à la fosse. L'homme
à la Léonie Bardon, enterré du printemps, criait
qu'il en avait assez d'être à côté de son frère
Maxime, il voulait que la Léonie vînt se mettre
entre eux deux, et il essayait de lui envoyer
la fièvre. Il y avait un vieux qui réclamait
ses bœufs :

— Qu'ils me soufflent le chaud dans mes mains, rien qu'un coup...

— Tu ne vas pas remettre tous les dimanches de prendre ta place !

— C'est lui qui m'a volé quarante sous en 77.

— En 77...

— Mes bœufs !

— Ça te gênerait bien de venir plus tôt ?

— Des morts frais qu'il nous faut.

— Voleur !

— On était trois filles vers les bois.

— Six pieds comme nous autres.

— Saleté !

— C'est Alfred qui m'a tuée.

— La sacrée garce.

— A coups de sarclerot.

— Mettez-moi ailleurs.

— Tu te faisais pourtant trousser ?

— J'en veux un de chaque côté.

— Comme il faisait bon d'avoir mal.

— On était trois filles vers les bois.

— Menteur.

— Mes bœufs.

— On avait si chaud d'avoir mal.

— Une femme qui n'avait pas un sou.

— Tu m'avais pris ma serpe.

— La bourrique.

— Viens prendre ta place.

— Le Guste Berthier, d'abord.

— Non, Philibert Messelon.

— Qu'elle était chaude, la glace, sur l'étang du Chat-Bleu.

— On était trois filles.

— Non, la semaine qui est.

— Menteur.

— Tu me cachais tout.

— Ni du chaud, ni du froid.

— Je m'en allais avec mes garçons.

— Assassin.

— C'est bien toi qui voulais te marier.

— Avec mes garçons, sur le soir.

— Et le bon Dieu, qu'est-ce qu'il fout ? on n'en entend jamais parler.

— Le bon Dieu, il est au ciel.

— Sur la terre aussi, un petit peu.

— Mais là en dessous, y a plus de bon Dieu.

— On était trois filles.

— Trois garces.

— Il ne rendait jamais le compte de la monnaie.

— Assassin.

— Assassin.

— Ils ne veulent plus mourir.

— On était trois filles vers les bois.

— Voilà huit ans que je l'attends.

— Je faisais bouillir ma lessive.

— Tu étais toujours après lui.

— J'avais le doux de me brûler.

— Et la glace dans l'étang du Chat-Bleu.

— Crapule.

— Il me bourrait sur le talus.

— A soixante-quinze ans, tout de même.

— On était trois filles.

— Trois garces...

La Marie Dur avait couru chercher le curé dans

la sacristie. En haussant les épaules, il s'était rendu au cimetière et, comme il fallait s'y attendre, n'avait rien entendu. Il ne s'intéressait qu'à la voix des vivants et aux âmes des morts. La clameur des pauvres corps qui pourrissaient le laissait indifférent, il s'entêtait à ne pas l'entendre. Et tandis qu'il pressait les fidèles de s'éloigner, les morts continuaient leur vacarme, sans se gêner de la présence du curé.

Le vieux Jules Haudouin était des plus enragés, mais non pas contre les vivants. Il s'acharnait sur le vieux Maloret, sur la Tine Maloret, et sur le gamin de quatre ans, qui reposaient à trois tombes de distance, et dont le voisinage l'avait toujours indisposé. L'Adélaïde l'écoutait avec déférence, approuvant de temps à autre d'un coup de menton ou d'un gloussement sec. Droite et maigre dans sa robe noire, la tête prise dans son bonnet à brides, elle regardait les trois tombes des Maloret, pinçant la bouche et fronçant les narines, comme si elle eût soupçonné les trois défunts, non seulement de puer vers son nez, mais encore de le faire exprès.

Zèphe Maloret, l'Anaïs et leurs deux garçons baissaient la tête, affectant de se recueillir en toute tranquillité de cœur. C'était à croire qu'ils n'entendaient pas la voix du vieil Haudouin d'en dessous, et l'Adélaïde le pensa ainsi; c'est pourquoi elle se prit à répéter bien haut les propos de son beau-père. Le vieux disait et l'Adélaïde disait après lui :

— Qu'est-ce que c'était que la Tine Maloret ?

Une fille que les hommes se repassaient, une fille
qu'on bourrait au fossé pour trente sous, voilà
toute la Tine. Et les garçons qu'elle a eus courent
encore après leur père, et pas si vite qu'il les em-
merde, non, bien sûr ! Voilà pourtant les denrées
qu'on vous met au cimetière, à présent, et à côté
du monde honnête, encore...

Les Maloret ne protestaient pas, et Zèphe, médi-
tant une retraite, faisait signe à l'Anaïs et à ses
deux garçons. Mais les Dur, les Berthier, les Corenpot, les Messelon, les Rousselier, les Rugeart,
les Coutant, les Dominé, les Bœuf, les Trousquet,
les Pignon, les Caroche, les Bonbol, les Clergeron, les Dubuclar accouraient prêter l'oreille aux
propos de Jules Haudouin. Ils formaient autour de Zèphe et de l'Adélaïde un cercle à trois
rangs de profondeur, dont il fallait bien tenir
compte.

— Je ne veux pas répondre, disait Zèphe.

— Bien empêché que tu serais, ripostait Jules
d'en dessous.

— Bien empêché que tu serais, reprenait sa bru,
parce que je n'ai pas inventé d'un poil, et que
la Tine était tout ce qu'on sait et tout ce que
j'ai dit, et que je pourrais en remettre jusqu'à
demain minuit si ce n'était pas le respect de la
propreté qui m'étouffe d'aller. Et c'est comme
pour le père Maloret, qu'est-ce que je ne dirais
bien pas, non plus ?

— On ne veut pas répondre, disaient Zèphe et
Noël.

— Allons-nous-en, disait l'Anaïs.

Mais les Dur, les Coutant, les Bonbol, les Clergeron soufflaient à Zèphe :

— Pourquoi donc que tu ne lui répondrais pas ? Réponds-lui, je te dis.

Zèphe louchait vers la tombe de son père, mais le vieux Maloret n'avait point de voix et la Tine n'était guère à son aise. Il n'y en avait que pour Jules Haudouin.

— Et ce que je dis de la Tine et du père Maloret, je le dirais aussi bien du restant.

— Et ce que je dis de la Tine et du père Maloret, je le dirais ausi bien du restant, reprenait sa bru. La Tine a son portrait tout fait, et vous savez bien qui, aussi comment on gagne l'argent des tabliers à fleurs et des affiquets en dentelle qu'on promène par les chemins. Les parents n'ont pas honte non plus d'acheter des tarares avec cet argent-là. Pourtant oui.

Les Messelon, les Corenpot, les Berthier, s'entrepoussaient du coude en riant déjà plus loin que leurs moustaches. Zèphe avait chaud sur la figure.

— C'est bon, je ne dirai rien sur là-dessus, mais j'aurais cependant beau jeu d'aller. Je sais des choses que bien du monde ne sait pas...

Juliette, qui se tenait aux côtés de sa mère, eut peur des menaces de Zèphe, et dit tout bas :

— M'man, ne le poussez pas. Pensez qu'ils tiennent la lettre tout de bon.

L'Adélaïde entendait assez bien ses raisons, mais elle n'était plus maîtresse de se taire, poussée par la voix et par la colère du vieux Jules Haudouin.

— Il n'y a point de lettre qui m'empêche de

dire tout haut ce qu'on sait bien dans le pays, comment les choses se passaient déjà entre la Tine et son père, et les sales façons qui sont dans la famille. La Marguerite a eu son compte aussi...

L'Anaïs fondit en larmes et le Zèphe protesta d'une voix blanche :

— Pas vrai. C'est des inventions. C'est des mensonges qu'on a faits contre nous.

Il s'était effondré et se cramponnait à ses garçons. Zèphe savait parfaitement que les coupables habitudes de sa famille étaient connues de tout le village, mais comme on en parlait tout bas, et jamais devant lui, il n'en éprouvait aucune gêne. Une histoire qui court sous le manteau n'est qu'une légende, et les opinions qu'on fait sont du vent. Les gens qui écoutaient l'Adélaïde découvraient avec horreur le péché des Maloret dans une lumière d'infamie. Mais nombre d'entre eux se sentaient mal à l'aise et blâmaient secrètement son indiscrétion. Où allait-on, s'il n'était plus possible de pécher sans en être accusé publiquement ? Le curé, occupé en conversation dans un coin du cimetière, s'était approché du tournoi pour recueillir les dernières passes. Lui non plus n'aimait pas qu'on forçât la vérité avec trop de zèle ; il y avait des questions d'opportunité où Dieu lui-même, dans son intérêt, n'avait pas à voir, et les Maloret étaient ainsi faits qu'ils pouvaient, presque sans fauter, rendre à leurs filles ce qui revenait à leurs femmes. Le curé entra dans le cercle et intervint avec sa vigueur accoutumée :

— Un pareil tapage dans le champ des morts !

Au sortir d'entendre la messe ! C'est une honte !
Comment, Adélaïde Haudouin, au milieu de vos
enfants...

— Mais, monsieur le Curé, causez donc aussi
pour le Zèphe, et demandez-lui voir lequel a
commencé...

— Moi ? mais je n'ai même pas voulu répondre,
et ce n'est pas faute d'en savoir long.

— Des mensonges que tu sais ! et d'abord,
quand on a une fille comme la tienne...

— Taisez-vous, protestait le curé d'une voix furieuse, la honte est d'abord pour vous.

— Oui, monsieur le Curé, la honte pour moi !
Et les compliments, et l'argent, et les tabliers à
fleurs pour la rusée qui mène maintenant la vie
du ventre à Paris, après déjà qu'elle a commencé
chez elle de se faire bourriquer par son père !
Des robes donc, et des sous, et des tabliers, et des
tarares ! et allez donc ! Troussez la cotte et voilà
de l'argent ! et en voilà encore ? On en sait le
moyen, le père a fait bonne leçon...

L'Adélaïde délirait, secouant Juliette et la tante
Hélène pendues après elle. Le curé sentit qu'elle
avait la force d'aller très loin; il l'en admira un
peu et commença de considérer les Maloret sévèrement. Il fit signe à Zèphe et à ses garçons de
quitter la place. Tremblants de honte et de crainte,
les Maloret n'avaient même pas de colère. Zèphe
suivait le curé en geignant avec un filet de voix :

— Je peux pas croire... je peux pas croire que
c'est arrivé...

— Vous n'êtes qu'un sot, répondait le curé

d'une voix sèche que les spectateurs pouvaient entendre. Vos affaires ne m'intéressent pas du tout.

Alexis se détacha du groupe des Haudouin et, joignant Tintin Maloret qui marchait en serre-file, lui donna un coup de pied. Tintin ne protesta pas; il fit un petit saut qui le porta contre la soutane du curé, et essuya la poussière marquée en forme au fond de son pantalon du dimanche. L'incident apaisa un peu les transports de l'Adélaïde, qui espaça les sarcasmes, jusqu'à ce que Zèphe et les siens eussent franchi l'entrée du cimetière.

Honoré et Ferdinand, à l'heure de la sortie de la messe, s'étaient avancés sur la route à la rencontre de leurs familles. Le vétérinaire se félicitait à chaque instant du départ de Marguerite Maloret.

— Ma situation était délicate, à cause de Valtier. Ces visites chez Zèphe étaient bien gênantes et, d'autre part, je ne pouvais guère m'en dispenser. Je peux dire que je suis bien content.

— Allons, tant mieux, répondait doucement Honoré, tant mieux.

— Tu dis tant mieux, mais tu as toujours l'air...

— Moi ? Je suis comme toi, bien content. Tant qu'elle était là, on ne s'y reconnaissait plus.

— Surtout que cette enfant-là était un peu, comment dire, tête en l'air ? Je suis sûr que le petit incident de jeudi dernier ne se serait pas produit, sans Marguerite. D'abord parce que Juliette n'aurait pas eu l'occasion d'aller chez

Maloret. Et puis Zèphe n'aurait jamais songé à taquiner cette pauvre Juliette, si la présence de sa fille ne l'y avait incité. Marguerite a dû plaisanter, un peu librement. Noël était là... enfin, tu sais comme sont les jeunes gens. C'est pourquoi il n'y a pas lieu de prendre cette affaire-là au sérieux, comme le fait Adélaïde.

Honoré hochait la tête et souriait d'un air indulgent. Comme ils arrivaient au milieu du pays, ils aperçurent les Berthier dans un chemin de traverse.

— Vous avez manqué d'être dans une belle dispute ! leur cria Clovis Berthier. Mais l'Adélaïde était là pour vous deux, et les Maloret l'ont bien vu !

Le vétérinaire se tira sur le nez en regardant son frère.

— Qu'est-ce qui a bien pu se passer, hein ? Qu'est-ce qu'il y a eu ? dis...

— Comment veux-tu que je le sache, moi ? Je n'y étais pas.

Ils croisèrent les Rousselier, les Rugeart, les Bœuf, les Trousquet qui jetaient en passant :

— Il y a eu beau tapage une minute passée.

— Vous arrivez trop tard de rien.

— Ils se sont causé du pays un bon coup.

— Pour dire tout juste, ça bardait grand sec.

— L'Adélaïde en avait comme un homme...

Honoré faisait assez bonne figure, souriant, saluant quand il fallait, et obligeant son frère au pas de promeneur. A qui disait, il répondait : « On en cause », ou « Ça m'en a l'air ». Mais Ferdi-

nand se montrait nerveux, il rougissait, harcelait
son frère, tournait la tête à droite, la tournait
à gauche, et puis la ramenait à droite sans repasser par en face; si bien qu'il en avait la pomme
d'Adam derrière le dos, le cou tordu et retordu
au double tour, et qu'il fallut à Honoré y mettre
la main plusieurs fois pour le replacer au fil.
Passé les Rousselier, Ferdinand ne se sentit pas
la force d'affronter le restant du défilé de la
messe, et tourna bride vers la maison, torturé par
mille suppositions dont il accablait son frère.

— Et si Zèphe a parlé du Prussien, et s'il avait
la lettre sur lui, et si les femmes se sont battues,
et si Valtier vient à l'apprendre...

Quand ils furent à la maison, Honoré se mit
au frais, tandis que le vétérinaire, demeuré au
milieu de la cour, tendait le cou jusque sur la
route pour guetter l'arrivée des femmes. Gustave
et Clotilde arrivèrent les premiers avec cent
mètres d'avance.

— On les a engueulés, cria Gustave, on leur
a dit tous les noms !

— Et que le Zèphe avec la Marguerite comme
vous savez, ajouta Clotilde.

Le vétérinaire maigrit d'une livre d'un seul
coup.

— Et Alexis leur a flanqué son pied au cul,
vous savez, papa !

— Non, dit Clotilde, le coup de pied, c'est moi
qui l'ai donné !

— Pas vrai, c'est Alexis !

— Non, c'est moi, et la preuve.

— Quoi, la preuve ?

— Oui, la preuve.

Pendant qu'ils se querellaient, le gros de la famille arriva.

— Alors ? râla Ferdinand.

— Entrez donc d'abord, proposa Honoré, vous avez eu le si grand chaud.

Et quand ils furent dans la cuisine :

— Vous avez eu des mots avec le Zèphe, je me suis laissé dire ?

— On était devant les tombes, et les Maloret à côté, commença l'Adélaïde. Nous autres, on ne pensait à rien du tout, on était comme on doit.

Le vétérinaire protestait déjà, elle interrogea les témoins d'un regard circulaire. Les quatre d'Honoré et leur cousin Antoine firent oui d'une seule voix. Frédéric fut seul à exprimer, par son attitude, un désaveu ironique, mais Juliette se mit devant lui.

— Tout d'un coup, reprit l'Adélaïde, le Zèphe s'est mis à causer sur mes beaux-parents. Juliette pouvait l'entendre presque aussi bien que moi.

— Arrêtez ! cria le vétérinaire. Juliette va sortir pendant que sa mère nous dira les paroles de Zèphe.

La précaution parut injurieuse, pourtant Juliette fit comme il voulait et, rentrée à la cuisine, répéta les propos de Zèphe. Il n'y manquait pas un mot.

— Tout de même, marqua Honoré.

L'Adélaïde poursuivit, interrompue à chaque instant par le vétérinaire qui disputait avec âpreté. Elle prétendait n'avoir porté l'accusation d'inceste qu'en réponse à une allusion si odieuse que le sang lui avait bouilli dans les veines.

— Zèphe est trop rusé pour perdre d'un coup le bénéfice de la lettre, arguait le vétérinaire. Je suis sûr que personne ne pouvait comprendre l'allusion. Tenez, je le demande à Antoine qui ne sait rien de la lettre.

— Je vous dis que tout le monde a compris que ma belle-mère...

— Taisez-vous, je le demande à Antoine, ou à Clotilde, ou à Lucienne. Ah, je suis tranquille !

Antoine, pour ennuyer son père, feignait d'en savoir très long, et de n'oser rien dire. Clotilde vint à son secours et déclara, avec le calme tragique de l'innocence :

— Moi je tenais ma m'man par sa robe et j'ai entendu Zèphe lui dire : « Le Prussien et ta belle-mère... » Mais c'est tout ce que je me rappelle.

Honoré ne songea pas au chemin qu'avait pris la lettre pour venir sous la pendule. Le témoignage de Clotilde lui parut massif, il regarda le vétérinaire avec férocité, le soupçonnant d'avoir laissé échapper une partie de la vérité au cours de ses visites chez Zèphe.

— Je vois qu'il n'y a plus un jour à perdre pour leur reprendre la lettre, dit-il.

Maintenant, l'Adélaïde avait beau jeu d'en rajouter.

— Le curé était pour Maloret, vous pensez bien, et tous les culs bénits à l'affilée. Il fallait entendre les Dur, les Coutant, les Bonbol, quand le curé nous a envoyé au nez que toute la honte était pour nous, rapport donc au Prussien. Tel que je le redis, il nous l'a dit. Juliette ?

Le vétérinaire ne disputait plus, il papelardait à l'oreille d'Honoré :

— C'est une malchance... une petite dispute où tu n'étais pas engagé... tu n'y penseras plus demain matin.

Mais Honoré ne montrait point de colère. Il se divertissait au récit de l'Adélaïde, et l'épisode du coup de pied lui fit plaisir.

Un peu avant le repas, le vétérinaire coinça Antoine dans le couloir et, plein de rancune contre ce fils qui l'avait desservi dans la discussion, l'interrogea à mi-voix :

— La date de la première réunion des Etats généraux ?

Antoine baissa la tête. Il ne répondrait pas, et son père comptait sur son entêtement pour lui infliger un pensum.

— C'est une date qu'on n'a pas le droit d'oublier. Oui ou non, peux-tu me dire...

Le visage obstiné d'Antoine s'éclaira soudain :

— Oncle Honoré ! Oncle Honoré ! Mon père voudrait savoir la date de la première réunion des Etats généraux.

L'oncle Honoré jugea très bien la situation. Il répondit avec gravité :

— Ça doit être en 83, l'année qu'il a crevé deux vaches chez Corenpot.

Le vétérinaire tourna les talons et se mit à

errer autour de la maison. Il fit le compte de
ses griefs contre son frère, celui de ses intérêts
à Claquebue. Tout était déjà en ordre dans sa
tête, il n'avait qu'à récapituler et conclure. « J'en
ai assez », murmura-t-il plusieurs fois. Le moment était venu de choisir entre son frère et
Zèphe Maloret, et il se décidait pour Zèphe. Ses
intérêts étaient de ce côté-là où il rejoignait Valtier. A la première querelle que lui ferait Honoré, il dirait les paroles définitives. Son frère
quitterait la maison, et autant que possible le
pays, avec une indemnité qui lui permettrait
de s'installer ailleurs. Le plus tôt serait le
mieux.

Pendant le repas, Ferdinand mûrit encore son
projet et il lui vint une impatience de le réaliser; il cherchait une querelle à Honoré qui lui
opposait une inaltérable sérénité.

— Il nous faut un homme à la tête du gouvernement, disait le vétérinaire.

— Pourquoi pas ? répondait Honoré.

— Un homme à poigne qui fasse respecter la
France, insistait Ferdinand.

— Tu ne bois pas...

— Je dis que ce sera le général Boulanger. On
ne peut pas lui reprocher d'être clérical, il me
semble. Et quand même il le serait ? Je dis quand
même !

— Si c'est ses idées, à cet homme.

— Je dis ce que je pense, moi, je n'ai pas à
cacher mes opinions.

— Tiens !

— Avec toi, il n'y a jamais moyen de savoir où tu en es de tes convictions.

— C'est pourtant vrai, répondait Honoré. Il faudra que je demande à Clotilde ce qu'elle pense du général Boulanger. Reprends donc de la fricassée... mais si ! deux cuillerées, avec un bon coup de vin pour la pousser dans le fin fond. Tripes sur tripes. Rien de pareil contre les aigreurs.

Une joie discrète se répandait autour de la table. En même temps que le plat de fricassée, circulait un rire tranquille qui passait sous le nez du vétérinaire et qui contrariait son humeur belliqueuse. Quand le facteur entra dans la cour, Juliette et Honoré se portèrent à sa rencontre. L'un portait son sac de cuir et l'autre son képi. Honoré riait vers les siens, et leur disait à mi-voix :

— C'est lui. C'est le facteur.

Déodat s'assit en face de trois verres de vin que l'Adélaïde avait remplis jusqu'à les faire déborder un peu, pour faire voir qu'elle n'y regardait pas, quand il fallait désaltérer les bons facteurs. Il tira son mouchoir et dit en s'épongeant le front :

— Il fait chaud.

— Il dit qu'il fait chaud, expliqua Honoré aux autres.

— Tu dois être fatigué, dit l'Adélaïde. Il fait si grand sec.

Déodat se mit à rire, la tête renversée en arrière, et dit à l'Adélaïde :

— Il m'en est arrivé une belle tout à l'heure.

— Non ?

— Je revenais de Valbuisson, en marchant tranquillement, d'un bon pas, enfin comme on marche. Ernest me disait l'autre jour, votre Ernest à vous, il me disait que je marchais façon d'un gendarme à pied.

— Il aurait voulu rire, protesta Honoré. Un gendarme à pied ?

— Tu penses aussi ? oui, il aura voulu rire. J'étais donc à m'en revenir, sans penser à rien, pas plus méfiant qu'en face d'un litre; et voilà qu'arrivé, mais qu'est-ce que je vous dirai bien, deux cents mètres par ici de la croisade, il se met à me sembler que je marche drôlement. Une idée que j'avais dans ma tête, comme on en a des fois. C'est bon, je vais encore un moment, pour dire que je vais plutôt que pour aller. Et puis tout de même, je me décide à regarder mon soulier de droite. Croiriez ? Tout le devant de la semelle déferré, il restait juste deux rangées de clous vers le milieu qui faisaient bascule quand je donnais sur le pied droit, et c'était la raison du fait. Mais le plus beau, je ne vous ai pas dit ! le plus beau c'est qu'il ne manquait pas un clou à la semelle du de gauche. Allez comprendre !

Honoré regardait le facteur et lui voyait bonne face, large et pleine, une face d'homme tranquille qui ne voit pas plus loin que son nez, mais qui voit son nez, et qui le voit bien; une face de bon facteur qui arrive, à force de suivre son nez, à finir sa tournée sans se tromper une fois.

— Déodat, j'en suis de te dire merci, puisque
je ne t'ai pas vu depuis.

— De quoi donc, Honoré ?

— Pour Juliette et pour moi aussi. Il faut un
coup comme d'avant-hier pour savoir qu'on tient au
pucelage de ses filles. Autrement, on n'en sait rien.

— Je passais, dit le facteur, alors je passais.

Au départ de Déodat, succéda dans la salle à
manger un silence attendri. Le vétérinaire, agacé,
dit à Honoré :

— Il radote de plus en plus, ce malheureux, et,
ce qui est plus grave, il égare les lettres. Il serait
temps pour lui de prendre sa retraite.

— Tu lui as trouvé un remplaçant ?

— Il n'en manque pas qui feraient son service mieux que lui.

— Si tu es pressé de les recommander au député, je pourrais toujours en dire un mot chez
Maloret. J'ai envie d'y passer bientôt. Le Zèphe
a toujours une lettre à moi qu'il oublie de me
rendre.

Après le repas, Honoré flâna un moment, puis
il travailla dans la remise à scier du bois pour
rompre le charme léthargique du dimanche
d'été. Il travaillait sans hâte ni fatigue, satisfait
de sentir ses muscles reprendre leur aisance des
jours simples. Le vétérinaire, offensé qu'il délais-
sât ses hôtes pour une besogne d'aussi peu d'importance, s'en alla dans la forêt avec sa famille
au complet; il en profita pour faire part à sa
femme de la révolution de famille qu'il méditait
depuis l'avant-midi.

A quatre heures, Honoré but un verre de vin dans la cuisine, où sa femme et ses enfants se tenaient silencieux. Il leur sourit, jeta sa veste sur ses épaules et s'en alla sur la route vers le milieu de Claquebue.

XVII

Les Maloret rentraient des vêpres, ils étaient trois dans la cuisine. Tintin était resté en route à regarder le jeu de quilles. Les coudes sur la table et le menton dans ses mains, Zèphe tournait le dos à la porte et regardait vaguement vers le fond de la cuisine où l'Anaïs, entre l'armoire et le lit, retirait sa jupe noire bordée d'un galon vert, son corsage bleu, et le jupon brodé que sa fille lui avait donné. Noël considérait avec autant d'inquiétude que de mépris l'attitude accablée de son père. Lentement, il haussa les épaules et, cherchant sur une chaise le pantalon de toile qu'il y avait jeté avant les vêpres, commença de se dévêtir. L'Anaïs pliait sur le lit son jupon de fine toile.

— Tu devrais te déshabiller, dit-elle à Zèphe.

Zèphe demeura muet, immobile. Elle ouvrit l'une des portes de la grande armoire pour ranger ses vêtements et insista :

— Tu devrais te déshabiller maintenant, tant qu'à faire.

Zèphe leva la tête et, contre toutes ses habitudes, répondit grossièrement. Noël, qui ôtait son pantalon de vêpres, en fut irrité et lui dit :

— Ce n'est tout de même pas de notre faute, si l'Adélaïde vous a mouché ce matin, et si le curé vous a engueulé.

— Toi, tu vas me foutre la paix.

— Quand on fait les saletés que vous faites, on ne va pas le chanter aux quatre coins pour qu'on vienne vous le resservir après.

Zèphe eut un mouvement de tête excédé et ne répondit pas.

— Et d'abord, on commence par se tenir proprement, ajouta Noël, étonné lui-même de s'entendre parler à son père avec autant de liberté.

— Quand tu auras des filles, on verra bien ce que tu feras.

— C'est bon pour vous.

Le père eut un rire poussif et, sans lever la tête, parla d'une voix morne.

— Bien obligé. On disait déjà de mon grand-père et du père de mon grand-père qu'ils couchaient avec leurs filles. On n'a jamais arrêté de le dire ni pour mon père ni pour moi. C'était convenu dans le pays, entendu une fois pour toutes. Alors, qu'est-ce que j'aurais gagné de me gêner ?

L'Anaïs feignit de ne rien entendre et se penchait dans l'armoire.

— Et puis quoi, poursuivait le père, c'est une idée qui était dans la maison. Pour s'en défaire, il aurait fallu... je ne sais pas... réussir ailleurs.

Il se tut et retomba dans son hébétude. Noël posa son pantalon du dimanche sur le dossier d'une chaise, près de la fenêtre. Il y eut un grand silence triste. Une ombre passa devant la fenêtre, la chienne aboya dans la cour, et Haudouin entra. Il ferma la porte derrière lui et regarda les Maloret. Zèphe tourna la tête et demeura les coudes sur la table, sans paraître étonné. L'Anaïs, effarée d'être surprise en culotte et en corset, se dissimulait derrière la porte de l'armoire et cherchait un tablier à nouer sur son ventre.

— Tu es bien comme ça, Anaïs, lui dit Haudouin d'une voix qui tremblait un peu.

En pans de chemise et son pantalon des jours à la main, Noël hésitait. Honoré, adossé à la porte, mesurait tout l'avantage qu'il avait sur cet homme presque nu, et il s'étonnait que le seul fait d'avoir un pantalon et d'être chaussé l'assurât d'une telle supériorité. La nudité de Noël lui sembla presque facile.

— Voilà que vous entrez sans frapper ? dit Noël et il fit un pas en avant.

Honoré en fit un autre et posa son soulier ferré sur le pied nu, sans appuyer avec le poids de son corps, simplement pour que Noël prît conscience de son infériorité. Le garçon recula, craignant pour sa peau nue. Haudouin lui porta un coup de genou et frappa des deux poings, mais sans grande violence. Noël ne rendait pas les coups : accroupi, il essayait de tenir tout entier dans sa chemise, comme si cette toile mince

eût été une protection efficace; un coup mieux
dirigé le fit rouler par terre, étourdi. L'exécution
avait été si rapide que l'Anaïs, dissimulée derrière un battant de l'armoire, n'en avait rien vu.
Zèphe avait regardé la lutte avec lucidité, mais
sans vouloir intervenir. A cet instant-là, il était
libre de gagner la porte et d'appeler à l'aide, mais
la menace éveillait en lui, au plus profond de
la bête, un certain sentiment de chevalerie : il
acceptait que l'affaire se déroulât dans un ordre
convenu. D'ailleurs, une immense paresse le
clouait sur sa chaise, et aussi la promesse d'un
certain bien-être qu'il attendait de la défaite. Il
se leva pourtant quand Haudouin se tourna vers
lui, il effaça la tête, remonta les épaules dans
l'attitude d'un lutteur en garde. Plus petit que
son adversaire, il était râblé et agile, capable de
se défendre avec avantage. Mais, sans volonté
offensive, il faisait mine de se défendre, pour la
forme. Haudouin le sentit si bien qu'il ne voulut pas le frapper. Son dessein était de l'enfer-
mer dans l'armoire. Adroitement, il le ceintura
par-derrière, lui maintenant les bras au corps.
Alors seulement, Zèphe se débattit et réussit à
dégager son bras droit, cependant qu'Honoré le
portait vers le fond de la cuisine. L'Anaïs n'osait
ni agir, ni protester, et semblait surtout préoc-
cupée qu'on ne la vît pas en culotte. Haudouin
lui dit doucement :

— Ouvre-moi l'autre battant, Anaïs.

Elle hésitait, dans l'attente que Zèphe le lui
défendît, mais il se débattait sans parler.

— Allons, dit Honoré, ouvre vite.

Elle passa derrière lui pour qu'il ne la vît pas, et après avoir ôté le crochet intérieur qui maintenait la porte, regagna son coin avec les mêmes précautions. Ouverte à deux battants, l'armoire était si large qu'on y eût presque logé un bœuf; mais Zèphe, les pieds calés sur le rebord, résistait à la poussée d'Haudouin. Reculant brusquement, Honoré lui fit perdre son point d'appui et réussit à le jeter à plat ventre sur les balles de chiffons qui garnissaient le bas du meuble. Les portes fermées à clé, il retourna auprès de Noël qui commençait à revenir de son étourdissement. Haudouin savait ce qu'il fallait en faire; il y pensait depuis le matin, et peut-être depuis plus de quinze ans. Il le souleva dans ses bras et dit à l'Anaïs :

— Ce n'est rien du tout, le voilà qui remue déjà. On va le mettre en dessous le lit.

L'Anaïs gémissait d'une petite voix douce.

— Il va dormir, affirma Haudouin, ne t'inquiète pas.

Il poussa Noël sous le lit aussi loin qu'il put et l'y barricada avec un banc et des oreillers. La besogne terminée, il s'assit sur le bout de la table et fit un sourire à l'Anaïs qui demeurait immobile dans le coin de l'armoire.

— Tu as de beaux bras, dit-il.

Elle leva les yeux sur lui et eut un sourire de reproche qui éclaira son lourd visage blond.

— Ce n'est tout de même guère bien, Honoré.

— J'ai toujours eu envie de te dire que tu étais

belle, Anaïs. Mais tu sais ce que c'est, on n'ose pas.

Elle voulut parler à son tour, mais elle se souvint que Zèphe et son garçon pouvaient l'entendre. Elle fit un sourire plus doux que le premier.

— Naïs, je me suis décidé pourtant, et c'est parce que j'en avais le cœur tout ennuyé.

Elle répondit si bas qu'il comprit au mouvement des lèvres :

— Ah, tu sais bien dire, toi...

Haudouin évaluait avec tendresse les formes pleines et lourdes qui allaient combler ses bras d'homme; la poitrine forte, bien ficelée dans le corset, le ventre qui bombait haut sous la culotte tendue aux hanches, et les jambes solides, massives, plein les bas de coton noir. Il aimait que l'Anaïs eût cette maturité abondante : il la trouvait plus belle que ne lui avait paru Marguerite.

Il lui parlait amoureusement et les silences de l'Anaïs étaient tendres. Pourtant, une gêne demeurait entre eux. Honoré ne ressentait pas autant de hâte qu'il avait espéré et commençait d'être inquiet, irrité contre lui-même. C'est qu'il n'était pas venu là pour s'amuser. Honoré fit un pas en avant. Il se sentait gauche et n'avait point d'assurance. Craintive, l'Anaïs se rencognait, se tassait dans l'angle de l'armoire, les bras collés au corps, les mains en flèche serrées entre ses cuisses. Alors il sourit et murmura :

— Attends, je m'en vais tirer les persiennes.

Dans l'obscurité, l'Anaïs ne se dérobait plus et, comme il la pressait contre lui, elle laissa aller sa tête sur son épaule. Il la porta sur le haut lit de plume, heureux qu'elle fût aussi lourde dans ses bras. A leurs tendres plaintes répondaient des plaintes étouffées, d'une douceur enveloppante. Venues de l'armoire et de dessous le lit, elles semblaient sourdre de tous les coins de la cuisine, et chaque fois qu'Haudouin caressait l'Anaïs, la maison des Maloret gémissait tout entière.

Cependant, l'Adélaïde et ses enfants se pressaient devant les volets clos, attentifs à cette grande rumeur de plaisir dont ils se sentaient alanguis. Au coin du chemin des pommiers, le vétérinaire, indécis et tourmenté, n'osait s'approcher, redoutant l'annonce d'une catastrophe. Quand son frère sortit de la maison, il aperçut le doux visage de l'Anaïs, et en même temps la culotte à festons, les bas de coton noir serrés au-dessous du genou par les jarretières bleues. A cette vision, ses yeux saillirent, environ un pied et demi de leurs orbites, et y rentrèrent toutefois. Effrayé de cette aventure, il pâlissait d'une joue et, tout à la fois, rougissait de l'autre pour ce qu'il avait vu le diable si à son avantage dans une culotte à festons.

Honoré, silencieux et grave, s'avançait au milieu de sa famille. Juliette s'appuyait à son bras et, devant lui, marchaient à reculons, pour mieux l'admirer, Alexis, Gustave et Clotilde. L'Adélaïde le regardait à la dérobée, déjà irritée d'un silence qui semblait lourd de souvenirs. Comme

il enflait sa poitrine d'un soupir, elle lui jeta
d'une voix aigre :

— Tu étais bien pressé d'y aller, et tu avais
l'air de t'y plaire aussi !

— Il fallait bien.

— Il fallait bien ! Je vous demande un peu ?
Un homme qui a cinq enfants !

Le vétérinaire trottait autour de la famille,
cherchant une place où il se sentît plus à l'aise
de questionner son frère.

— Voyons, tu n'as pas réfléchi... qu'est-ce qui
va résulter de ce... enfin... de... et si Valtier vient
à l'apprendre... mon Dieu !

Comme ils étaient au milieu du chemin des
pommiers, Déodat passa sur la route. Pressé, le
facteur leur cria sans s'arrêter :

— Il est mort !

La famille bourdonna de curiosité et d'inquiétude. Les femmes se signèrent.

— C'est Philibert Messelon qui vient de passer, expliqua Honoré. Un bon homme, ce pauvre
Philibert, et bon républicain, et qui était de parole aussi. Quand il promettait une chose, on
pouvait être tranquille.

— Alors, balbutia Ferdinand, pour la mairie...
on pourrait voir...

— Pour la mairie, déclara Honoré, ce sera Berthier, ou Corenpot, ou Rousselier. Voilà.

Ferdinand baissa la tête, ravalant pour toujours
le nom de Zèphe Maloret. Ils arrivaient au bout
du chemin des pommiers. Avant de s'engager
sur la route, Honoré s'arrêta et l'on fit cercle

autour de lui. Il tira la lettre un peu froissée
d'être restée trois jours dans sa poche, la déploya
sous les yeux du vétérinaire abruti de respect.
Puis il lut à haute voix :

« Mon cher Honoré. — Le cheval noir a
été pris de coliques au commencement de la
semaine... »

ŒUVRES DE MARCEL AYMÉ

nrf

ROMANS

ALLER RETOUR.
LES JUMEAUX DU DIABLE.
LA TABLE AUX CREVÉS.
LA RUE SANS NOM.
BRULEBOIS.
LE PUITS AUX IMAGES.
LE VAURIEN.
LE NAIN.
LA JUMENT VERTE.
MAISON BASSE.
LE MOULIN DE LA SOURDINE.
GUSTALIN.

DERRIÈRE CHEZ MARTIN.
LES CONTES DU CHAT PERCHÉ.
LE BŒUF CLANDESTIN.
TRAVELINGUE.
LA BELLE IMAGE.
LE PASSE-MURAILLE.
LA VOUIVRE.
LE CHEMIN DES ÉCOLIERS.
LE VIN DE PARIS.
URANUS.
EN ARRIÈRE.
LES TIROIRS DE L'INCONNU.

THÉATRE

LES OISEAUX DE LUNE, quatre actes.
LA MOUCHE BLEUE, quatre actes.
LOUISIANE, quatre actes.
LES MAXIBULES.
LE MINOTAURE.

LIVRES POUR ENFANTS

LES CONTES DU CHAT PERCHÉ,
albums illustrés, volumes séparés

LE MAUVAIS JARS.
LA BUSE ET LE COCHON.
LE PAON.

LE CERF ET LE CHIEN.
LE MOUTON.
LE PROBLÈME.

LES CHIENS
recueils collectifs

LES CONTES DU CHAT PERCHÉ (*Le Loup — Le Chien — L'Élé-
phant — L'Ane et le Cheval — Le Canard et la Panthère*).
AUTRES CONTES DU CHAT PERCHÉ (*Les Vaches — La Patte du
Chat — Les Cygnes — Les Boîtes de Peinture — Les Bœufs*).
DERNIERS CONTES DU CHAT PERCHÉ (*Le Mauvais Jars — Le
Paon — Le Problème — Le Mouton — Le Cerf et le Chien*).

ÉDITIONS ILLUSTRÉES

LA JUMENT VERTE, illustrée par Chas Laborde.
TRAVELINGUE, illustré par Claude Lepape.
CONTES ET NOUVELLES, illustrés de trente-deux aquarelles de Gus
Bofa, gravées sur bois.
ROMANS DE LA PROVINCE, illustrés de trente-deux aquarelles, par
P. Berger, Gus Bofa, Yves Brayer, Fontanarosa, R. Joel, Rémusat.
ROMANS PARISIENS, *suivi d'*URANUS, illustrés de trente-deux aqua-
relles, par Gen Paul, Vivancos, B. Kelly, Demonchy, J. D. Mal-
cles, Perraudin, Déchelette.